崔大人駕到
中
作者 袖唐 繪者 ツバサ

目錄

〔卷一〕江左玉

自君之出矣，明鏡暗不治。

第二十章　搶手的崔凝

細雪中，魏潛坐在馬背上，玄色大氅、墨色眼眸，仿如令人沉溺的深淵。

他寬闊的肩背上落了一層雪，翻身下馬的時候抖落一片紛紛揚揚。

「五哥！」崔凝欣喜地撲過去，誰料腳下一滑，撲通一聲摔倒在地。

這是酒樓整理出來給客人安置馬車的地方，地上鋪了石磚，每天都會有人清掃，方才下了一點小雪，地上特別滑。

崔凝穿得笨拙，在地上蠕動半天爬不起來。

魏潛在她面前蹲下，伸手過來。

崔凝不假思索地抓住，被他微一用力便帶了起來，整個人貼在他臂彎裡。

「符大哥說你明天才到呢，怎麼今天就到了？」崔凝嘴都快咧到耳朵邊了。

魏潛鬆開她，伸手撥了一下垂在她前面的手捂子，不答反問：「妳這一身是怎麼回事？」

「都是青祿給我穿成這樣！」崔凝想起方才在地上爬不起來的感覺，一陣面紅耳赤，簡直丟人丟到家了！

魏潛笑了笑，俊顏上彷彿冰層消融。

「回來得挺快。」符遠迎過來。

「嗯，一回來就聽見你在教人糊弄我。」魏潛道。

符遠哈哈一笑。「走吧，進屋去。」

兩人一前一後走著，崔凝像條尾巴似的，跟在魏潛身後嘰嘰喳喳問東問西，將武惠死亡帶來的那點陰霾全部都拋諸腦後。

暖閣裡燒著火爐，一進門，暖融融的熱氣就撲面而來。魏潛解了大氅掛在衣架上，便聽崔凝在那邊對青祿道：「我也脫一件，實在太熱了！」

青祿只好領她到屏風後面脫了一件棉襖。

崔凝頓時覺得被鬆綁了一樣，加上心裡高興，走起路來感覺都打飄，恨不能飛起來。

青祿也懶得提醒，反正自家娘子在生人面前端的一副好架勢，她就不管這管那地討人嫌了。

「五哥，你給我的案集我都看完啦。」崔凝跑過去坐在魏潛旁邊。「還做了好多註解呢，你何時有空幫我看看吧？」

「好。」上了酒菜，魏潛見有一道湯，便攬袖盛了一碗。「我明日述職之後便節休了。」

崔凝這下更高興，趕緊約他。「那我後天來找你吧？」

符遠道：「妳魏五哥出門大半年，須得同父母說說別來之情。」

「那大後天呢？」崔凝忐忑地看向魏潛。

迎著這麼期盼的目光，魏潛只好點頭。

崔凝又歡喜起來。「我前日還見過魏大人和魏家大哥，你們長得真像。」

崔凝不認識魏潛的大哥，但她覺得既然喚他魏五哥，那理應喚他的兄長一聲「大哥」，雖然那位大哥年紀比崔道郁小不了多少。

「我和幾位兄長模樣都很像。」魏潛把手上剛盛好的羹湯遞給她。

崔凝順手接過，埋頭吃了半碗，覺得身體裡所有的寒氣都被熱乎乎的湯水逼了出去，舒暢極了。

「怎麼剛剛回來就來酒樓？」符遠打量魏潛的神情，心裡有了一絲不太妙的感覺。

魏潛雖不至於對一個才十二歲的小姑娘生出情愫，但是他向來對女人敬而遠之，偏偏面對崔凝的時候十分放鬆，看神態，似乎還有那麼一點點享受？

崔凝如此執著於斷案，究竟是真的痴迷此道，還是痴迷這個會斷案的男人？

符遠忽然覺得自己要出師未捷身先死了。

「過來拿點東西。」魏潛連喝幾杯酒暖了暖身子，俊臉上多了一些紅暈，加上又帶著淡淡的笑意，看起來頗為可親。

魏家一大家子聚居，雖為了方便而各開門戶，但所有宅院都相通。魏潛的兄長們都娶了媳婦關起門來過小日子，就他一個孤家寡人住在前院，因此他大多時候都住在酒樓後面的院子裡，有些東西放在這裡也不足為奇。

可是，符遠見他不焦不躁地坐著，便覺得不是那麼回事。「何時回府？」

「歇一歇。」魏潛看向他，若有所思。

電光石火的一個對視，這兩個人已經傳遞完了所有資訊，就連青祿、雲喜和符遠的小廝鬱松在一邊都看出些不對勁，只有崔凝一個人還在傻樂。

符遠笑了笑，撣了一下衣襟上落雪化作的水漬。「我還有點事情，等會兒你送她回去吧。」

是他的，不會因為這一時半會兒的放手就跑了。不是他的，就算在這兒傻杵著又能改變些什麼？還不如去幹點別的事兒。

崔凝傻傻地就把他給揭穿了。「符大哥，你不是跟我約好了嗎？怎麼還會有別的事？」

「本來就有不少事兒，只不過妳比較重要，所以就先赴約了。」符遠走到門口，接過鬱松遞來的大氅披上。「現在既然有長淵陪著妳，我就去忙別的事情啦。」

嗚，符大哥真好。

崔凝站起來，滿臉感動地送他出去，直到看不見他的身影。

「五哥。」崔凝回來坐下，仰臉看魏潛。「下次破案時能帶我去嗎？」

「看情況。」魏潛道。

「我一個同窗，溺死在了井裡，符大哥說官府查出她是自殺，你覺得她是自殺嗎？」

崔凝頓了下，覺得這麼說，就算是神仙也判斷不出是自殺還是他殺，正準備補充一下，便聽魏潛道：「是自殺。」

「啊？」崔凝愣了須臾。「為什麼說是自殺？」

魏潛揚起一個笑容。「因為我剛剛看過卷宗。」

他回來後先去了官署，整理了一下要述職的內容，又翻看了最近長安發生的各類案件，看到武惠自殺案的時候，注意到她在懸山書院讀書，便猜測崔凝知道此事，肯定會按捺不住好奇心，而符遠恰好今日開始節休，案子既然已經結了，兩人最有可能做的事情就是聚在一起討論此事。

至於地點，除了酒樓外，沒有更好的地方了。

於是魏潛整理好東西就騎馬過來了。

「為什麼是自殺呀。」崔凝並未發現，別人說武惠是自殺，她還是忍不住懷疑，魏潛說是自殺，她卻立刻就相信了。

「習慣較勁的人，比較容易看不開。」魏潛見她的小臉惆悵得都要能擰出水了，遂問道：「妳與她有交情？」

崔凝屈膝坐在席上，一手支著臉頰，覺得腦袋暈暈的，視物有些模糊。「不算交情吧，她上樂課的時候總喜歡找我碴。」

魏潛將手裡的酒杯放遠一些，起身走到窗邊，將窗子打開。

冷風灌了進來，崔凝一個激靈，頓時覺得清醒許多。

魏潛關上窗。「妳聞著酒味便會暈？」

「估計是吧。」崔凝揉了揉臉。「以前二……」

她的話戛然而止。

以前二師兄不知從哪裡拎了一罈子酒，悄悄地喝了幾口，便藏在半山的松樹下，崔凝以為是好吃的，就刨了出來，她揭開封口嗅了嗅，又用手指沾了一點舔舔，結果一腦袋栽到罈口上，罈子倒了，酒水灑了一地，而她就在這濃郁的酒味裡熏了一整天，被二師兄發現扛回房，又暈了一天一夜才醒，醒來就開始吐。

可把她心疼壞了，奄奄一息地對二師兄說：「才偷了師父一個雞腿吃呢，吐出來多可惜。」

「什麼時候吃的？」二師兄失望地道：「妳竟然沒有叫上我？」

崔凝理虧，垂下腦袋。「前天。」

「放心。」二師兄拍拍她，安慰道：「估計早重歸皇天后土了，放心吐吧。」

然後她就真的放心吐了好幾回，膽汁都快吐出來了。

魏潛見她話說了一半，也不知道想起了什麼，一陣傻笑，便只靜靜坐著並不打擾她，待見她回過神來，才道：「夢醒了？」

夢醒了，過往煙消雲散，徒餘悲涼。

崔凝被他隨口的一句話觸動，眼眶微紅，把臉埋在自己膝蓋上蹭了蹭。

魏潛見她一時喜一時悲，也摸不到頭緒。

他向來不會安慰人，更不會安慰女人，想了想，還是猶猶豫豫地抬起手輕拍她的背，聲音低柔：「乖，乖，不哭。」

崔凝原本只是一時情緒，忍一忍也就過去了，可是乍然被如此溫柔地撫慰，一下子就難受了許多倍，再也忍不住，趴到他的膝上低低哭了起來。

一直在旁邊裝壁花的雲喜猛地抬起頭，喜形於色地看著自家郎君，恨不能現在就蹦回去報告夫人——郎君主動安慰小娘子啦！

坐在一旁打盹的青祿被他的動作唬了一跳，順著他炯炯的目光望過去——我的天！自家娘子正趴在魏潛的膝上嗚嗚哭著，魏潛垂著眼睛一下下地給她順毛！

青祿剛剛要起身，便見魏潛涼涼的目光瞟了過來，她渾身一僵。

待她緩了緩，雲喜又虎著一張臉擋在她前面。

這……要是強行過去會不會被打死啊？嗚嗚嗚，郎君、夫人，青祿無能！青祿乾脆扭頭，專心地搓著衣角。

那廂，崔凝哭了一陣子，才不好意思地爬起來擦了擦臉，解釋道：「我就是想到一些事。」

「嗯。」魏潛點頭，表示理解。

他沒有追問，讓崔凝鬆了口氣，不過心裡暗想，他肯定覺得我是瘋婆子吧，突然莫名其妙就開始哭。

又想到他剛剛的舉動，崔凝心裡對他親近了許多。「五哥，我覺得你這個人吧，一時冷一時熱。不過，我也是一時歡一時哭，大家都差不多。」

魏潛見她為自己找藉口，不禁莞爾。「嗯，都差不多。」

崔凝忙點頭。

兩人簡單吃了點東西，崔凝又纏著他講在江南遇到的凶案。

之後，魏潛便送崔凝回府。

折返的時候，迎面闖出一人攔住了他的去路。

卻是符遠的小廝鬱松。「魏郎君，我家郎君請您過去喝茶。」

魏潛抬頭，看見符遠正笑吟吟地端著茶盞立於不遠處的茶樓上，便調轉馬頭去了那邊。

進了茶樓，魏潛將大氅解下丟給雲喜，未等招呼的小二跑過來，便大步上了樓梯。

雅間裡，符遠正一派悠閒地聽著歌姬唱小曲。

「還以為你會帶著她多玩一會兒，你做什麼事情都俐落。」符遠笑看向他，調侃道。

魏潛一襲玄衣，面無表情，身遭帶著外面的寒涼之氣，給人一種冷酷的錯覺。

「喚我來就是為了聽曲？」魏潛看也不看那神色痴迷的歌姬一眼，撩起袍子在他對面坐下，只留給歌姬一個後腦杓。

符遠微微抬手，令那歌姬退下。

屋裡只剩下兩人，符遠放下茶盞。「我與你自小相識，我是什麼性子你很清楚，若是旁人，我下手之前必不會明說，但衝著我倆的交情，得先知會你一聲，我看上崔凝了。」

魏潛愣了愣，沉默了許久，面上忽然綻開了一抹明亮的笑容。「多謝你提醒我。」

今天之前，魏潛從沒有想過自己與崔凝之間會有那種可能，只是並不討厭接觸這個活潑的小女孩，倘若不是符遠突然挑明，或許他得等到崔凝議親的時候，才會意識到這件事情。

「很少見你笑成這樣，不過每一次看，都覺得……」符遠長嘆一聲。「真是討厭。」

「以茶代酒，敬你如此坦蕩。」魏潛舉起茶盞，也不管符遠喝不喝，就自飲了一杯。「天底下女子如此多，為何是崔凝？」

「我又沒說非她不可。」符遠指了指茶具。「我如此仗義，就值你敬我一杯茶？怎麼也要泡上一壺吧？大半年沒喝你泡的茶了，著實有點饞。」

魏潛不說話，就直接坐過去開始泡茶。

符遠嘖道：「往常千求萬求你就是不肯泡，這回一說就肯了？」

「承蒙你不嫌棄我一雙摸屍體的手。」水氣濛濛中，魏潛語氣淡淡。

「心胸狹窄！好不容易要脅你一次，泡茶而已，淨給我添堵。」符遠捏了一粒豆子拋入口中，嚼得嘎嘣響。「我有一種預感，這次做的選擇，可能會成為我的畢生遺憾。」

魏潛端著一杯茶遞給他。「那就多謝你用畢生遺憾換我下半輩子的幸福。」

符遠哼哼一聲，接過茶，放在鼻端輕嗅。

喝了一口，他才道：「不是我非要搶，世家大族的娘子多，可是願意嫁給我的本來就有限，在這有限的貴女裡頭，有趣的又沒有幾個。」

長久以來，世家之間抱成團，他們把自家閨女嫁去同等門第的世家，就算對方的人品才學普通也無所謂，因為聯姻的意義在於加強家族之間的聯繫，而不單單是為了挑好女婿。

符遠的才學品貌自是不必說，只是論起門第來就差了很多，試想連皇族都不放在眼裡的世家大族，又怎麼會看得上符家這樣毫無根基的人家？

其實，僅清河崔家與符遠年齡相當的娘子就有很多，不過有一大半都不會配給他這樣出身的人，雖還有一些，都是離嫡系遠了點，家裡好幾輩都沒有出過權臣了。這種娘子雖也算出身名門，但除了名聲之外，聯姻能得到的實質上的好處幾乎沒有。

崔凝身為清河崔家嫡系，祖父是兵部尚書，祖叔伯皆是當朝權臣；祖母出自江左謝家，底蘊深厚；母親出身山東大族，母族昌盛。這樣的條件，名列《氏族譜》上的大族肯定都會爭相聘娶。

符遠和魏潛想娶崔凝，還真得要付出非一般的努力才行。

「我娶妻不看重門第。」門第對於魏潛來說反而是累贅，他家不太看重這些，可萬一以後真到了非卿不可的地步，崔家又不肯讓她下嫁，那他是要孤獨終老還是強搶私奔？

「我也不想。」符遠意興闌珊地靠在椅背上，把玩著手裡的杯盞。「但——身不由己啊！你看我現在多辛酸，出身好又讓我中意的，娶不到；出身不好，我中意的，又不讓娶；條件普通的娘子我又不想將就。因為要顧及名聲，就連納個妾解決一下問題都不能，我又不願意去嫖！」

時下風氣如此，男人眠花宿柳，是風流不羈，但婚前納妾的性質可就不一樣了。

「過成這樣，我真是夠了！」符遠說得輕巧，可捏著杯子的手卻微微泛白。「莫同我說不看門第，我要是有資格選，孩子都能滿地跑了。」

他曾經也有過純粹的戀慕啊。

魏潛不語。

略愁。

儘管愁的事情不一樣，但也算是殊途同歸吧。

「你說你，怎麼就能把脫光送上床的美嬌娘給摔吐血了呢？」符遠忽然又想起這件事，就這麼把好端端的一門親事給毀了。

如果沒這事，現在也不會盯上同一塊肉。

魏潛皺眉道：「摔吐血是意外。」可憐他真的沒想把一個女子摔成那樣啊！他那天半醉，出手有點重，而那女子恰巧摔到了屏風下，那屏風又是極重的琉璃……之後別人用這種法子試探，哪一次他不是好聲好氣地把人請走？

「我沒有打女人的癖好。」魏潛認真解釋道。

「我知道有什麼用，你同旁人解釋去！」符遠嘖嘖道：「不知為何又聊到如此惆悵。」

明明是兩個大好青年，明明有那麼多娘子願意嫁，卻都因為不得已的原因，婚事至今還沒有頭緒。

倘若崔凝現在是十六、七的姑娘，他們也不會坐在這裡發愁了，行動起來必然一個賽一個地快。而現在，魏潛在等，看看自己是否真的會對她生出男女之情；而符遠，就算渾身都是魅力，對著一個啥也不懂的丫頭片子也是英雄無用武之地，同樣只能等。

「於我而言，此等事皆隨緣。」魏潛難得表達一次內心的想法。「我無法承諾不爭，但成敗亦都平常，願你也是如此。」

符遠很清楚魏潛的性子，倘若他真是做好了打算，必不會放手，他能夠接受崔凝最後不選擇他，但他仍舊會用別的方式執著到底，譬如，終身不娶。

「造化弄人。」符遠笑笑，把魏潛泡的茶全都喝了。「開局，你就落了一程。」

魏潛挑眉。

符遠道：「她現在還沒開竅，等她略有情思，以我的手段，騙個小姑娘哪有不成？」

魏潛沉默須臾，道：「無論你娶誰，我還是望你有幾分真歡喜。」

崔凝裹著被子忽地打了好幾個噴嚏。

青祿緊張道：「娘子是不是受涼了？都怪奴婢，不該給娘子脫一件襖子。」

「不是，我覺得有人在罵我。」崔凝揉了揉鼻子。「肯定是符大哥。」

「為什麼不是魏五郎？」青祿問道。

「他應該不會在背後罵人吧？」崔凝不太確定。

青心問道：「娘子今日見著魏五郎了？」

「是呀，五哥今天回來了，還給我講了好多……趣事。」崔凝道。

青心一顆心都要操碎了，心想這事還是得告訴夫人。

「我要去母親那裡了。」崔凝從被子裡爬出來，開始穿衣裳。

青心趕緊丟下手裡的活，過來伺候。「娘子喊奴婢一聲就行了，怎需自己來？萬一凍著可怎麼好。」

「我手腳快得很，哪裡就能凍著了。」

崔凝因著方才的三個噴嚏，硬是又被兩個貼身侍女連逼帶哄地穿成了一個球。

到了凌氏門外，就聽見裡面有笑聲傳出來。

「母親和姊姊笑什麼？」崔凝進門，見屋裡的侍婢在撤茶具，問道：「有人來作客？」

「是呀。」崔淨拉著她的手過來坐，塞了一塊糕點在她嘴裡，笑道：「是好事。」

「唔？」崔凝一邊嚼著糕點，一邊等她繼續說下去。

凌氏道：「也沒什麼，就是謝家來問妳的婚事。」

「祖母娘家嗎？問我婚事做什麼？」崔凝被李逸逸她們灌輸了一堆東西，現在已經不覺得談婚論嫁離自己太遙遠。

崔淨戳了戳她的手臂。「傻啊，想聘妳去做謝家媳婦唄！」

「啥？」崔凝驚道：「母親不是答應了吧！」

「喊什麼？」凌氏對她的反應不解，卻還是開心地解釋：「是妳那個小同窗子玉的堂哥。」

「那又是誰？」崔凝快愁死了，嫁人這件事情真的這麼十萬火急嗎？剛剛解了一樁婚約沒多久，又有下家接手了？

「算起來，妳應該喚他表哥，他單名颺，字子清。」凌氏很是欣賞。「之前妳表姑就提過，我又暗中打聽了一下，是個不錯的孩子，才學出眾，長得也俊，比那魏五郎還要好看。」

崔凝想像不出比魏潛還好看得好看成什麼樣。「這不重要，重要的是，母親妳答應了？」

「既然妳祖父開口要管著妳，婚事就不能全由父母親做主了。」凌氏有些憂心地看著她，想了想，還是表明了自己的立場：「其實符郎君和魏五郎都挺不錯，門第雖說低了一點，但一個是相門郎君，一個是名門之後，在人品才學上找些理由，往族裡一說也勉強能過得去，但比起子清來卻都差遠了。」

就是天仙下凡，崔凝也不想要啊！

好在祖父看起來很可靠，應該不會這麼快幫她找下家吧？

「瞧妳那一臉的不情願，表哥可是江左大才子，多少娘子作夢想嫁的人。」崔淨道。

崔凝笑嘻嘻地道：「姊姊不就有一個作夢都想嫁的才子表哥嗎？哪裡又多了一個江左才子啊？」

崔淨俏臉一紅，嗔道：「妳真是越來越不像樣子！」

「莫打趣妳姊姊。」凌氏摸摸崔凝的頭髮。「再幾日就是妳生辰，十二也不小了，聽見自己的婚事半點不害臊，還問東問西，沒見過妳這樣的小娘子。」

「母親……」崔凝抱著她的胳膊撒嬌。「我知道母親最疼我，可我不想隨便定個連面都沒見過的人。」

「這個妳不用擔心，妳表哥過完年就會到長安參加春闈，總要到咱家來的，妳盡可以與他多處處。」凌氏對謝子清十分滿意，說話間臉上都帶了幾分笑意。

崔凝苦著小臉，在凌氏身旁蹭來蹭去。「母親別這麼急著趕我走，我不喜歡表哥，只喜歡母親。」

原只是撒嬌的話，卻恰恰觸到了凌氏心裡最柔軟的部分，她眼眶微紅，摟住崔凝道：「母親沒有趕妳走，將來定是要留到十八才嫁的。」

崔凝一抬頭發現凌氏哭了，忙又好一陣溜鬚拍馬，才又把她逗樂。

從凌氏院裡出來，崔凝想了想，還是跑去見了崔玄碧。書房裡。

因著崔凝的到來，崔玄碧暫時放下了手邊的公文。

「祖父，有人在母親那裡給我說親了。」崔凝眉毛都快打成結了。「可是我不想嫁人。」

「說的什麼人？」崔玄碧聲音有些啞。

崔凝聽見他清嗓子，便狗腿地跑過去端茶倒水。

崔玄碧喝了口茶潤了潤嗓子，神情柔和了許多。

「是謝家的表哥，單名飀，字子清。」崔凝道。

崔玄碧點頭。「是他啊，挺不錯的孩子。妳是不願意嫁給謝子清還是不願意嫁人？」

崔凝很想說不願意嫁人，但考慮到很有可能被駁斥，只能改口道：「不想嫁表哥。」

崔玄碧是什麼人，哪有這樣好糊弄。「妳見都沒見過他，如何知道不是良人？妳有中意的人？還是純粹不想議婚？」

崔凝覺得自己要被看穿了，她縮著腦袋，硬著頭皮道：「沒有，就是不想這麼早說親。」

「有祖父在，婚事由著妳喜好，只是妳自己心裡也要有數，看上的人出身不能太差，不然不太好辦。」崔玄碧語氣微緩。

崔凝大喜，蹦起來給他行禮。「謝謝祖父，祖父最好啦！」

「回去休息吧。」崔玄碧眼裡似也有了些笑意。

「祖父也要早些睡，莫熬壞了身子。」崔凝提醒道。

她決定以後要抱緊祖父這棵大樹，雖說祖父性子沉悶，怎麼逗都不樂，可是關鍵時刻說話管用啊！

「祖父，我以後一定好好孝敬您！」崔凝說罷，見崔玄碧點頭，便樂顛顛地跑出去了。

一路上哼著小曲，蹦跳著回了屋。

一夜好夢。

第二十一章　圓兔子

崔凝生辰近年關。

待到這日，只邀了李逸逸她們來家裡玩。

雪尚未化，梅花亦正盛。

幾個女孩兒聚在一處賞梅玩雪，好不快活。

謝子玉自從見了崔淨就兩眼發光，想要親近，又怕唐突失禮，還是崔淨看出她的忐忑，主動找她聊天。

兩人慢慢熟絡了，崔淨裝作隨口提了一句江左的大才子。

謝子玉不知道謝家來說過親，自是沒有疑心。「江左大儒無不誇堂哥是奇才美玉。聽說他十二歲就遍讀各家典籍，之後便出門遊學，學識淵博、見多識廣，且能文能武。」

崔淨笑著，不著痕跡地看了崔凝一眼，並沒有再問。

崔凝心裡卻想，她家小弟日後也肯定是清河奇才美玉啊。

李逸逸好奇道：「我也有所耳聞，聽說還生得俊呢，比魏五郎還俊嗎？」

「這我就不知道了，我只小時候回過一次祖宅祭祖，不大記得堂哥的樣子了。」謝子玉笑道：「況且，我也沒有見過魏五郎啊。」

「魏五郎、符郎君、凌郎君在朱雀街開了一家酒樓，叫樂天居，要不咱們這就去吃一頓，看看能不能巧遇上他？」李逸逸提議道。

胡敏捂著荷包，驚叫道：「不要！別人說朱雀街上的酒樓吃一頓要心疼兩年，我得心疼一輩子。」

御史向來清廉，胡敏家裡的情況比長安一般的富戶都不如，朱雀街上一頓飯，說不定真夠她家砸鍋賣鐵的了！

而且胡敏若是出入那種地方，第二天胡御史肯定就要被人查個底朝天。

「那算了。」李逸逸失望道。

崔凝想了想。「不然咱們偷偷去看？」

「去哪兒看？」李逸逸立刻又起了興致。「要不去魏家門口堵著？說不定一口氣能把十魏看個遍呢！」

「十魏相像，而且魏五郎生得最好，看他一個就成了，沒必要都看吧。」謝子玉道。

胡敏聽說不用去天價酒樓還能看美男子，頓時放下心來，跟著湊趣。「十個人站在一起，那多氣派。」

「哈，說得是。」李逸逸很贊同。

幾個人興沖沖地收拾好，準備出門。

崔淨沒有阻攔，長安風氣比較開放，女孩子小時候多半都頑皮過，但她已經算是大人了，不能跟著胡鬧。

馬車裡，胡敏興致勃勃地道：「好些女官對魏五郎有意思，光天化日肆無忌憚地對他示好，聽說他可害羞呢，臉紅得像紅綢一樣。」

長安風氣豪放是一方面原因，女官們大都好面子，敢這般毫無顧忌地示好，主要還是因為那個傳聞，被魏潛拒絕也沒有什麼丟人的，證明他確實不行啊！說是示好，其實調戲的成分更多一點。

崔凝有點後悔，正色道：「其實我與魏五哥認識，待會兒見了面，妳們可不能讓他窘迫。」

三人都是一愣，旋即紛紛撲上來撓她。

李逸逸道：「好哇，早就認識還藏著掖著，撓她，撓她，撓她。」

「救命，我錯了！」崔凝已經笑得快岔氣了。

眾人鬧罷，崔凝提議道：「不如我們找一家便宜些的酒樓，我寫帖子請他來慶生，這辦法比較穩妥，可我不確定他是否會來。」

「沒關係，不來咱們就自己吃一頓。」李逸逸最瞭解吃食。「我知道東市有家西域人開的食肆，咱們今兒去吃點不一樣的？」

眾人都表贊同。

這家食肆叫「格桑梅朵」，是間挺大的酒樓，大堂寬敞，地上鋪著羊毛氈，上面繪著具有異域風情的圖案。

小二引她們到了二樓的雅間坐下。

崔凝好奇地四處看，屋裡的裝飾不像別家酒樓那樣華麗明亮，反而質樸幽暗，分明是白天，卻點了燈，像極了晚上，令人覺得神祕而有趣。

李逸逸要來了紙筆。「快寫快寫！」

崔凝接過紙筆，言簡意賅地寫了一段話，然後謄抄了三份。

「呀，妳還請了凌郎君和符郎君？」李逸逸拿到信之後驚訝了一下。

崔凝把筆扔到一邊。「我只是隨手一寫，表哥是肯定不會來的，他要在家溫書。」

三人這才想起來，凌策是崔凝的親表哥呢！怪不得她會認識魏潛和符遠。

李逸逸把帖子交給食肆的小二，讓他立刻送到樂家居去，又點了些酒菜，幾個人邊吃邊等。

這家菜的口味重，烤羊肉和奶漿都比別處味兒要足。

幾人正吃得高興，便聽見外面有腳步聲越來越近。

李逸逸、謝子玉、胡敏同時頓了動作，興奮地互相看了一眼，弄得崔凝也開始緊張起來。

「幾位娘子，符郎君到了。」外面有人通報道。

崔凝起身迎到門口。

符遠仍是一襲青衫眉目俊朗的模樣，見了崔凝面上笑容更深幾分。「怎麼不早告訴我今日是妳生辰。」

崔凝擺擺手。「不足掛齒的小事，符大哥快進來坐吧，我與你介紹幾位好友。」

符遠點頭，隨著她進去，又道：「長信怕是來不了，長淵今日不在酒樓，不知是否有空。」

「嗯，我知道啦。」崔凝道。

符遠進屋，幾個小丫頭就斂了形容，起身規規矩矩地衝他施禮。「見過符郎君。」

符遠作為相門之後，算是權貴圈子裡的中心人物了，又是如此一表人才，長安城裡作夢嫁給他的娘子多不勝數。符遠說了一番祝福的話，又送上了精心準備好的禮物。

剛開始女孩子們都有些拘謹，不過符遠向來擅長交際，幾句話便將氣氛緩和下來，她們很快便又活躍起來，推杯換盞的工夫，個個都喊上了符大哥。

因著都是小娘子，符遠便沒有讓她們喝酒，只用果漿代替。

魏潛最終也沒有來，眾人都沒有在意，盡興而歸。

崔凝一個人坐在馬車裡的時候，才漸漸有些失望的情緒湧上來，好歹相識一場，竟是連句話都沒有。

太可氣了！小氣鬼，肯定是捨不得送禮。

她癟了癟嘴，哼哼兩聲。

馬車緩緩行著，車壁忽被人砰地敲了一下。

因著馬車行駛的聲音也不小，坐在車外的青心沒有注意。

崔凝撩開簾子，只見魏潛騎馬跟在後面，用手指了指一個巷子，又指了一下前面，然後便調轉馬頭朝那個巷口去了。

崔凝眨了眨眼睛，啥意思啊？認真想了想，莫非是叫她找藉口支開青心，然後再去找他？

她忽然興奮起來，想了好些藉口，最後才道：「青心，停車，符大哥叫我去拿點東西。」

馬車慢慢停下，青心四處張望了一下，沒有見到人，疑惑道：「是去樂天居嗎？」

「不是，就在那邊巷口，妳等我一下。」崔凝跳下馬車。

青心看了看那個巷口，心裡有些不安。「奴婢陪您過去吧？」

「不用，就說兩句話，說不定符大哥要給我生辰禮呢？」崔凝說著，頭也不回地走了。

青心跟著追了幾步。「不是已經送過了嗎？」

「哎呀，誰說只能送一次來著！」崔凝回頭。「妳莫要跟過來！」

青心雖然管得比較多，但到底只是個侍女，不敢公然違抗主子的命令，不好硬跟上去。

崔凝一路小跑到了巷口。

這是一個死巷，平時沒人打掃，積雪厚厚一層。魏潛一襲玄衣，牽著馬立在皚皚白雪中，俊容乾淨清冷。

「五哥？」崔凝做賊似的勾著腦袋小聲喚他。

魏潛忍不住彎起了嘴角。「怎麼用了這麼久？」

方才他看見馬車越走越遠，心想別是這丫頭沒明白他的意思。

「你不知道青心可精著呢，下回不帶她出來了，還是青祿好糊弄。」崔凝這還是連騙帶威嚇才脫身。

「給妳。」魏潛從懷中掏出一個錦袋遞給她。「生辰禮。」

「嘿嘿，謝謝啦，我把剛剛說你的壞話收回。」崔凝笑咪咪地伸手去接。

魏潛卻忽然收手。「哦？說來聽聽。」

「就……」崔凝想著扯個謊，可是對上他彷彿洞悉一切的目光，忍不住招了：「就說你小氣來著，別的沒有了。」

魏潛笑著將錦袋放進她一直伸在自己面前的小手裡。「祝妳年年歲歲有今朝。」

巷外的街道上起了風，巷子裡卻寧靜極了，只餘魏潛好聽的嗓音。

崔凝立刻就把禮物給拆了。

紅藍相間的錦袋顯得十分喜慶，裡面裝了一串肥肥圓圓的小玉兔，上面兩隻大的，下面跟著七隻小的，大的也不過拇指大小，小的乍一看就像個圓潤的小珠子，一窩球狀的小東西用紅色的絡子穿起來，可愛又討喜。

「好可愛的兔子！」崔凝愛不釋手地摸著，或許是魏潛一直揣在懷裡，上面還帶著一點溫度。「謝謝五哥！」

「不嫌我出手小氣？」魏潛問道。

崔凝見那幾顆珠子雖小，但各個如羊脂一般毫無瑕疵，且雕工出色，這樣獨特的小物件很是難得。「我特別喜歡，五哥在哪兒找的呀？」

「天上掉的。」魏潛笑的時候露出潔白整齊的牙齒，難得露出一點活潑。「回去吧，外面冷。」

崔凝小心地把兔子裝到錦袋裡。「那我走啦！」

魏潛頷首，目送她離開。

崔凝跑到巷口，忽然又想起一件事。「聽說過年的時候有夜市，五哥出來玩嗎？」

「嗯。」他道。

崔凝也不知道這是去還是不去，反正他沒有反對，她就當作是答應了。

青心在那邊脖子都要伸斷了才望見崔凝的身影，連忙拿著披風迎過來。「娘子走得急慌慌的，連個披風都不帶。」

這不是怕遭到阻攔嗎！

崔凝上了車，馬車重新上路，她從窗子探出頭，看見魏潛牽馬站在巷口目送她。

崔凝咧嘴衝他笑得開心。

「娘子，符郎君送的什麼生辰禮啊，神神祕祕的！」青心在外邊問道。

崔凝忙縮回頭，頓了好一會兒，才道：「妳進來，我拿給妳看看。」

青心探身進了車廂。

崔凝把那串小兔子掏出來給她看了一眼，得意道：「有趣吧！」

「呀！真是可愛。」青心笑道：「挺像娘子呢！」

「哪兒像我啦？」崔凝將一串兔子提到眼前瞅了瞅，分明一點都不像。

青心提醒道：「娘子忘啦？那天穿了三件襖子，戴著兔毛帽子，可不是像這小兔子嗎？圓乎乎的樣子可好看了。」

一提起這個，崔凝就想到自己在魏潛面前摔了個狗吃屎，還怎麼都爬不起來，再看這小兔子就有些不自在，可她偏生就喜歡這些小東西，內心掙扎了半晌，還是覺得面子不要也罷！

魏家。

被主子撇下的小廝雲喜，此刻正在夫人跟前眉飛色舞地講著：「自打郎君見了崔二娘子那身打扮之後，回來也不看書了，拿前幾年收藏的玉籽雕兔子看，那一個個胖乎乎的兔子雕得可有趣了！可真是巧，今兒是崔二娘子的生辰，郎君一看見帖子，揣了兔子就出去了。」

魏夫人喜得合不攏嘴。「你辦得好，鶯歌，抓把銀果子賞雲喜。」

「多謝夫人！」雲喜忙行禮。

「要說聰明，長淵自小就沒人能比，可偏在這上頭犯蠢！老四比他大一歲，孩子都兩個了！」魏夫人說起來就有點焦躁。

魏家的家風一貫是行端坐正，可這世上偏有些無事生非的人，沒事還能給編出一籮筐的事來。魏夫人一向極力主張把那些事情給捂緊，可是他們家魏大人就是聽不進去，只要她一提起，他就說「身正不怕影子斜，旁人願意說就說去」。結果流言越來越凶猛，害得她這麼優秀的兒子竟然落到這個地步！

「夫人不必憂心，智一大師說過郎君大難不死必有後福。」雲喜拿了賞，勸得更用心：「崔二娘子的出身、才貌，滿大唐都數得著，不比當初那家好千百倍嗎？」

才貌什麼的，魏夫人不知道，這出身的確沒得挑。

可魏夫人又有了新的煩惱。「長淵這個名聲，崔家能願意嗎？」

雲喜機靈嘴巧，想了想道：「崔家豈能是那等眼皮子淺的人家？若是崔二娘子有意，崔家肯定會同意的。」

魏夫人點頭，又不放心地問：「你說長庚對崔二娘子也有意？」

雲喜道：「小的瞧著是這麼回事。」

「若論出身，咱們長淵要好多了，只是……唉！」

魏夫人倒是不怎麼不擔心崔家會嫌棄魏家門第低，魏家雖不比清河崔家，但往上數，魏潛的曾祖父，也就是那位被太宗譽為明鏡的魏徵大人，娶的可是聞喜裴家女，再往下，魏潛的祖父娶的乃是琅琊王家女，怎麼算魏潛都是個名門之後，如何就娶不得崔家女？

要命的是他這個爛名聲！

就憑這個，崔家要在兩個人裡頭選，肯定會先考慮符遠。

魏徵當年能娶到聞喜裴家的女子，可見這些世家大族除了看重門第，也看個人的名聲才學。

魏潛才學是夠了，可這名聲比他曾祖父那是天淵之別！魏夫人扶額，覺得今夜鬢髮又要添霜了。

那廂裡，為了崔凝婚事愁壞的人不知凡幾。

這廂，崔凝捧著小兔子玩得心花怒放，她最喜歡這種圓溜溜的小玩意，而且小兔子不知是什麼材質，手感滑膩膩柔乎乎的，摸的時候，像是有小手在心頭撓癢癢，忍不住就想樂。

青祿睡在小閣間，聽著崔凝噗哧哧地竊笑，忍不住道：「娘子，都快子夜了。」

「我睡不著。」崔凝乾脆裹著被子坐起來。「我去看看符大哥送給我的小玩意。」

符遠送了她一小箱的新奇物品，裡面有花花綠綠的西域石頭，還有番邦的有趣物件，看得她眼花繚亂。

「娘子，不如明天再好好看吧。」青祿好言勸道。

崔凝嘆了一聲，抱著被子在床上打滾。

先前還說睡不著的人，也就這半盞茶的工夫，滾著滾著就睡著了。

青祿這才輕手輕腳地披著衣服起來，給她掖好被子。

第二十二章　除夕夜遊

長夜風急，吹散了連日的陰雲。

長安冬季寒冷的時間很短，太陽一出來，積雪很快便化了。

待到除夕那晚，只穿著一件薄襖便可出門。

晚飯之後，崔凝三姊弟穿戴一新去往朱雀街。

每逢節氣的時候，東市、西市、朱雀大街都免除宵禁。除夕這天以朱雀街最為熱鬧，燈籠從宮門沿著朱雀街一直掛到城門口，照得夜如白晝。

這晚馬車不能通行，因崔凝約了魏潛在樂天居見面，姊弟三人便打算逛過去。

街道上人人臉上都喜氣洋洋，就連一貫老成的崔況也忍不住跟著崔凝買各種小吃。

「長安人真多啊！」崔凝嘆道。

寬闊的朱雀街上擠滿了人，三人好不容易才走到樂天居附近。

「快看！魏五郎！」不知誰喊了一聲，人群開始騷動，很快都往一個方向集中。

崔凝聞聲愣了愣，踮起腳尖試圖看到魏潛。

崔況翻了個白眼。「妳就是再接上一雙小短腿也看不著。」

崔凝嗤笑道：「說得好像你腿很長似的！」

「不長，但我沒用它幹蠢事。」崔況一臉不屑。

崔凝捏了一大塊杏仁糕塞進他嘴裡。「看你還說不說！」

崔況嘴裡塞得滿滿，臉上還黏著粉末，瞪著圓眼睛，辛苦營造好些年的嚴肅形象就這麼毀於一旦。

崔淨看得直樂。

「五哥原來這麼有名？」崔凝問道。

崔況嚥下口中的糕點，一邊擦嘴，一邊道：「符兄說，魏兄幼時便很有名。」

當然，這個名一直都是毀譽參半。

崔況便與她們講了魏潛最早出名的緣由。

十幾年前，長安發生了一件震驚全城的虐殺案。二十幾個權貴家中子女被綁，其中也包括魏潛，官府動用了京畿所有捕快，整整尋了半個月都沒有線索，結果二十天後這群孩子衣衫襤褸地逃回長安城，一問之下才知道，是魏潛帶領一群孩子自救脫險。而當時還有三個孩子囚在另外一間屋裡，被虐得奄奄一息，他們跑出來的時候，魏潛正設法去救那三個孩子。

逃出來的年紀稍大一點的孩子，帶著捕快衙役找到囚禁他們的莊子，那三個孩子已經斷氣了，而魏潛渾身是傷，被泡在水缸裡。

所有人都以為他沒救了，魏夫人抱著兒子哭得撕心裂肺，見過的人至今印象深刻。

「後來是智一大師救了他。」崔況道。

崔凝聽得眼淚汪汪，半晌沒說出話來。

崔淨也是不語，心裡對魏潛肅然起敬，不禁懊悔自己說過的那些話。

「後來這事淡了，估計他還是因為摔了人家的侍女才這般出名。」崔況道。

如果魏潛長相平平、才學平平，他就是再摔幾個侍女也不至於成為街頭巷尾的談資，可伴隨著那些惡名，坊間還傳聞他生得仙人之姿，並且是個天縱奇才，所以才能成為八卦的焦點。

樂天居門口已經擠滿了人，崔家姊弟根本進不去。

等了好一會兒，大家或許覺著魏五郎短時間內不會再出來，便各自散開，畢竟今夜的朱雀街好玩的事情還多著呢。

崔凝三人好不容易進了酒樓，不由得長長地舒了口氣。

小二殷勤地領著他們去了後院。

「崔二娘子來啦！」雲喜滿眼都是崔凝，跑近了才又忙著給崔淨和崔況行禮。「崔大娘子，崔小郎君。」

「這是五哥的小廝雲喜。」崔凝一直挺喜歡雲喜。

崔況微微點頭。「聽說魏兄身邊專門配了個能說會道的說媒小廝，就是你吧？」

雲喜謙虛道：「哪裡哪裡，崔小郎君謬讚。您三位請隨小的來。」

雲喜領著三人去了暖閣，還未進門，便聽見裡面的笑聲。

崔凝不讓他通報，悄悄開門進去。

崔淨跟在後面，一進屋才發現凌策也在，頓時進也不是退也不是，略有些尷尬。

因著魏潛與符遠背對著門，崔凝直接撲過去叫了一聲嚇唬他們。

誰料這兩人像是背後長了眼睛似的，均回頭淡定地看著她。

崔況認命地上前作揖。「家姊不懂事，兩位兄長莫怪。」

凌策這時也看到了崔淨，衝她一笑。

崔淨見狀，覺得自己太小家子氣了，於是大方地回以一笑，再與符遠和魏潛打了招呼。

「五哥，方才在外頭看見你被人堵了！」崔凝一屁股坐到魏潛旁邊，遺憾道：「你這麼出名，咱們都不能一起到街上逛了呢！」

「嗯。」魏潛不動聲色地將酒壺和酒杯移遠了。

符遠笑道：「妳五哥逢年過節的時候就窩在家裡看書，有一年戴著面具還被人識破了。」

「哈哈，你也好意思說！還不是因為你中途摘了面具！」凌策笑著起身，將崔淨請到自己身邊來坐。

崔淨臉色微紅，坐了過去。

他們三個人處得好，和符遠同行，還戴著面具的，肯定是魏五郎啊！

「可不能冤枉我，那是被人擠掉了！」符遠道。

「反正不能怪我。」凌策笑吟吟地轉頭問崔淨：「妳累不累？可要出去玩兒？」

崔淨的臉刷地紅了。

「快去快去！」符遠散漫地揮手，旋即又嘆道：「真讓人羨慕。」

崔淨原是不太好意思單獨跟凌策出去，符遠會做人，給了她一個臺階，也就順勢點頭答應了。

崔凝看著兩人起身要走，忙道：「我也羨慕，我也想去。」

「我的姊，妳可長點心眼吧！」崔況瞪了她一眼。

「正巧咱倆都羨慕，不如結伴而行？」符遠探頭問崔凝。

崔凝點頭，但立刻又搖頭。

剛剛聽了魏潛小時候遭難的故事，現在覺得別人都在外面玩，他卻只能一個人待在屋裡，多可憐啊！

符遠見她看了魏潛一眼，便又道：「他不能出去，一會兒咱們買些好玩的帶回來可好？」

好！

前一刻還對魏潛充滿同情心的崔凝，一眨眼的工夫就毫無原則地跟著符遠走了。

「唉！」崔況沉沉嘆了口氣，快要操碎了一顆少年老成的心。

眼見著人都走了，崔況才問：「魏兄，符兄是不是看上我二姊了？」

魏潛頓了一下，點頭。

崔況默了默，又問：「我二姊若不是崔家女，他還能看得上她嗎？」

「我不清楚。」魏潛抿了一口酒道：「放心吧，長庚若是只娶門第，也許早就成親了。」

「哦，我就怕他以前這樣想，現在年歲大了就馬馬虎虎找個人湊合一下。」崔況自言自語。「看來我早早看好媳婦真是明智之舉。」

魏潛動作一僵。「你現在就看好了？」

「是啊，裴家的娘子。」崔況道。

成名要趁早，成親也要趁早嗎？

魏潛陷入沉思，原來自己耽誤到現在是這個原因？

崔凝跟著符遠逛了一圈，抱了一大堆東西回來。

「五哥，這都是給你的。」崔凝豪氣地將東西放在魏潛面前。

崔況湊過來伸手翻了翻，十分看不上眼。「這都是些什麼玩意？」

崔凝不搭理她，數著東西。「這是我猜謎贏的燈籠，這個是我畫的扇面，這個是桂花糖，這個……」

待她一樣樣數完，魏潛才拿起那張扇面。「妳畫的？」

那是一幅很簡單的畫，大片的留白，只用筆墨暈染了遠山和明月，落款也只有一個「凝」字，清爽素雅，畫工竟然不俗。

「嗯，街上有人擺攤賣扇面。」崔凝從袖中掏出一物，在崔況面前晃了晃。「我也給你畫了一個，只是估計你也看不上眼，就不給你了。」

崔況一把抓住，塞進自己兜裡。「罷了，親姊畫的，看情面也得收著。」

「我的字不大氣，你若要用的時候自己題字吧。」崔凝對魏潛道。

「好。」魏潛應道。

「符兄，二姊送了你什麼東西？」崔況忽然問。

符遠揚了揚手裡的扇子。「她給每個人都畫了一幅。」

「送禮都不上心。」崔況失望地搖搖頭。

崔凝反駁道：「怎麼不上心啦，多實用啊！開春天氣很快就暖和了，正派得上用場！」

崔況無語，他跟她說的不是一碼事好嗎？

「時間不早了，我們回去吧。」崔況覺得，自家二姊自從失憶以後越來越走下坡路，已經完全沒有挽救的必要了。

「不等大姊嗎？」崔凝問。

崔況已經起身與符遠和魏潛作揖告別了，聞言走過來直接拉著她的袖子往外拽。

「符大哥、五哥，我走啦！」崔凝回頭揮揮手。

兩人目送他們離開。

待走出大門，崔凝又問：「咱就這樣走了？真不等大姊？」

「一會兒表哥會送大姊回去的。」崔況背著小手，無奈地道：「妳說妳，該上心的事情不上心，不該操心的又瞎操心。」

崔凝掏了掏耳朵。「你真是比母親還能念叨。」

「我和母親怎麼沒念叨大姊？可見還是妳毛病多。」崔況道。

好像……是有那麼幾分道理？

崔凝無言以對，與他一併走出朱雀街，上了自家馬車。

第二十三章　春闈

夜華如水，長燈如渡。

守過一歲，年歲又長。

過完年之後，人們還未從節日的氛圍中走出來，很快又是新一年的花紅柳綠。

一年一度的春闈就要開始了。

這是崔凝一家搬到長安後經歷的第一個春闈，又有凌策參加，所以一家人都比較關注。

因是一年一次，許多流程都去繁從簡，科舉連考六天，第一日考明經科，第二日考進士科，這兩科都屬常科，接下來依次是明字科、明算科、史科，還有童子科。

童子科也稱童子試，參加考試者是十歲以下孩童，各個州府都有考試點，主要目的是考學，或者是獲得參加其他各科的考試資格，因此並不是特別受關注。

因明經和進士科先考，基本在童子試結束後就會放榜。

之後便是殿試，殿試的懸念並不是特別大，因為每年基本都是進士科的人。

前年符遠考了進士科魁首，並且被聖上欽點為狀元，他在詩賦方面的才華鮮有人能及，狀元非他莫屬。

而魏潛在詩賦方面不似符遠那般令人驚豔，大唐能與他比肩的人才不在少數，於是他不動聲色地連考五科，包攬明經、進士、明字、明算、史科五科魁首。

這樣一來就算殿試表現一般，陛下也得認真考慮一下。

而今年，看點就更大了。

風頭最勁的奪魁人選有三個，分別是：長安才子凌策、江左才子謝颺、蜀中才子陳智。

這幾天崔淨吃不好睡不香，圓潤的臉龐迅速消瘦。

崔凝聽了很多關於科舉的事情，包括魏潛奪得狀元的傳奇，便勸她道：「叫表哥也多考幾科吧？何必要死守著進士科呢？」

「妳懂什麼呀？」崔況白了她一眼。

「我不懂，那你倒是說說啊！」崔凝道。

科舉期間，白鶴書院也放假了，所以崔道郁有空與孩子們聚在一起，聽了他們的對話，便給崔凝解釋：「多報幾科，有十分把握也就罷了，有魏長淵在前，若有一、兩科奪不到魁首，便平白落了笑柄。朝廷最看重進士科，若不守進士，奪了其他科魁首，怕是也不能被點為狀元。」

「父親，您看表哥有幾分把握？」崔淨問道。

崔道郁沒有參加過科舉，但他大致能看出幾分形勢。看著女兒日漸消瘦的臉，無奈道：「淨兒何必如此在意？」

「我是看出表哥甚是在意，擔心罷了。」

凌策能考上狀元，她固然面上有光，考不上她也不會嫌棄，只是心愛之人在意的事情，她難免跟著憂心。

在旁聽了許久的凌氏開口道：「策兒本身並不是凡事都要強的孩子，只是肩上扛了凌家的擔子，很多事情由不得他不去爭，妳將來在他身邊可不能這般沒有主意，妳要豁達，要學會開解他。」

崔況以前覺得母親在很多事情上很糊塗，性子又柔，可是隨著年紀和見識的增長，他漸漸覺得母親是個很了不起的女人，有大智慧。

「況兒跟我去書房。」崔道郁識趣地給妻子騰地方教女兒道理，領著崔況去書房進行「友好」的父子談話。

母女三人送了他們出去，崔淨才道：「女兒明白，可是……」

「可是忍不住擔心對吧？」凌氏握住她的手。「有時候人進了死胡同，無論別人說什麼都聽不進去，妳父親就是如此。可選擇走哪條路的人畢竟是他，他鑽牛角尖，我也只能慢慢勸著、開解，再難也要陪著他一起走下去。那時候我時時刻刻都在煎熬，真是恨不能衝到長安一巴掌打醒他，但還是得忍住。」

崔淨疑惑道：「母親，難道明知道夫君走錯了路，也不能及時告訴他嗎？」

「要告訴。可是要如何告訴，那也要看他是什麼樣的性子，而妳要的又是什麼。」

凌氏微微笑道：「當初我何嘗沒有提醒過妳父親？可念叨多了，他只當耳旁風；據理力爭，他比妳更急更躁，他就是這麼個撞了南牆也未必回頭的人。我與他曾經有段時間關係不大好，後來我漸漸想明白了，我只想與他夫妻和睦，其他都是次要。於是我開始試著理解他、包容他，慢慢才發現他的痛苦之處，明白癥結所在，待有合適的時機就開導他，委婉地勸解，時間一長，他也就慢慢想開了。」

「嗯。」崔淨道：「女兒懂了。」

凌氏滿意地笑了，繼續道：「為妻之道，在於柔中帶剛。」

「何謂柔中帶剛？」崔淨不解。

「男人骨子裡生來就有野心，有野心的人自然就有征服欲。妳將來為人妻，要讓他覺得妳依賴於他，要以貞靜柔和的一面來對待他，無論何時都不要據理力爭，一旦開始爭論，妳就落了下乘。於他來說，妳用爭執的方式贏了他，他即便知曉妳的意思都未必會開心；而對妳來說，不論輸贏都暴露了妳爭執時失態難看的一面，怎麼都不划算。」

崔淨皺眉道：「難道就只能一味順從？」

「妳覺得策兒如何？」凌氏反問。

「他很好。」崔淨有些羞澀。

「這不就行了？他又不是那等混帳東西，妳既覺得他很好，凡事就大度一些，何必斤斤計較？這些是我所講的柔。而所謂剛，並非是要妳變得強橫、得理不饒人，是要妳保持本心，妳必須履行自己的責任，以最從容的姿態應對任何事情。如此，他若不是個渾人，便會真正從心底感激妳，看重妳。

「不過我說的順從只是要妳不要過多插手關乎他自己的決定，夫妻之間相處，若是一味順從，到底失了趣味。日後妳自己慢慢參悟吧，他們有時候會喜歡妳使點小性子。」

凌氏見大女兒若有所悟，便轉眼看向小女兒。「凝兒可聽懂了？」

「啊，啊，小杏子？」正在神遊天外的崔凝被點名，連忙裝作很投入話題似的，一本正經地道：「花還沒開，還要幾個月才能吃小杏子吧？」

凌氏本想教訓她幾句，卻是忍不住笑了起來，無奈道：「妳呀！就一心惦記著吃！」

崔凝年紀不大不小，現在專門教她這些有點早，但凌氏覺著她腦子裡一天到晚想的事情太簡單了，必須要從現在開始薰陶，所以教崔淨的時候便把她留下來在旁邊隨便聽一聽，多少能帶著明白些事理，誰想這丫頭竟然早就走神了！

「我聽了。」崔凝見她們笑得前仰後合，一臉委屈地道：「母親說的為妻之道，就像祖母說的做淑女的道理一樣，都是揣著明白使勁裝嘛！」

凌氏氣極反笑。「真真是不知怎麼說妳好！」

「母親，妹妹說得不無道理。」崔淨仔細想想，可不就是裝嗎？

「裝什麼？」凌氏有些失望，嘆道：「妳們一個兩個都不讓我省心。我要妳貞靜柔和，那得是打心裡看得開，若是憋著一肚子氣生生隱忍，到頭來還是傷了自己。貴女的作派固然重要，但妳們是我女兒，若實在不是那器量大的人，還是由著性子吧，自己舒坦重要。」

賢淑優雅的女子，永遠不會讓自己表現出醜陋狼狽的狀態，這便是氣質。凌氏觀察了兩個女兒許久，相較之下，她更擔心崔淨。

儘管崔凝各方面的表現都差強人意，但凌氏能看出她是個豁達的孩子，比較能看得開。而崔淨雖端莊大氣，但其實有些孤傲，也像她父親，容易鑽牛角尖。

可是心性這種東西，哪怕說破了嘴皮子，讓崔淨明白了種種道理，怕是也起不到多少作用。

從性子而言，其實崔凝更適合凌策，但……她其他方面也忒差了點！凌氏要是只跟娘家談「心性」，估計能被她母親罵個半死。

「淨兒，妳的能力足以擔當宗婦，要緊的是凡事都要看開一些，母親希望妳開心。」凌氏道。

「母親，我明白。」崔淨笑了笑，面上已不帶憂色。

崔凝托腮道：「人生來便有各自的緣法，凡事隨緣吧，姊姊莫憂心了，表哥要是考上了就皆大歡喜，考不上就考不上唄，凌家沒有這個狀元就敗了不成？再說朝廷也沒規定只有狀元才能做宰相哪。」

凌氏微驚，看向崔凝的目光便多了幾分讚許。「凝兒看著糊塗，心裡卻是明白得很。」

「我看著也不糊塗！」崔凝不滿。

凌氏笑道：「是是是，妳不糊塗，滿臉都寫著聰慧伶俐！」

崔凝接著道：「姊姊這幾日吃得都不多，現在想必餓了吧？家裡廚娘做的杏仁奶羹可好吃了，母親趕快讓人做來給姊姊吃吧。」

「我看是妳想吃吧？」凌氏說著，轉頭吩咐侍女叫小廚房做些小點心來。

一會兒工夫，飯菜便上來了。

因著不是飯點，只是一些糕點、粥之類的小食。

崔凝不挑，埋頭吃得專注。崔淨喝了一小碗粥便擱了筷子。

科舉明經、進士科都已經考罷。

等了四、五日，便聽街上有人喊揭榜了。

崔凝拉著崔況跟著小廝一道跑過去看榜。

還隔著好一段距離馬車便走不動了，前面被圍得水洩不通，只聽著人聲嘈雜，有人歡笑有人哭。

他們只好下車到附近的茶館裡坐，讓小廝擠進去看結果。

茶樓裡也是人滿為患，沒有雅間，好不容易在角落裡找到一個位置坐下，便聞外頭敲鑼打鼓的聲音，有人高聲喊道：「江左謝子清奪了魁首！江左謝子清得了魁首！」

崔凝愣了愣，問崔況：「表哥是不是不能當狀元了？」

「不一定，不過我看機會不大了。」崔況頗為遺憾地道。

「那……姊姊得多失望啊。」崔凝憂心道。

崔況告誡她：「這話萬萬不能在表哥面前說。」

「我知道，這兒不就只有你我嗎？」連崔凝心裡都覺得有點難過，可以想見崔淨聽到這個消息是什麼感覺。還有凌策，又會是什麼感覺？

崔況見她沒了笑容，便道：「勝敗乃兵家常事，妳拉著臉做什麼。」

「你要是沒奪魁首，我還笑得跟朵花似的，你願意嗎？」崔凝也不是有多麼傷心失望，只是覺得不應該表現得開心。

「妳不會有那種機會的！」崔況哼道。

「我呸。」

崔況瞪她。「妳的禮儀都學到哪裡去了！」

「哼！」崔凝扭頭不理會他。

待喝了半盞茶，崔家的小廝跑進來，稟報道：「郎君得了第二。」

崔況問道：「那個蜀中陳智呢？」

小廝道：「陳郎君沒有考進士科，考了明算和史科，均奪了魁首。」

崔況眉頭皺了起來，揉了揉肉臉。「這下榜眼都懸了。」

哪怕朝廷再不重視明算和史科，陳智那也是雙科魁首，這就使他成了榜眼的有力競爭者，甚至還有可能與謝颺爭一爭狀元。

「若是魏兄或符兄今年參加考試，那才精彩。」崔況咂了咂嘴。「回吧。」

崔凝跟在他身後，小聲問道：「聽你的意思，表哥才學不如符大哥和五哥？」

「全長安都知道。」崔況邁著小方步到了茶樓門口，先恨恨地瞪了高高的門檻一眼，這才使勁抬高腿邁出去，然後裝作輕鬆地繼續道：「表哥文武雙全，更擅長兵法，論起吟詩作賦，恐怕還不如魏兄。」

「五哥也會武功啊！」崔凝道。

崔況步子一頓。「真的？妳怎麼知道？」

沒有人告訴崔凝，但是在老家的時候，魏潛踢自己那一腳的力道和速度，還有硬生生撤力，絕對是常年習武的人才能夠做到。

起初崔凝以為是凌策踢她，心裡並沒有多想，凌策喜歡收集刀，會武功也不奇怪，誰知竟然是魏潛。

崔凝就把自己的猜測說給崔況聽。

崔況聽罷，嗤道：「妳知道什麼。」

崔凝一驚，差點露餡了，還好崔況沒有懷疑她為什麼懂武功，只以為她是胡亂揣測。

「不過，真沒想到妳能蠢到這種程度。」崔況睨了她一眼。「夜襲都能摸錯房間？真難為妳有法子跑到客院去。」

跑到客院不用動什麼腦子，就是翻牆唄，崔凝五、六歲就翻得很好了。

兩人坐上馬車，崔況忍不住嘆了一聲：「唉！」

崔凝揪著絡子上的線。「我真的很笨嗎？」

「老天爺，這麼明顯的事實妳自己竟然還不確定？」崔況憐憫地拍拍她的手，用看智障的眼神看著她。「以後有我在，不會讓人欺負妳的。」

崔凝愣了一下，隨後動容地反握住他的手。「小弟，你真好。」

「姊弟情深」的兩人回到府中，去了凌氏的院子。

家裡早就知道名次了。

凌氏正長吁短嘆，見著他們，便道：「凝兒，去看看妳姊姊吧，盡量逗她開心。」

「我也去。」崔況道。

「嗯。」凌氏那日說了一大通，當時看著崔淨明白了，可聽見消息後整個人還是懵了，臉色白得嚇人。

眼下，凌氏也只能盡量往好處去想，崔淨是太過在意凌策才會失了方寸。

崔凝與崔況來到崔淨院裡。

滿院的杏花都開了，粉白的一片，崔淨坐在樹下垂眸不知在想些什麼，一會兒便嘆了口氣。

「姊！」崔凝小跑著過來。「我們看完榜了。」

「我都知道了。」崔淨情緒不高。

崔況慢悠悠走過來，在崔淨身邊坐下。「大姊不高興？」

「倒也不是不高興，只是擔心表哥。」雖然大部分都是擔心，可崔淨心裡確實有些不太舒服。

睿智博學的男子，更容易令女子動心，崔淨當初會看上凌策，也是因為他比魏潛和符遠更耀眼。他的光芒外露，而魏潛和符遠很內斂，三個人站在一起的時候，凌策最令人矚目。

當她忽然發現凌策並不如她想像中的那般完美，便難免會失望。

再加上，她如今深陷愛戀，使得她過度擔憂凌策。

「小弟方才說了，勝敗乃兵家常事，表哥肯定也懂這個道理，姊姊不必太替他擔心啦！」崔凝勸慰道。

崔況點頭。「表哥是男人，不會禁不起這點挫折。」

崔凝附和道：「對呀，況且第二名也很了不起呢！小弟說了，表哥擅長兵法，那個謝子清又不懂兵法。」

「什麼叫那個謝子清？他也是咱們表哥。」崔淨道。

崔凝笑道：「嘿嘿，姊姊還能嘮叨我，可見心情好點了？」

「大姊，凡事灑脫一些好。」崔況雖不懂什麼為妻之道，但見崔淨為著這點事情就失態也有些看不下去。「妳看二姊，都傻成這樣了還不是照樣過日子？妳比比她，便覺得這輩子值了。」

「對呀。」崔凝下意識地附和，反應過來之後抬手使勁拍了崔況一下。「說得好好的，為啥要扯上我！」

崔淨噗哧笑了出來。「行了，你們倆呀，見面就掐。」

「是他先掐我。」崔凝氣鼓鼓地道。

崔淨笑道：「你們倆啊，到底是來勸我的，還是來讓我勸架的？」

三人說笑了一陣子，便一同往凌氏屋裡去，準備吃晚飯。

第二十四章　江左子清

隔日。

殿試之後，真正的名次很快就出來了，江左謝子清奪得狀元，凌策為榜眼，奇怪的是，探花竟然不是陳智，而是白鶴書院的一名學生。

眾人紛紛打聽，才知那陳智自覺長得醜，言說恐殿上汙了聖目，史科榜還沒有貼出來，便收拾包袱回蜀中去了。

全長安的人都開始好奇了，這是得有多醜，才羞於見人？就連皇帝都被勾起了興趣，派人去抓陳智，並放言說：若滿朝文武有三個以上說他不醜，便以欺君之罪論處。

於是陳智才走出十里路就被捉了回來，但是這傢伙一路上捂著臉，就算被拉到殿上也死活不鬆手，全無君子風度。

直到皇帝說若是不肯自己鬆手就來硬的了，他這才道，要狀元、榜眼上殿才肯鬆手。

謝颼與凌策正在參加瓊林宴，便被招了過來。

陳智往兩人跟前一湊，就亮出一張傳說很醜的臉，結果滿朝文武皆言：確實不堪入目。

一般人站在謝颺和凌策面前都會黯然失色，何況陳智確實長得不怎樣。陳智如此機敏，皇帝很喜歡，但又討厭他如此疏狂的性子，於是便賜他為「如探花」，且必須與狀元等人一起遊街，好教滿長安的人見識見識他如何醜得驚天地泣鬼神。

自古側室便稱作「如夫人」，「如探花」顯然是調侃懲罰的意思，可陳智竟然很是滿意，喜孜孜地跟著遊街去了。

今年，崔凝又趴在樂天居的樓上等著，不過這回不是為了看狀元，而是為了看「如探花」。

當意氣風發的才子們身著紅袍策馬而來的時候，人群中詭異地靜默。就連自詡淡定的崔況都不禁好奇地伸長脖子。

隨著隊伍漸近，崔凝看清楚最前面的那個人，彷彿明媚的春光全部聚於他身上，耀眼得令人沒有真實感，她和所有人一樣，不由自主地便屏住呼吸。

直到一群人策馬而過，崔凝這才想起來沒有看到傳說中的陳智，甚至連凌策都不曾注意到。

「風華絕代啊。」崔淨感嘆。

他一出現就奪走了所有人的目光。他吸引人的原因並不只是容貌出色，那通身的氣度也鮮少有人能及，尊貴卻瀟灑疏闊，雖有書卷氣，卻又絲毫不覺得太過文氣。

「這天下大概也只有謝家才能養出此等氣度風華。」符遠評價道。

天資固然很重要，可也只有生長在那等底蘊深厚的家族，從小耳濡目染，才能造就如此人物。

「說到氣度，還是有人比他好的。」縱然方才崔凝也有那麼一瞬間的失神，可是論到氣度，崔凝始終覺得這世上沒有人能比得上二師兄。

說起來也奇怪，二師兄不像謝颺般如仙如畫，有時候還教唆她調皮搗蛋，然而隨著崔凝見識越來越多，卻覺得二師兄其實才是真正的有氣度。不管二師兄平時看來有多麼不可靠，可是關鍵時候從未出過差錯，就連死，都能坦然一笑赴之。

「誰？」崔淨問。

崔凝笑嘻嘻地看了符遠一眼。「符大哥就很有氣度。」

「哈哈，真難為妳除卻巫山看別處還都是雲。」符遠笑道。

崔凝沒見魏潛，便問了一句：「五哥還在忙嗎？」

符遠道：「監察司所有人都喜歡妳五哥，知道為什麼嗎？」

崔凝搖頭。

「他就是一頭任勞任怨的牛，什麼難案懸案，儘管丟過去，他從來不知道怎麼推拒。」符遠笑道：「也不知道監察司是不是把活都丟給他了，這才剛開年就忙得腳不沾地。」

監察司的職責，也包括輔助刑部監督全國各個州縣提上來的案件，每年抽查，同時也要考察當地官員有沒有出紕漏，有沒有結黨營私，諸如此類。

審查官員，與官員能否升官直接掛鉤，所以有油水可撈；至於審核案件，則完全是吃力不討好，你辦好了是你分內之事，稍有差池就要承擔責任。

魏潛現在做的就是吃力不討好的事情，因為他快速縝密的判斷能力，現在全國調上來的疑難案件全都堆到了他的案頭。

這人也從不抱怨，上面給多少活都默默地做。

他的上峰歡喜得要命，陳年舊案要翻案？給魏長淵！懸了多年的案子？給魏長淵！涉及權貴？給魏長淵……

崔凝心知今日怕是見不到魏潛了，在樂天居裡玩了一會兒，便與崔淨、崔況一起回了家。

凌氏剛剛處理完事情，見兒女過來笑容滿面。

待上了茶點，凌氏問道：「看過了？」

「嗯，謝表哥長得可好看了。」崔凝道。

「他前幾日就遞了帖子過來，明日來咱們府上作客。」凌氏笑吟吟地看著崔凝，心想謝颺這般人才，怕是沒有女子看不上。

「表哥也知道議婚之事？」崔淨問。

凌氏抿了口茶。「妳也知道謝家的規矩，他若不點頭，妳表姑母不會過來說。妳謝表哥今年虛歲才十九，謝家那邊也不甚著急。」

謝家現在已經不如從前了，但每一個煊赫過的門閥士族，無不期盼著有一天能重新走上巔峰，入仕是最重要的手段，而聯姻則是輔助。清河崔家如今正如日中天，而崔凝又是謝成玉最看重的孫女，謝家這才動了心思。

世家深知「爹挫挫一窩，娘挫挫三代」的道理，想要光耀門楣，自家兒郎爭氣要緊，娶個能夠持家相夫教子的媳婦也十分重要。

謝颺如此優秀，又是這般出身，天下有哪個女子不樂意？謝家大可以慢慢挑揀，眼下也只是對崔家放出了這種意向，並非一定要娶崔凝，倘若她的德行不足，謝家是絕不肯要的。

一直默默坐著的崔況突然開口道：「母親，聽說裴參軍最近升官了，已經在長安定居，您若是出門交際的時候，還請與裴夫人多走動走動。」

凌氏愣了一下。「裴參軍的夫人？」

「就是裴九娘的母親！」崔凝記性可好著呢！

凌氏這才想起來兒子曾揚言已經看好了媳婦，她笑斥道：「你姊姊還沒急，你急什麼！」

崔沉皺眉道：「不早了。我仔細想過，若是再等七、八年，我未必能說到比裴九娘還好的！」

他說的這個好，包括很多方面，模樣、性情、門第等等。

清河崔家的門第固然很高，但裴家的門第也不比崔家低，況且裴九娘的父親如今還年輕，現在都已經是四品下了，還是手握實權的官職，只要他不自己找死，七、八年後就算不能當宰相，多半也能在三省六部為一主官。

相比較之下，崔沉的情形可就有點不太妙，崔玄碧眼看要告老，崔道郁現在還在白鶴書院熟悉事務，一年以後老山長才告老……

七、八年後，他們家正是青黃不接之際。

凌氏自然也知道，笑道：「你就不能自己努力？你要是考個狀元，裴家隨便哪個娘子，母親都能給你討來做媳婦！」

「我打算明年或後年考。」崔沉認真地道：「在此之前，母親先瞭解一下裴家，沒什麼壞處。」

「真的？」凌氏驚道：「此事可有與你父親商量？」

崔淨與崔凝也俱是一驚。

崔沉以前在老家的時候被譽為神童，名聲很響，但是到了人才輩出的長安，他就顯得沒有那麼出眾了，見慣了多智的人，大家漸漸都覺得他似乎比以前正常，誰料一直默默上學下學的孩子，竟然突然說要參加科舉！

「小弟有把握？」崔淨勸道：「你現在年紀還小，不必太急。」

「準備好了，什麼時候都不會太急。」崔況已經定了主意，別人再怎麼說也都枉然。「我晚上會與父親說。」

凌氏很擔憂，心想莫不是連看了兩年狀元遊街，把孩子刺激到了？不過科舉又不是什麼壞事，去試試水也好，凌氏遂也沒有反對。

「此事你與父親商議吧，不論你做什麼決定，母親都支持你。至於裴家，我若是有機會遇上自會多加留意。」

「多謝母親。」崔況道。

崔凝比任何人都要震驚，因為崔況曾經說過，若是沒有十足的把握得第一就不會去觸碰科舉，他現在可是有信心了？

從凌氏屋裡出來，她瞅著機會便拽著崔況跑到花園的一個僻靜處。

「你真的準備好了？」崔凝問他。「不是羨慕謝表哥遊街？」

崔況翻了個白眼。「妳以為誰都跟妳一樣？」

「那……」

「其實我最忌憚的就是謝家表哥，現在的我遠遠比不上他。我對進士科沒有太大把握，但是明經、明算不難。」

崔泥抄著手蹲坐在亭子邊，仔細說與她聽：「科舉連續舉行好幾年，奇才不斷湧現，常常有意想不到的人奪進士科的魁首，但是那些皓首窮經的人大部分早就考過了，明經競爭不那麼大，我天生過目不忘，考明經應不是問題。」

如今的科舉多是貼經釋意，也就是從要考的一些典籍當中隨便抽取，抹掉一些內容，讓考試者填寫，再者就是著文解釋個人對經文的理解，不光是要求說清楚意思，也要有自己的理解和思考，文章更要寫得漂亮。崔泥這種天生過目不忘的人占了很大便宜，至少在貼經上不會失誤。

當然，崔泥雖過目不忘，卻並不是死讀書，他沒有足夠的閱歷，註定不會寫出老辣的文章，但他文風素來是以「奇秀」出名，腦子裡似乎裝了許多奇奇怪怪的想法，常人難以揣度，很多獨到的見解都能令人拍案叫絕。

他的實力和信心相當，實非狂妄。

「明經、進士、明算、史科這四科我都打算試一試。史科有七、八成把握，明算科不太有信心，考試範圍太博雜，畢竟我活的年頭還短。我與祖父聊過，當今聖上更偏好錄用才思敏捷之人，若是不遇上強勁對手，寫出如洪呂大鐘般振聾發聵的泰岳之文，我也有七、八成的把握能占進士科的榜首。」

崔凝看著蹲坐在對面的崔泥，這小小的傢伙，怎麼腦子裡就裝了那麼多東西呢？

跟崔況一比，她覺得自己實在太沒用了，又問道：「考了狀元之後呢？」

「祖父說，連續幾年科舉，人才已經過剩，如今還有許多人在等候錄用，趁著他還在朝廷的時候先帶我幾年，對我以後有好處。」

這世上多智早夭的例子不勝枚舉，很多人小時了了，大未必佳，大多數並非因為他們突然變笨，而是沒有受到正確的引導和教育。

崔況天資之高，整個崔家都很重視，因此讓他早早接觸政治，並不是他一個人任性的決定，而是族中長老多年對其觀察，最終與崔玄碧商議之後做出的選擇。

「其實我這麼早去考科舉，也是形勢所逼。」崔況一副感嘆命運多舛的小模樣。

崔凝疑惑道：「什麼形勢？」

她怎麼就沒有看出來呢？

「祖父年紀漸大，父親不爭氣，母親是個閒散性子，二姊腦子又不好使。」崔況揣著手，看向她。「大姊嫁去凌家，怎麼說都是母親的母族，不會吃虧。可妳就不一樣了，謝家是衝著祖母才想求娶妳，若他們發現不是預想中的樣子，這婚事難成。不過妳也不用著急，以後我有出息，妳在世家子弟裡邊隨便挑揀，選個稱心如意的嫁，人家也不敢嫌棄妳。」

都是一家子不爭氣，才逼得他小小年紀出去打拚啊！

嫁人雖不在崔凝的計畫之中，但是崔況如此為她打算，她打心底裡感動。「小弟……」

「妳是我親姊，這些是我分內之事。」崔況拍拍她的肩膀，又道：「快要開學了吧？」

「嗯。」崔凝覺得好像每個人對未來都有規劃，就她滿眼茫然，只能等，果然是她太笨了呀！

「裴九也會去懸山書院，妳記得幫我看看。」崔況道。

崔凝義不容辭。「肯定會的！放心吧！」

崔況笑著起身理了理衣服。「那我去看書了。」

「好，你去吧。」崔凝忙道。

看著崔況走遠，她覺得有點不對頭，他好像是在哄她去幫忙看著未來的媳婦？可是他說的話又確實不像作假，罷了，這問題不想也罷！

崔凝撓了撓臉，腦子裡一片漿糊。

她也想像崔況一樣，做到事事心中有數，可是她想破腦袋卻連下一步該幹什麼都不清楚啊！除了到東市、西市去看看刀之外，還能做些什麼呢？

這一夜，註定又是個失眠夜了。

好不容易天色朦朧的時候才睡去，沒多會兒又被青心叫起來。

崔凝迷迷糊糊地坐在妝臺前，兩眼無神地看著青心和青祿帶著其他婢女忙碌，半晌才想起來問一句：「今天怎麼這麼多人？」

平時起床的時候都是青心或青祿帶著一個人伺候，今天好像出動了院裡所有婢女？

青心把一塊滾熱的帕子敷在崔凝臉上，她被燙得嗷的一聲，隨即又舒服地嘆息起來。

「娘子忘記了？今日謝郎君來啊！」青心道。

帕子取下來，青心湊到她面前仔細看了看，抬頭吩咐其他侍婢：「去拿熟雞蛋來。」

「我一會兒要去陪祖父吃飯，拿雞蛋做什麼？」崔凝稍微清醒了一點。

「娘子昨夜又晚睡了吧？眼底下都青了。」青心兀自嘮叨。「得告訴夫人才行，娘子小小年紀就總是睡不好，正是長身子的時候怎麼受得住？」

崔凝只好裝作自己不存在。

青祿過來幫她換衣服，然後梳頭。

青心剝了雞蛋在她臉上滾，熱熱滑滑的感覺讓崔凝忍不住直哼哼，心想以前想吃個雞蛋都要蹲在雞窩跟前守著，哪曾想到現在居然拿它來滾臉呢！唉！想想真是可惜，如果她要來吃了，會不會被人懷疑她不是大家閨秀？

在崔凝的胡思亂想中，青心、青祿手腳俐落地收拾好了。

崔凝睜開眼睛往鏡子裡一瞧，自己都被嚇了一跳。「這是我？」

剛到佛堂的時候，崔凝瘦得跟柴火棍似的，但是嬌養了這麼久，她像是褪去了那層不起眼的殼子，再加上精心的裝扮，連她自己都有點不敢認了！

鏡子裡的人一襲鵝黃色襦裙，彩色衣邊，顯得清新又不失活潑，露出的手腕上繫著一串圓兔子，很是有趣，烏黑的頭髮半挽，與衣邊顏色相同的髮帶纏繞做裝飾，兩頰邊垂著辮子，額頭上一小撮瀏海兒，看上去十分可愛。

她的眼形有些像桃花眼，再加上皮膚特別白，點墨似的眼特別生動。

青心看了一圈，有點不太滿意。「顯得太小了。」

這身打扮放在平常絕對妥當，但是今日謝颺過來拜訪，有點相看的意思，崔凝這一身打扮就顯得有些幼稚。

青祿很快又讓她換了一身紅色衣裙，收拾完後，發現崔凝太瘦了，氣質並不顯雍容。

達不到預想效果，這一身又被否決了。

很快，在青心的指揮下，青祿給她換了一身淺青色配金銀繡的長裙，又將頭髮打散，瀏海梳上去，垂辮當作髮帶攏住半挽起的頭髮，又尋了銀鑲玉的小髮飾點綴。這麼一弄，崔凝立即顯得大了一、兩歲，既清新脫俗，又不失活潑俏麗。

「好。」青心這才點頭道：「日後娘子要多多打扮才好。」

平時崔凝都是挑著最方便簡單的穿，弄得身邊侍婢都不知道她適合什麼，臨上陣才這麼一大通折騰。

崔凝從小在一群糙漢中間長大，但泯滅不了女孩愛美的天性，以前沒條件的時候很愛弄，現在卻反而不願意在這方面花時間了，倒不是突然變了性子，只是覺得自己不應該浪費時間，有精力還不如去多看書，多瞭解這個世道，以便早日找到神刀。

裝扮好之後，崔凝還和往常一樣去祖父院子裡吃早飯。

崔玄碧見到她，眼裡閃過一絲詫異。「妳這樣，很像妳祖母。」

崔凝面容與謝成玉有兩三分相似，只是謝成玉更豐腴穠麗一些，崔凝更顯素淡。

「我聽姊姊說，祖母年輕的時候傾國傾城，祖父這是誇我呢？」崔凝笑著坐下。

崔玄碧笑笑。「吃飯吧。」

祖孫兩人吃完飯，便有人來通報，謝颺過來給崔玄碧請安。

「祖父，我要迴避嗎？」崔凝問。

「跟我來。」崔玄碧道。

崔凝跟著他到了廳中，他指了指屏風。「進去吧。」

崔凝高興地躲過去，又探出頭來衝他吐了吐舌頭。

崔玄碧難得露出一個真正開懷的笑容。

須臾，有小廝通報：「小謝郎君到了。」

「進來吧。」崔玄碧沉聲道。

崔凝趴在屏風後心想，偷窺可真是門學問，要怎樣才能在不露痕跡的情況下成功偷看到呢？

其實她完全理解錯了，崔玄碧讓她躲在後面，只是想讓她聽一聽謝颻的言談，約略看看他的舉止。

崔凝只隱約看見一個挺拔的身影走進來，廳內便響起了清朗的聲音。

「愚外侄孫子清拜見祖姑父。」那人直接跪下，給崔玄碧磕頭。

平時就算是奴僕也很少行跪禮，但謝颻行的是孝道，他遠離長安，不能經常來拜見長輩，況且剛過完年，磕個頭是應該的。

崔玄碧起身虛扶起他，抬手拍拍他的肩膀。「都長成大人了，快坐吧。」

「謝祖姑父。」謝颻道謝之後隨著崔玄碧坐下。

「不必拘束，就如到自己家一樣。」崔玄碧仔細端詳謝颻，讚道：「真是個出色的孩子，都說琅琊王氏個個生得好，卻差你遠矣。」

謝颻今日一襲絳色袍服，坐在廳中無端便襯得屋裡亮堂了幾分，他一笑。「祖姑父過譽了。外侄孫以往遊學在外，不能常常來給您請安，實在罪過。」

「志在四方，何必拘泥？」崔玄碧笑道：「家裡祖父、祖母都還好吧？」

「勞祖姑父掛念，祖父、祖母一向好，家裡人也都命我向您問好。」謝颻道。

兩人寒暄了一陣子，崔玄碧開始問他以後的打算，聊了很久。

崔凝急得要命，連崔玄碧這樣沉鬱的人看上去都好像挺喜歡謝颺，可見這個人確實很有涵養。

她忍不住趴在地上，從屏風下面悄悄探出頭來，心想這個位置應該很難被發覺。只是謝颺正坐在面向屏風的地方，一瞬間便看到了她。

崔凝只見他一襲絳色寬袖袍服端坐在胡椅上，長眉入鬢，狹長的鳳眸含著淡漠，透出些許威嚴，因而雖生了一副俊得近乎妖魅的皮相，卻不流於俗，讓人覺得矜貴不可侵犯。

可是，他在看見崔凝的那一刻，脣角微微揚起，又平添幾分魅惑，居高臨下垂眸看著她，宛如傳說中掌管天地一方的神君。

崔凝愣了許久，猛然抽身回來的時候，卻忘記自己頭在屏風下面，於是，只聞「咕咚」一聲，屏風一震，轟隆倒地。

崔凝腦袋嗡的一聲，感覺自己要悲劇了……祖父不會發火吧！

她忙揉著腦袋站起來，頭腦嗡嗡眼淚汪汪地看向崔玄碧。

崔玄碧不愧是久經風浪的人，這麼大動靜，他連眉毛都沒有動一下，看了她一眼，見沒有受傷，便用一點點訓斥又有一點點寵溺的語氣道：「又調皮！過來見過妳表哥。」

崔凝只好走過去行禮。「見過表哥。」

謝颺起身回禮。「二表妹。」

原本他坐著的時候，兩人視線差不多，他站起來，崔凝又變成了仰視。

「子清先去見見你表叔、表嬸吧，待午膳後再來與我說說話。」崔玄碧道。

「是。」謝颺應道。

崔玄碧又看向崔凝。「阿凝給妳表哥帶路吧。」

「哦。」崔凝欠身，轉向謝颺，小心翼翼地道：「表哥，咱們走吧？」

兩人沉默著從屋裡出來。

崔凝覺得簡直像是在油鍋上煎，整個背後都熱辣辣的，腦袋懵懵的，一切全都是因為背後那個俊美得讓人一點真實感都沒有的傢伙。

「表妹，走過頭了。」謝颺提醒道。

他的聲音從頭頂灌入耳朵，崔凝覺得腦袋和耳朵裡都是滾燙的。

「啊……」崔凝反應有點遲鈍，微風拂過才稍微清醒一點。「走那邊。」

她埋頭直往前衝。

謝颺步履悠閒地跟在後面。

出了崔玄碧的院子，青心、青祿在那邊等候，便不用她費腦子帶路了。

崔道郁聽小廝說謝颺已經從父親的院子裡出來，便攜一家到了堂中相候。

等了一會兒，大家便看見這樣的一幕：崔凝頭髮微亂，垂著腦袋在前面小跑似的，後面一個俊美似不食人間煙火的年輕男子從容相隨。

待走近了，凌氏看見崔凝腦袋上鼓起了一個大包，不禁問道：「凝兒這是怎麼了。」

崔凝見著凌氏，便趕快撲到她懷裡。

謝颺向崔道郁夫婦施禮。「子清拜見表叔、表嬸。」

「果然一表人才！」崔道郁笑著誇讚，又與他介紹：「這是我的長女淨兒，這是況兒。」

「見過表哥。」崔淨有一瞬失神，旋即便規規矩矩起身施禮。

崔況拱手。「表哥。」

一屋子人見禮之後，陸續落座。

崔道郁免不了又與謝颺一陣寒暄，問候過家裡人之後，這才開始真正的聊天。

凌氏心疼地看著崔凝腦袋上的大包，不好立刻離開，也不好追問，便讓身邊的侍女帶她去上藥。

謝颺將方才的情形簡單提了一下，只說崔凝不小心撞到屏風上去了，並未提偷窺之事。

謝颺話不多，也不失禮，之後崔道郁將話題引到學術方面，再加上崔況，三人聊得不亦樂乎。凌氏便託詞準備午膳，帶著崔淨一起去看崔凝。

崔凝躺在胡床上，腦袋上的大包已經腫得有小半個拳頭大，雖未流血，看起來卻傷得很重。

凌氏心疼道：「怎麼會傷成這樣？」

「我撞上屏風了。」崔凝覺得不是很疼，只是腦袋裡嗡嗡的，很暈。

方才崔玄碧沒有看到屏風因何倒下，還以為是崔凝不小心推倒的，便沒有多問，崔凝出來之後頭上那個包才慢慢鼓起來。

「怎麼能撞成這樣！」凌氏又問青心有沒有請大夫。

青心道：「青祿去請了。」

凌氏又吩咐道：「去冰窖裡取冰塊來。」

青心領命出去。

崔凝從母親的口氣裡聽出謝飀沒有把偷窺的事情說出來，偷偷鬆了口氣。好在她機靈，沒自己招認！崔凝昏昏沉沉的，覺得自己這一撞好像變得聰明了，不禁笑了起來。

這一笑可嚇壞了凌氏。

待大夫過來，她反覆問了好幾遍，腦袋沒撞出毛病來吧？大夫保證沒有任何問題，她才鬆了口氣。

「養妳這個閨女，我不知得操多少心！」凌氏坐在床沿，仔細看了看她頭頂那個大包。「一個姑娘家，怎麼這樣皮？妳弟弟打會走路之後就沒讓我操心過。」

「母親，我頭好暈。」崔凝聽她數落，就更暈了。

凌氏立刻閉嘴，幫她換了頭上的帕子。「敷著好受一點了吧？」

「嗯。」崔凝鼻音都出來了。

凌氏便不吵她。「妳服藥之後就睡一會兒吧，我得去看看午膳準備得如何了，淨兒，妳在這裡陪著妹妹。」

「好。」崔淨應道。

凌氏走了，崔淨看著躺在床上哼唧的崔凝，心裡隱隱難受，覺得如果當初不是崔凝和凌策退親，那現在與謝颺議婚的人就是自己了……然而一念閃過，崔淨被這個想法噁心到了，突然間開始厭棄自己。

崔凝閉著眼睛偶爾哼哼一聲，崔淨似是自語：「妹妹覺得謝表哥如何？」

「嗯……他啊，像畫裡的人。」崔凝喃喃道。

「比魏五郎呢？」崔淨很想知道崔凝的想法，想知道不是她一個人被謝颺的外表迷惑，才產生那種不堪的念頭。

崔凝毫不遲疑地道：「五哥最好。」

誰也不能替代魏潛，因為他能幫她找到神刀、回到師門。

崔淨怔住，半晌，忽然垂頭抬手捂住臉，眼淚從指縫裡溢出。

她一直是人人稱讚的貴女，也一直自認比妹妹強很多，可是忽然間，心頭一閃而過的念頭，讓她看清了自己竟然是如此卑劣、如此可憎，那種感覺彷彿從雲端一下子跌落到塵埃裡，往日所有的自以為是，如今在她看來都是響亮的耳光。

青心見崔淨在哭，而崔凝喝了藥之後像是睡著了，便微微抬手，示意屋裡的人都退出去，最後她自己也退到了門外。

待崔淨擦乾眼淚，見屋裡沒有人了，不禁沉沉一嘆，輕聲道：「我配不上凌表哥。」

崔凝卻是沒有睡著，聞言微微睜開眼睛。「妳若是配不上，表哥這輩子就要打光棍了。姊姊，我從小時候就明白一個道理。」

「嗯？」

「妳跟這個世道過不去，這個世道就跟妳過不去。妳覺得哪裡不好或不順心，多半都是自己想太多。」崔凝握住她的手，呢喃道：「有的人還得為了生計發愁，姊姊運氣已經很好了。」

而她，好像從來沒有愁這些的資格。

崔凝沉沉睡去，醒來的時候天已經黑了。

「娘子醒了？」青心見她掙扎著要坐起來，立刻上前扶著。「娘子頭還暈嗎？」

「好多了。」崔凝看看天色。「表哥走了？」

「嗯。」提起這件事情，青心就忍不住念叨：「娘子，那謝郎君再好看，咱們也得矜持些啊！怎麼能把屏風頂倒了？這傳出去不得叫人笑話？」

「妳知道了？」崔凝驚道：「母親知道嗎？」

青心嘆氣。「都知道了。」

崔凝明明記得睡著前母親還不知情，為什麼一覺醒來就暴露了？除了她自己之外，此事應該只有謝颺知道才對……

「娘子不用想了，老太爺不過一時沒看見，回頭仔細一想，還能不明白您是怎麼把屏風給頂翻的？」青心給她倒了杯水。「虧得這裡沒有佛堂，不然您呀，這會兒該待在佛堂裡了。」

那屋裡的屏風架子是用秋子木與絲綢製成，很輕，方便隨時挪用，若非如此，摔壞的可就不僅是屏風了。

待她喝完一杯水，青心又問道：「您躲在屏風後做什麼？」

這年月男女之間正常交際是尋常事，何況崔凝只有十二歲，與謝颺又是表兄妹，青心就不明白她跑到屏風後頭去做什麼。

崔凝哪兒能弄明白大家族這些條條道道，還以為原就應該避著，一臉迷糊道：

「我也不知道呀，祖父讓我過去，我覺得有趣就去了。」

「躲著點也顯得咱家娘子矜貴。」青心道。

時下男女大防並不嚴重，但將要談婚論嫁的男女，除非男方門第遠遠高於女方，否則一般都是女家先找機會相看男方，若看上了，再議論婚事。

青心是這麼以為的，可她哪裡知道崔玄碧對於屏風的情結？

崔玄碧第一次見到謝成玉的時候，只是驚鴻一瞥，之後就一直隔著屏風。這麼多年來，謝成玉髮絲微微沾雨、垂眸走入屏風的模樣始終縈繞夢中，是他散不去解不開的情愫。

今日崔凝的裝扮勾起了崔玄碧的回憶，或許他打心底希望促成謝颺和崔凝的婚事，想以一個相似的邂逅，讓那份充滿悔恨的感情，以另一種方式重新開始。

只不過他老人家想得很好，事情卻不是朝他預計的方向發展。

「凌家也來報喜了，過幾日凌郎君會過來。」青心的心都揪成一團。「娘子這回千萬要端著些啊！畢竟是未來姊夫。」

而且以前還有過婚約的，若是再鬧出點什麼事，指不定淨娘子還以為她心中不平呢！姊妹之間有了疙瘩就不好了。

「我知道了。」崔凝心不在焉地答應，扭頭又陷入了沉思。她壓根就不在意如何做好一個貴女，只要不惹出大事就行了。

青心見狀，只能又嘆了口氣。

次日，崔凝早早起床，陪著崔玄碧用早膳。

飯罷，崔凝便要告辭，不料崔玄碧卻將她留下。

「妳看子清如何？」崔玄碧問。

崔凝警惕道：「祖父問哪方面？」

崔玄碧不好直說，只靜靜望著她。

崔凝瞬間明白了。「表哥很好，恐怕看不上我吧，而且我也不太好意思嫁給他呀。」

「何謂不好意思？」崔玄碧皺眉道。

「除了所謂的門第，我樣樣都比不上他。」崔凝急切地抓了崔玄碧的袖子。「祖父答應要我自己做主的啊！可不能說話不算數。」

崔玄碧奇道：「妳急什麼？怎麼子清在妳眼裡就像豺狼虎豹似的？」

「怎麼會！」崔凝嘴上說著，心裡卻想，確實挺嚇人的。

初看謝飀，崔凝也有一瞬被他的容貌晃花了眼，尤其是那天在酒樓上看不太真切的時候，簡直俊得無法用言語形容，可是昨日距離那麼近，她本能地感覺到了危險，或許是因為他俊美的表象之下太過威嚴，讓她想逃離。

崔凝小心地觀察崔玄碧的神色，見他並未生氣，這才大著膽子道：「祖父，我不想和謝表哥議親。」

崔玄碧沉吟半晌，終道：「隨妳吧。」

「謝謝祖父！」崔凝抱著他的手臂歡喜雀躍，然後才施禮告退。

崔玄碧望著她一蹦一跳的背影，若有所思。

崔凝奔到凌氏那邊，與她說了一聲便出門去了。

崔大人駕到

〔卷二〕合歡錦

朝看無情暮有情，送行不合合流行。
長亭詩句河橋酒，一樹紅絨落馬纓。

第一章　皇甫氏

崔凝今日特地帶了立場比較不堅定又好糊弄的青祿出門，以便她行事。

酒樓裡還沒有客人，小二領著她到了後院。「今日符郎君和魏郎君都沐休，魏郎君近來接了一個大案，清閒了不少，正在書房裡休息呢。」

「為何接了大案子反而清閒了？」崔凝問。

小二小聲道：「因牽涉權貴，又亟需破案，上面便讓監察司和刑部會審，京畿衙門配合查案。監察司便派了魏郎君去，不僅不讓他做平時那些活兒，還給他升官了呢！」

崔凝近來在努力瞭解朝堂之事，仔細想想也就明白了，知道升官也不見得是好事。魏潛原來的官職不高，會審肯定不能派一個官職低微的人過去，監察司為了找個能擔責任的人，也是滿拚的。

「您自便吧，小的去前面忙了。」小二把她帶到魏潛的書房前。

雲喜遠遠看見崔凝，喜得合不攏嘴。「崔二娘子，好些日子沒見呀！」他一掃眼，看見崔凝腕上的兔子，更是喜得不行。「郎君在裡面呢，崔二娘子進去吧。」

崔凝好些天沒有見到魏潛了，聞言便未多想，抬腳進去了。

青祿卻被雲喜攔下。

屋裡窗子緊閉，光線很暗，崔凝稍微適應了一下才看清胡床上多了套鋪蓋，上面躺著個人，長長的墨髮從床沿垂下。案上堆了厚厚幾摞公文，有些還攤開在桌面上，硯臺裡有墨汁，筆尖還是溼的，一切都昭示著那個人才睡下沒多久。

崔凝在原地站了須臾，想退出去，卻有些好奇魏潛睡著時是什麼樣子，內心掙扎了好一會兒，才輕手輕腳地靠近。

他面朝著牆，背又十分寬闊，崔凝只能彎腰伸長脖子使勁往裡看。

她垂下的髮尾觸到魏潛的脖頸，讓他突然翻了一下身。崔凝身子正前傾，一時不防，整個人往床上撲倒，儘管她眼疾手快地用雙手撐住了身子，但姿勢仍是有些尷尬。

崔凝扶著床沿慢慢直起腰，剛剛站直，一隻手快如閃電地襲了過來，一把抓住了她的領口。崔凝眼角餘光瞥見他已經出拳，雙手迅速護住臉，嗷嗷叫道：「五哥，五哥，是我，別打我！」

魏潛的拳頭驟然停在了她面前。

崔凝鬆了口氣，從指縫裡看向他。

魏潛一身雪白的中衣，黑髮垂於身後，一雙眼睛漆黑如幽潭，熹微光線從他背後照進來，中衣微透，勾勒出身體剛勁有力的線條。

「嚇到妳了。」魏潛鬆開她，聲音透出睡後的慵懶沙啞。

「是我吵醒你了。」崔凝歉疚道。

魏潛坐在床沿，修長的手指揉了揉眉心。「什麼時辰了？」

「巳時初。」崔凝見他十分疲憊的樣子，站起來要出去。「你再睡會兒吧？」

魏潛抬了抬下巴。「幫我把衣袍拿過來。」

「哦。」崔凝走到衣架處，把那身玄色的衣袍抱了過來。

魏潛一邊穿衣，一邊垂眸看了她一眼。「頭頂上是怎麼回事？」

「撞到屏風了。」崔凝悶聲道。

魏潛彎起嘴角。「鑽到屏風底下去偷看謝子清了吧？」

崔凝倏然抬頭，眼睛亮亮地望著他。「五哥好厲害，你怎麼知道？連祖父當時都沒有看出來呢！」

「猜的。」魏潛道。

那個包是在髮旋的位置，昨天謝子清去了崔府，再加上她說撞了屏風，當時的情形不難猜測。

魏潛走向盆架，將巾帕丟到盆裡。崔凝狗腿地過去幫他浸溼擰好，討好道：「五哥，好些天沒見，我好想你呀！」

原本一直處之泰然的魏潛動作僵了一下，拿起巾布擦拭一下臉，轉身將巾帕拋入盆中。

崔凝一抬頭就看見他兩隻耳朵紅紅的，毫無眼色地笑道：「五哥你不是害羞了吧？」

「咳。」魏潛清了清嗓子。「雲喜，送壺熱茶來。」

「好咧！」雲喜誇張地揚聲答道。

「五哥，你累不累，我給你捏捏吧，我手藝可好了。」崔凝不是吹牛，她的手藝都是被二師兄訓練出來的。

魏潛沉聲道：「我不累。」

雲喜端茶進來，崔凝拍馬屁碰了釘子也沒有氣餒，忙接了茶水。

雲喜識趣地退出，青祿剛踏進來半隻腳，就被他拽著衣領拖了出去。

「五哥喝茶。」崔凝倒好茶捧到他面前。

「今日去查案。」魏潛端起茶杯吹散霧氣，垂眸問道：「妳去嗎？」

「去去去！」崔凝直接蹦了起來，等了這麼久，就等著今天哪！她按捺不住歡喜地撲過去拽住魏潛的袖子，在他手臂上蹭了蹭。「五哥心胸真是寬廣，五哥最好了。」

「那妳先去暖閣裡坐著，等我片刻。」魏潛道。

「好！」崔凝脆生生地答應，一抬眼，發現他居然連脖子都紅了。

崔凝突然意識到自己方才的舉動有點過頭了。

以前她在師父、師兄們面前經常這樣撒嬌，師門規矩繁多，卻從來沒有人告訴她這樣有什麼不妥，現在才逐漸明白男女之間不能夠如此親暱，方才一時歡喜得忘記了。

她有些手足無措，隨後索性裝作什麼都不知道，一言不發地跑出去了。

出門後正好看到咧嘴笑得歡的雲喜，崔凝氣道：「你怎麼不告訴我五哥睡在書房裡！」她其實十分心虛，別人可沒讓她去看魏潛睡覺啊！還是得怪自己好奇心太重。

「崔二娘子打我吧！」雲喜一副從容就義的姿態。

崔凝覺得吵醒魏潛，更多是自己的錯，便只哼了一聲，帶上青祿去暖閣了。

「娘子沒事吧？」青祿仔細看看她，發現沒有受傷的痕跡，這才心有餘悸地道：「方才奴婢聽見您喊，就打算進去，誰知雲喜死死按住奴婢，還把奴婢嘴給捂上了！青心姊姊說得對，魏家是有點古怪。」

她四處看看，見沒有人，小聲道：「娘子，咱們走吧。」

「妳在這裡待著，我要出去一會兒。」崔凝道。

「啊？」青祿連連搖頭。「不行不行，奴婢不能離開娘子。」

「讓她跟著吧，無妨。」魏潛已然收拾好，如往常一般站在暖閣門口。

雲喜送了兩身小廝的衣物進來，讓她們換上。

青祿接了衣服，關上門一直打轉。「為何要換上小廝衣物，太古怪了。」

「是我要換的。」崔凝一邊換衣裳，一邊催促她：「快換上。」

青祿聽說是自家娘子的主意，這才忙上前幫崔凝換衣綰髮。

兩人換好之後，都成了清秀小廝。

出了酒樓，魏潛和崔凝一起進了馬車，雲喜則騎馬帶著青祿走在後面。「青祿妹妹，剛才沒弄疼妳吧？」

青祿冷哼道：「太無禮了！」不僅是對她無禮，要緊的是對她家娘子也無禮。「你在書房外守著，為什麼不說魏郎君在睡覺？」

「唉！」雲喜臉上表情未變，聲音卻哽咽起來：「告訴妹妹一個祕密吧……」

接著，雲喜將魏潛如何捨己為人，傷重幾乎不治，又為何討厭女人近身等等，說得繪聲繪色。

青祿聽得眼淚汪汪，但仍沒有被蒙混過去。「我曉得你的心思了，你一心為你家郎君，旁人也沒有什麼話說，可是我家娘子是未出閣的姑娘，你怎能如此？況且你不知道你家郎君睡覺的時候愛打人嗎？」

「無稽之談！我家郎君才沒有這種癖好！」雲喜感覺崔凝對自家郎君是有好感的，不然也不會隨身戴著那串兔子，更不會在屋裡待那麼久。

如果兩廂無意，任他雲喜費盡力氣也促不成一對良緣。

青祿怒道：「那也不能這麼做！」

雲喜見過青心、青祿很多次，他一直以為青祿比青心好對付，沒想到這丫頭強起來只認死理，旁人說什麼都聽不進去。

他們兩人距離馬車有一小段距離，但是崔凝聽力特別好，因此聽得一清二楚。

崔凝有那麼一會兒考慮到自己做得不對，但轉念再一想，最關鍵的還是讓魏潛幫著尋找寶刀。

「五哥，你還睏嗎？」崔凝主動打破沉默。

「不睏。」魏潛見她方才還一臉沮喪，忽然又恢復如常，完全想不到她那小腦袋裡究竟經歷了怎樣的峰迴路轉。

「你生氣嗎？」崔凝期盼地望著他，就差在臉上寫：求你快說不生氣。

魏潛莞爾。「生氣。」

「啊……那……那……」崔凝這回是真著急了。

「雲喜越來越沒有規矩了。」魏潛決定這一次說什麼都要把他送還母親。雖然一睜眼就看見崔凝的感覺並不令他討厭，但他方才差點又一次傷了她。

崔凝聽出來他並不是生自己的氣，略略放下心來，想起剛剛雲喜說過的話，心知他可能經歷過那次傷害之後，連睡覺都十分防備，覺得有些難受，真心誠意地道：「五哥，我再也不會這麼莽撞了。」

魏潛看見她的神情，不由笑道：「不是妳想的那樣。我之前多管閒事，插手一樁案子，招來凶手同夥的報復，因他們屢次刺殺，我便習慣性戒備，到現在也沒有改掉。」

「五哥……」崔凝抿脣，彷彿在下什麼決心。

魏潛靜靜注視著她。

隔了片刻，她才從衣服裡掏出一枚墜在脖子上的雙魚珮。「其實我在找一把刀，會讓這枚玉珮有反應的刀。」崔凝的心臟撲通撲通亂跳，她沒有說出自己的身世，只說目的應該沒有關係吧……況且五哥連素不相識的孩子都可以捨身相救，必是大義之人。

「會讓玉珮有反應的刀……」魏潛看了一眼玉珮，心裡條條線索迅速相連，交織成了事情的始末。

崔凝道：「如果我想找到這把刀，應該做些什麼？」

「一定要有財力、人力。」魏潛細細說與她聽。「在這世上，妳想得到的大部分東西，都要有錢有人才行。況且，妳的線索不多，更要有龐大的人力、財力支持才能廣撒網，以便迅速達到目的。」

「五哥，你好聰明！」崔凝想了一年都還是沒頭蒼蠅一樣，到他這裡立刻就有了方向！

其實崔凝並不怕時間的煎熬，也不怕目標難以完成，她只怕自己一直毫無頭緒，如今找到了努力的方向，彷彿一瞬間渾身都充滿了力量。

「妳可曾想過，一切都是一場夢，妳本來就不需要去找那把刀。」魏潛道。

崔凝心志堅定。「不是，我知道一切都是真的。」但旋即又疑惑道：「五哥，你是不是看出什麼了？告訴我好不好？」

她記得魏潛以前就特別關注過她身上的玉珮。

「我又不是神仙，只是覺得妳說的事情有些離奇，玉珮遇到刀怎麼會有反應？」

魏潛輕輕將破綻帶了過去，不容她深想，又繼續道：「無論心裡存著什麼要緊事，妳都要認真活在當下，否則，連眼前的事情都做不好，又如何能完成心中所想？」

魏潛見她認真思索，心中只盼是自己想得太多了。

「五哥說得對，我也曾經想過，可是做得還不夠好。」崔凝總覺得魏潛像是知道些什麼，這世上會有人知道紅塵世俗與方外之別？能看出她是來自哪裡嗎？

說話間，馬車停在了一處宅院外。

四周都有官差守衛。

魏潛帶著崔凝下車，出示權杖後被放行。

一進門，一股幽香撲鼻而來，崔凝放眼一看，面前竟是一片花樹林，此時恰是花開時節，花朵如雲如霞，美不勝收。

「這是夜合啊！」崔凝在山上見過這種樹，因書開夜合，故稱作夜合花，亦稱為合歡。其葉若羽，片片相對，其花如絲如絨，清香撲鼻。

「好大一片花海。」崔凝跟著魏潛從樹林裡穿過，這才看見草木繁茂之中的屋舍。

這個院子並不小，但被合歡花占了一大半，其他地方又多是奇花異草假山奇石，因此院子裡只建了六間屋舍，都是用木頭、竹子、茅草搭建，頗有種結廬在人境的意思。

「魏大人。」守屋舍的官差見到魏潛，上前施禮。

「我帶人查看一下。」魏潛轉頭對雲喜和青祿道：「你們在這裡待著，不許亂走。」

「是。」雲喜應道。

他的話似乎有種不容置疑的力量，青祿只能跟著答「是」。青祿見四處都是官差，心想不會出什麼事，便老老實實地跟雲喜坐在屋前的石凳上等著。

魏潛帶崔凝進了合歡樹林，和她簡單說了下案情：「前天在這林子裡發現一具女屍，是先華國公夫人，今年二十七歲，渾身上下只有一個傷口，在左前胸處，一擊斃命，現場無任何打鬥或掙扎痕跡，目前認為凶手是個男子，並且是熟人。發現屍體時，她身上落滿合歡花，推斷死亡時間是在夜裡。」

本朝爵位世襲，但是只世襲虛名，食邑俸祿在初代國公過世之後便收回，而近年皇帝廢除了開唐以來爵位世襲的權利，也就是說，當每戶現任國公死後，那些爵位就都作廢了。

最後一代華國公皇甫恭三年前已經過世，皇甫家已經再無爵位。而華國公府雖無人入朝為官，但生意遍布大江南北，儼然已是巨賈。

「到了。」魏潛停在一棵樹下，四處的血跡還沒有清理，合歡花掉落在乾涸的血上，怵目驚心。

「仔細查看吧，小心點，一切保持原樣。」魏潛說道。

第二章　染血的合歡

血跡，腦海中晃過那日的深夜廝殺，有些暈，她站了一會兒平復心情，開始仔細查看。

地上溼潤，有些落花上還帶著水珠，有些將要枯死的花上染了血，上面又落了一層新的，將下面半掩住。

魏潛不說話，也在四處查看。

約莫過了一盞茶的工夫，崔凝發現一片掉落的合歡花葉子，葉子中間有一道紅線，看上去就像紅色的筋絡一般，用手一搓就掉了。

「五哥，你看這是什麼？」崔凝把葉子遞過去。

魏潛正仰頭看著樹葉，聞言垂頭接過葉子。「是血。」

「為什麼只有中間有？」崔凝奇怪道。

魏潛抬手將一根樹枝扯低，崔凝踮起腳尖，看見那上面也有一絲絲的血跡，且全部都在葉子的正面，背面幾乎沒有。

魏潛鬆開樹枝，問道：「妳知道合歡的習性嗎？」

崔凝搖頭。

「此花晝開夜合，因此才另有一名為夜合歡。它到了晚上，不僅花會閉合，連葉子也會捲起，血在它捲起之前落上去，也就是說皇甫夫人在天黑之前就已經死了。昨夜子時下了一場暴雨，沖掉了背面的血，只有葉子裡面的血跡才得以保存。」

昨天發現皇甫夫人的屍體時，衣物微潮，屍體身下的地面是溼的，當時查案的幾位大人斷定皇甫夫人是子夜雨停之後，才被人殺死，因為樹幹上的血跡完全沒有被雨水沖刷的痕跡。

而根據院子裡侍婢的供詞，並沒有發現任何異常，皇甫夫人極有可能是趁所有人熟睡時，獨自偷偷跑到林子裡，然後被人殺害。

幾位大人傾向於懷疑皇甫夫人夜會情郎，接著被情郎謀害。

然而，這些合歡樹默默記下了這裡發生過的一切。

如果說血在入夜之前就濺上去，那麼這些沒有被雨水沖刷掉的血，就是後來偽造的。

第二次的血，肯定不是出自皇甫夫人身上，難道還有別的人遇害？可是昨日問過，院子裡並沒有少人。

案件變得複雜了。

魏潛命人找來所有侍婢，問清楚最後一次見皇甫夫人的時間，果然沒有一個是在傍晚之後。

「妳們夫人為何栽這麼多合歡花？」魏潛問。

一個侍女道：「夫人患鬱症，常常失眠，大夫說以合歡入藥可緩解病情，國公在世時便為夫人建了這個院子，並從別處移了好些合歡來栽在院子裡。」

《神農本草經》上說，合歡可安五臟、和心志，令人歡樂無憂。

魏潛又問：「國公與夫人之間感情很好？」

「是。」那侍婢回答。「自從國公過世以後，夫人病情每況愈下——」

魏潛打斷她。「妳是說，國公在世時夫人就有鬱症？」

「是。」侍女道。

這名侍女名叫枝香，是皇甫夫人的貼身侍女。一般出嫁女身邊多少會帶幾個娘家陪嫁過來的人，皇甫夫人身邊卻一個都沒有。皇甫夫人原來的兩個貼身侍女都已經嫁人，還有一個奶娘，一年前過世了。

看起來並沒有什麼疑點。

昨日例行問話已經問過很多，譬如皇甫夫人平時是否與人結仇，或者國公是否留給夫人巨額財產之類，但答案都是沒有。

自從華國公過世之後，皇甫夫人便直接搬到了這個宅院中住，宅邸所在的永昌坊與東宮之間就隔了一道大街，周邊都是權貴府邸，儘管家裡只養了兩個會武功的女護院，也基本不會有什麼危險。
皇甫夫人是華國公的繼室，並無子嗣，華國公留了這座宅院，城外一個莊子，以及東西市鋪子一家，即便加上那些奢華的首飾、字畫，在巨賈皇甫家其他人的眼裡，恐怕也是不值一提吧？
而皇甫夫人作為孀婦，一向深居簡出，平日接觸的人很少，更遑論與人結仇？這個案子最大的難點，就是一時半會兒連個嫌疑犯都找不到。
出事那晚正是枝香守夜，可是枝香說一覺睡到天亮，根本不曾聽見任何動靜，這在尋常是沒有過的。
「妳是個聰明人，應該明白現在情形對妳不利吧？」魏潛淡淡道：「所以務必好生想想，在出事之前有什麼特別的事。」
枝香臉色微白，垂頭沉默了許久，才道：「夫人一個月前去上過一次香，回來之後病情似乎更嚴重了……」
魏潛道：「妳若是為了開脫而說謊，一旦查證，對自己會更加不利。」
「是真的，奴婢真的不曾說謊。」枝香連忙道。
魏潛微微頷首，令官差將所有人都帶下去。他帶著崔凝在皇甫夫人的屋子裡查看。
魏潛查看時，並不是動手翻揀，只靜靜地看，偶爾才會翻看一些東西，再歸放原處。見此情形，崔凝也不敢隨便亂動，只是跟在他身後，他看什麼，她便看什麼。看了一圈，他才回頭問身後的小尾巴。「看出什麼來了？」

崔凝搖頭。

「仔細想想，妳一定已經看出了些東西。」魏潛道。

崔凝認真回想剛才跟著他看過的東西，慢慢道：「皇甫夫人喜歡作畫，但好像只畫花草奇石；她還會刺繡，繡工很好，衣服上好多合歡花，可是花朵都是白色，這是因為孀居的緣故？」

「很好。」雖然只說了魏潛所看到的百分之一，但她只是剛剛開始而已，他便讚美了一句。

「可是知道這些有什麼用呢？」崔凝問。

魏潛道：「皇甫夫人極有才華，未出閣的時候參加過詩社，還曾經留下許多詞句，以她作詩的方式來看，習慣以景喻情。她是個多愁善感的女子，可是婚後很長一段時間沒有作過任何詩句，僅有的幾首還是在六年前與華國公和詩，這是為何？是否可以揣測，她有一段時間失去了作詩的興趣，抑或是害怕暴露出心中的隱祕情感，於是過度的壓抑使得她患上了鬱症？她畫中的草木筆法如此傳神，想必是經常揣摩觀察，院子裡也栽種了這些藥草，那她極有可能熟悉藥性。她從前繡品中的合歡花也沒有顏色，想必並不是因孀居之故……」

他語速很快，說了很多很多細節，彷彿很瞭解皇甫夫人。

接著他話題一轉：「那個枝香方才回答最後一個問題時，一直在說『真的』，反覆強調沒有撒謊，想要獲得我的信任，可目光中卻隱藏著一絲不確定。可以肯定皇甫夫人去上香是真，因為很容易查出來，她不敢說謊，但皇甫夫人是否從那時候開始鬱症加重，她不能確定，因為此事誰也無法查證，她只是盡量藉此擺脫自己的嫌疑。」

「從這些事情中，妳得到什麼結果？」魏潛問她。

這些線索，崔凝全都沒有注意，可是當魏潛說出來的時候，她又覺得自己好像都看見過，便有些遲疑。「皇甫夫人很有可能在婚前經歷過一些事情，她通藥性，有可能對枝香下了迷藥，這也意味著她認識凶手，並且主動去見他……」

崔凝越想，思路越清晰。「這個人很可能與她婚前的經歷有關係，枝香的話可以相信一半，有可能皇甫夫人因為這次上香遇見了什麼事情，她並不知情。」

「不錯。」魏潛微微點頭。

「我還看出一件事情！」崔凝忽然道。

「嗯？」

「與案情無關。」崔凝笑看著他。「你誇獎人，是別人做得不好才給的鼓勵。」

魏潛見她得意的小表情，忍不住抬手拍拍她腦門。「能夠舉一反三，是好事。」

「那接下來是要查皇甫夫人出嫁之前的事？」崔凝問。

「這個不需要親自去查。」魏潛教她。「若是在鄉野辦案，有些事情需要親自去瞭解；但長安不同，親自去查反而很難有所收穫，要懂得利用優勢。」

魏潛所在的監察司消息頗為靈通，只要吩咐一聲，便會有很多消息被收集上來，而他只需要判斷哪些是真哪些是謠傳。

「嗯，我明白了。」崔凝道。

接著，魏潛又在府裡四處看了看，崔凝寸步不離地跟隨，有時候會主動說出自己的見解。

她覺得很新奇，以前看到那麼多東西，全都沒在意，沒想到這些尋常的擺設竟然都能透露出主人的性格。

之前看《案集》的時候，其實已經潛移默化地培養了崔凝的觀察力，只是她還不太會關聯思考，現在認真聽著魏潛詳細的分析，好像開了竅似的，以往那些隱隱約約的線索突然間豁然開朗。

眼前的迷霧漸漸退開，向她展現了一條嶄新的道路。

回到家裡，她考慮自己下一步應該做什麼：首先要盡快提高自己各方面的能力，其次是要賺很多錢，培養出人脈，最重要的是要和整個崔家和諧相處。

她出身清河崔家，有利有弊，好處是有了很多可以利用的資源，壞處就是不那麼自由。

以前崔凝一直沒有真正融入這個家族，因為她覺得這些都是身外之事，一心想著如何接近魏潛，鑽牛角尖地執著於在茫茫大海中撈針，只能用一種幼稚的方式去逃避這種痛苦。

她想通了，明白留在崔氏是她唯一的選擇，所以不能再像以前一樣，潛意識裡認為始終會離開，把自己當成外人。

在大多數人的一生中，成長是一件自然而然的事情，然而之於崔凝，是獨自艱難摸索的過程，每一次領悟都是一次摒棄自己、找到新出路的過程，每一點成長，都必須經歷蛻變的陣痛。

她暗暗地，在心裡又完成了一次轉彎。

只要有希望，煎熬就不算什麼了。

崔凝甜甜入夢。

第三章　嫌疑

隔兩天，她又去了一趟樂天居。

魏潛現在真是清閒了很多，竟然和符遠、凌策三人在荷風亭裡煮茶。

天氣晴好，荷花開得正盛，微風中帶著淡淡的清荷香氣。

「表哥。」崔凝站在亭外施禮。「五哥，符大哥。」

三人看著她，還是一樣稚嫩的臉，燦爛的笑容，可是彷彿有什麼不一樣了？

魏潛看出崔凝那股浮躁之氣似乎消散了，不知是好事還是壞事，他收回目光，抬手給她倒了一杯茶。

「過來坐。」符遠笑道：「多日不見，小阿凝好像長大了。」

「嗯，阿凝長大了。」崔凝還是笑嘻嘻的，這句話卻是很認真。

她不知道自己距離真正的長大還有多遠，但至少又明白了一些事情。

崔凝在亭中坐下，看了看凌策的神色，笑道：「恭喜表哥高中。」

「妳又提起我的傷心事了！」凌策哈哈一笑，卻無一點傷心之意，只是問道：「阿淨沒失望吧？」

崔凝道：「沒有，姊姊就是擔心妳呢。」

凌策剛剛得知謝颺奪得魁首時確實很難受，但經過符遠的耐心開解，他早已釋懷。

謝家兒郎出色是出了名的，他敗在謝颺手裡也不算丟人，讓他生氣的另有他事。

「陳智那廝太陰險，欲拒還迎的一番作態，把我這個榜眼風頭搶得半點不剩。」

凌策是比謝颺略遜一籌，但也是年輕俊才，可惜被陳智這麼橫攪一通，大家都拿陳智和謝颺對比，他反倒成了陪襯。

「哈哈，好歹你相貌出色，滿長安說起狀元、榜眼，哪個不誇？裴叔君才是最該打陳智一頓！」符遠調侃道。

裴叔君就是今年的探花郎，相貌中等，本身就不大起眼，再給陳智這麼一攪和，他這個探花當得就更沒有什麼意思，讓人覺得是他撿了漏。

這還不是最要緊的，重要的是，正當大家以為陳智這樣費盡心思地搶名頭是為了名利，結果人家鋪蓋一捲，顛顛地跑到懸山書院去當教書先生了！簡直不能更氣人。

懸山書院出名的只有女學而已！男人讀書多半是為了做官，而懸山書院學風一向閒散，讀書不求搏名利，要不是幾個大儒看在這種精神值得鼓勵，以及懸山先生的面子拚命支持，男學早就倒閉了。

陳智如果想謀求好的發展，到官辦的白鶴書院，甚至國子監也不是不可能，去懸山書院算是怎麼回事？對得起他折騰出來的滿城風雨嗎！

有個更悲慘的對比，凌策頓時覺得舒坦了很多，甚至開始調侃起來：「改日我定要約上裴郎君一起，趁著月黑風高痛打他一頓。」

符遠跟著湊熱鬧。「好好，到時叫上我。」

「二表妹今天又是來找長淵？」凌策問道。

他「二表妹」一叫出口，符遠和魏潛就忍俊不禁，這都多久的事情了，想想還是好笑。

崔凝可不會不好意思。「我就不能來看你們倆嗎？」

「唷，那可真是受寵若驚。」符遠笑道。

凌策又問魏潛。「你那個案子進展如何？」

魏潛淡淡道：「差不多了。」

幾個人都有些驚訝，凌策道：「不愧是大名鼎鼎的魏青天，這麼快！前幾日還聽旁人說連個疑犯都沒有。」

魏潛自是不會到處亂講案情，但皇甫夫人的離奇死亡實在令人好奇，長安都傳遍了，大部分人都覺得是皇甫夫人夜會情郎。皇甫家對此事十分重視，畢竟這關係到家族聲譽。

凌策與符遠都沒有再問，他們知道魏潛的性子，不喜八卦。

崔凝也沒有多嘴詢問案情，只問符遠他們：「皇甫夫人長得好看嗎？」

凌策道：「應該算是好看吧？聽母親說，十年前，戚氏是長安有名的才女。」

皇甫夫人娘家姓戚，祖父曾是工部侍郎，但到了她父親這一輩，家裡人丁單薄，生了四個女兒一個兒子，唯一的男丁還不爭氣，以至於一個書香門第落魄成了靠裙帶關係維持地位的人家。

幸而戚氏的兩個弟弟頗有些才學，如今一個在河南道亳州譙縣做縣令，另一個是國子監直講，如今都是二十多歲，將來前途大好。

戚氏的長相並不符合時下的審美，面容生得太過清淡，身量嬌小，個頭不高，身材不算豐腴，可是頗為玲瓏有致，最有名的就是那不盈一握的纖腰。

清秀於面，穠麗於身，再加上腹有詩書氣自華，因此儘管算不上是傾國傾城，卻有許多追求者。

原本這樁案子沒有嫌疑人，可案情關乎從前，若往戚氏嫁人之前查，長安有可能作案的少說也得有十幾二十個人。

幾個人在涼亭裡說了會兒話，崔凝便跟著魏潛去了書房。

「你不是說對二表妹有意？眼看這丫頭一心都撲在長淵身上啊。」凌策看著兩人的背影隱沒在樹叢中。

符遠在熟悉的人面前一向散漫，此刻他懶懶地靠在扶欄上，一條腿隨意地橫在席上，一條腿屈膝支著捧茶盞的手腕，嘴邊噙著不以為意的淺笑。「我都不急，你急什麼？」

現在不說崔凝還沒有開竅，就是他，對著一個小孩子也生不出情思啊！現在相處多了，要是生出兄妹之情，難免影響以後的感覺。

「日久生情這句話不是沒有道理。」凌策道。

「哈，那得看生出什麼情了。你說長淵現在和阿凝會生出什麼情？」符遠探手拽過一支荷花，把枯黃的那一片花瓣摘掉。「現在與她保持適當的距離，未必就是輸。況且，我做事喜歡從容謀劃，火急火燎湊上去的可不是我。」

凌策哈哈一笑。「要說從容，我明日便要從容地帶上聘禮去求娶我家夫人，你這廂前有長淵後有謝子清，我只能祝你越來越從容了。」

符遠將花瓣放於鼻端輕嗅。「嗯？謝子清跟我們這些娶不上媳婦的人搶什麼？世家貴女裡頭，隨便哪一個都願意嫁給他吧？」

「是啊，二表妹也是世家貴女裡的一個。」凌策一副看熱鬧不嫌事大的樣子，將手裡的茶碗拋了幾下，隨手擱在了几上。「可要去東市走走？」

「走著。」符遠跟著起身。

凌策訝異道：「你當真不急啊？」

「我可不想娶一個迷戀他人的女子，倘若阿凝不願意嫁，我便是窮盡所謀也得想辦法攪了這樁婚事；她若是歡歡喜喜地嫁了，我也會高高興興地給她添一份嫁妝。」

符遠將手裡擰碎的花瓣拋入水中，笑著抬手拍拍凌策的肩膀，順勢把花汁擦在他身上。「走吧，慶祝我們三個人總算有個娶上媳婦了。」

凌策反應過來，一把拂掉他的手。「符長庚，你又毀了我一件衣裳！」

「哈哈哈！」符遠已然大步走出涼亭。

凌策跟上憤然道：「就衝你毀了我這些衣服，我也得卯足勁兒，促成長淵和二表妹。」

對於凌策來說，魏潛和符遠最終誰娶了崔凝都一樣，他只希望不要因此而鬧出什麼不愉快。他們兩個人和他不一樣，心事從不放在臉上，今日符遠雖說得如此雲淡風輕，但十多年的交情，凌策知道事情沒那麼簡單。

書房裡。

崔凝經過魏潛的允許，看了案件記錄。

根據監察司提供的消息，戚氏出嫁前接觸相對頻繁的男子有十九人，經過各種條件篩選，最終目標鎖定在四個人身上。

第一個叫華儲，字存之，年三十，出身書香門第，曾被吏部尚書舉薦做過先帝中書舍人，後又在東宮詹事府做中庶子，兩年後升任少詹事。

值得一提的是，如今的太子也是先帝，在上一任皇帝駕崩後曾登基過一段時日，後被武后廢黜，隔了幾年又重新冊封為太子。東宮的詹事府相當於朝廷的中書門下省和尚書六部，主事者稱詹事，副手稱少詹事，倘若太子再登基，此人極有可能任右僕射，也就是宰相之一。

第二個是阮司沖，字凌雲，年廿九，出自陳留阮家，乃是南朝大儒阮孝緒的後人。阮司沖博學多才，十七歲時亦由吏部舉薦做了主簿，三年後因縣令升遷便擢升為縣令，又升揚州上佐，後因母喪丁憂三年，復入朝為官，如今乃是五品祕書丞。

第三個叫李離，字寧留，廿八，出身李家，如今在懸山書院做先生。

還有一個竟然是今年的探花郎裴玉，字叔君，廿七歲，出身大族聞喜裴家。

崔凝看完不由感嘆。「個個都年輕有為呢！」

華存之曾經求娶戚氏，阮凌雲亦然。李寧留愛慕戚氏，甚至為了她至今未娶。裴叔君當年也是戚氏的愛慕者之一，與戚氏走得最近，但是裴家不能接受戚氏，兩人最終分道揚鑣。

崔凝又仔細看了看記錄。「華存之和阮凌雲只是與戚氏議過婚？」

「是，他們求娶戚氏被戚家拒絕。觀華存之行事，此人雖不算睚眥必報，但不能容人有負於己。而阮凌雲心思縝密，行事滴水不漏，我觀其筆鋒中藏鋒刃，多半性子剛硬，加之考慮到這次的作案手法極為細緻，因此將他列入其中。」

崔凝道：「說到筆鋒藏刃，我覺得五哥的筆鋒才像刀鋒呢！」

魏潛揚起嘴角。「慣會走神！」

崔凝吐了吐舌頭。「那李寧留和裴叔君嫌疑不是更大嗎？」

魏潛似在沉思，既未贊同也未反對。

崔凝見狀便不再打擾他，又仔細看記錄，將整個案情想了一遍。

這四個人有作案動機，也有作案時間，戚氏死的那天，華存之正值沐休，那天下午在書房裡看書，小廝一直在外面候遣，並沒有親眼看見他一直坐在書房裡，直到暮色，華存之才出來與妻子一同吃飯。

而阮凌雲就更可疑了，他本當職，但是那日卻告假，說是染上風寒在家休息，可他平時都帶病當職，很少告假，而在戚氏死亡這一段時間也沒有不在場證明。

從動機上來講，李寧留與裴叔君更加可疑。相較之下，裴叔君的嫌疑略小一些，因是他先放棄戚氏，而且他的妻子較之戚氏更為優秀，兩人亦十分恩愛，育有兩子一女，家裡連個妾室都沒有。

李寧留對戚氏的執著使得他成為最大嫌疑人，不僅年近三十尚未娶妻，而且還曾經為戚氏改了字，他原字長留，自無望娶到戚氏便改為寧留，意為寧拋卻一切留她在身邊。

單從這份記錄上來看，很難判斷出誰是凶手，畢竟這四個人在戚氏婚後都與她沒有聯繫，至少表面上沒有。

所以還是得繼續查。

這兩日其他幾位大人把戚氏的東西都翻了個遍，把滿院子的僕婢審了又審，但均無所獲。

崔凝得到的消息較少，因此根本猜不出頭緒，所以趁著還不用上學，她琢磨怎樣賺錢養人脈。

賺錢的事情她不懂，況且就算懂又如何？本錢太少了，而且作為一個貴女，她又不能跑到街頭去擺攤，所以目前只能一邊攢錢，一邊想想有什麼比較賺錢的營生。

至於養人脈，她現在手底下就有好些侍婢，可是基本上都是青心、青祿在管，她平時接觸的也只有青心、青祿，這兩個人不僅不會事事聽從，還經常管束她，不像崔淨身邊的侍婢，個個都唯崔淨馬首是瞻。

想了想，崔凝覺得自己首先得學會馭人，不然就算以後招攬再多人，自己管不住又有什麼用？

青心、青祿是母親給的，她覺得跑去問母親，似乎有點不太妥當，而母親和姊姊這兩日都忙於訂親的事情，根本沒有空。

所以她還是去了樂天居，一事不煩二主，都去問魏潛吧！

誰料魏潛不在，倒是符遠在這裡午休。

崔凝吸取上次的教訓，聽說午休就不敢認為是單純坐著休息了，先問了鬱松一聲。

鬱松不像雲喜那麼鬧騰，生了一張樸實嚴肅的臉，說話做事也是一板一眼，從不多話。「郎君並未午覺，剛剛吃過飯，正在閣上賞花。」

「哦，那我過去一下吧。」崔凝道。

「崔二娘子請。」鬱松在前面帶路，在閣樓下稍停，通報道：「郎君，崔二娘子來了。」

崔凝心想，這要是雲喜，一準不管魏潛在做什麼，直接慫恿她上樓去了。

「上來吧。」符遠站在樓梯處，笑望著她。

鬱松則轉身道：「天氣炎熱，青心姑娘不如隨我去前面吃杯茶？」

青心看向崔凝。

「妳去吧。」崔凝道。

青心這才道：「有勞。」

崔凝登登地跑上去。「符大哥很喜歡賞花？」

記得他還戴過花呢，雖然花沒幾朵都是枝葉，但崔凝印象深刻，難得有個男子戴花如此疏散瀟灑，不見女氣。

「來找長淵？」符遠問。
崔凝微微一頓，笑道：「找符大哥也是一樣的。」
「哦？」符遠淺笑，一副洗耳恭聽的樣子。
「我想學習如何馭下。」崔凝在他面前坐下，仰頭看著他。「符大哥，我看鬱松就很好，你能教我嗎？」
雖說是趕巧了吧，但崔凝真覺得符遠在這方面可能比魏潛要靠譜，看看雲喜和鬱松的表現就知道了。
「怎麼，青心、青祿不聽妳話？」符遠問道。
「也不算不聽話吧。」崔凝道：「偶爾不聽話，尤其是青心還常管著我，我走到哪兒她們都要寸步不離，令她們避開，她們兩個都不願意呢。」
「這也正常。」符遠支著下顎，額頭散落的幾縷髮絲，隨著荷風輕輕晃動，越發襯得他清俊而不羈。「妳是貴女，她們是妳的貼身侍婢，生死榮辱繫於妳身，妳若出事或鬧出什麼事，她們輕則受罰，重則發賣，她們不唯命是從，大概是覺得妳現在還沒有成長為一棵可以依附的樹，等妳長大就不會這樣了。」
「姊姊十二歲的時候身邊的侍女就很聽話。」崔凝反省道：「應是我做得不好，可是該如何改變呢？」
「無需多想，當妳成為一個沉穩有度的人，什麼事情都能做到心中有數，妳的話她們自然會聽。妳想改變，不妨從現在開始，讓她們明白，妳能夠保護自己也不會無緣無故損害她們的利益，她們以後自然就會慢慢信任妳。」

符遠見她似有所悟，便笑道：「其實人與人之間無非就是利益和感情。最實在的是利益，最難把握的是感情。」

「利益，感情……」崔凝想了想。「是說首先要滿足對方的利益嗎？其次是感情。因為感情比較難以把握，所以馭人要首重利益？」

「應該說是，短暫合作首重利益。打算長遠相交的人，要實實在在真心為對方考慮，也就是所謂處感情。重情之人不會因為利益消失便棄妳而去，那些為了利益而來的人，也有可能因為更大的利益而離開妳。」

崔凝連連點頭。「我好像明白了！」

「我給妳講個故事吧。」符遠看著面前求知似渴的小眼神兒，繃不住了。「魏晉名士陸子欣有兩位至交好友，一個曾經在他落難時傾力幫助過他的人，叫葉權；另一個是他稍有成就後曾經傾盡家財幫助過的人，叫李青。因志同道合，三人成為了朋友，後來陸子欣被人冤枉，朝廷到處懸賞通緝捉拿他，思來想去只有兩位至交好友那裡可以藏身。名士覺得葉權為自己犧牲良多，自己被朝廷通緝，若是再連累了他的妻兒實在良心難安；而李青本身就欠他人情，不如投奔他去。於是陸子欣深夜前往，李青卻拒絕開門，並令其妻隔著門勸他趕緊逃走。因著動靜招來了巡夜，陸子欣看著火光越來越近，心想，吾命休矣！這時從黑暗中衝出一個人來，拽著他就往小道上跑，待到了僻靜處，陸子欣定睛一看卻是葉權！他髮絲上結了霜，凍得瑟瑟發抖，說：我尋不見你，就知道你肯定是不肯連累我，定會前來投奔李青，我在這裡守了兩天了，就怕你會沒有去處。」

崔凝聽得津津有味。「後來呢？」

「後來陸子欣便跟著葉權回家了，不久後洗清冤屈，皇帝也拜其為老師，只是他以後承認的至交好友，就只有葉權一個。」符遠眼睛微微彎起，帶了三分笑意。「這個故事，可思量的事情頗多。」

「是勸誡我們要有識人之明？」崔凝暫時只想到這個。

符遠道：「我再告訴妳一個顯而易見的：不惜一切、不圖回報幫助過妳的人，絕大多數情況下會無條件地幫妳第二次。然而曾受了妳恩惠的人，關鍵時刻未必會挺身而出，所以危機時刻，要做出對自己最有利的選擇。」

「好有道理。」崔凝道：「我回去一定認真想。」

「嗯，時間差不多了，我得去衙門，就不陪妳啦！」符遠起身理了理衣襟，伸手揉亂她的頭髮，往樓梯口去。

「符大哥。」

符遠停住腳步，回頭看著她。「嗯？」

「我有沒有說過你很像我認識的一個人？」本來相處良久，崔凝已經覺得符遠與二師兄是完全不相干的人，然而此時此刻符遠一身碧袍官服仍是不羈，還揉亂她頭髮，不由得勾起她的回憶，彷彿又看見了那個松林醉酒踏歌行、山巔倦極枕雲眠的二師兄。

符遠倚著扶手。「不會是疼愛妳的族兄吧？」

「嗯。」崔凝點頭。

「哈？」符遠簡直冤枉死了，他一直避免讓自己或崔凝產生出這種兄妹的感覺，刻意保持一定距離，沒想到他天生就像人家兄長？這可真是造化弄人！

崔凝難得在他臉上看見慵懶閒淡之外的表情，呵呵笑道：「我早就明白符大哥不是別人，只是偶爾勾起回憶罷了。」

「那對我來說也不是什麼好消息。」符遠擺擺手。「我呀，媳婦都還沒有娶上，閒極了才去做哪門子兄長！」

這話說得夠直白了吧，小丫頭，我可是別有他想的啊！

「嗯！我們懸山書院好多娘子，我替符大哥留意個好的！」崔凝拍著胸脯保證。

「那可有勞妳了。」符遠快被她蠢哭了，剛看著還是個挺有悟性的孩子呢！「我走啦！妳早些回去，莫貪玩！」

話音一落，符遠恨不得咬掉自己的舌頭，沒辦法啊，實在忍不住用長輩口吻說話，也不知道長淵與她是如何相處……

崔凝起身跟他出去。「符大哥，我跟你一起走吧。」

符遠問道：「長庚今日不是上門求娶妳姊姊嗎？不去看熱鬧，卻有閒心跑這裡來？」

崔凝道：「母親說，表哥今日主要是作客，聘禮還沒有抬來呢，沒什麼熱鬧可看。我去找母親時，與表哥說了幾句話便出來了。」

崔凌兩家為凌策和崔淨合過八字之後交換信物，就相當於訂婚了。求娶別人家閨女，聘禮得讓對方滿意才行，因崔凌兩家本就是姻親，關係很近，所以今日凌策所攜帶的禮物當中就有聘禮單子，目的是提前讓崔家過目。崔家如果對聘禮滿意，便會挑今日所送禮物中的幾樣適當誇讚，若不滿意，便不需言語，凌家自然便會再添聘禮。

之所以如此，並非因為市儈，而是尊重女家。兩個大族要湊多少聘禮、嫁妝沒有？只是雙方的聘禮和嫁妝需相當，崔家的嫁妝不能讓女兒在婆家低人一頭；凌家也不能只顧自家面子出了天價聘禮，自家能不能承受暫且不說，崔家難道真要砸鍋賣鐵嫁女兒？所以，門閥世家流行在下聘禮前用這種委婉法子商議此事。

待兩家都滿意之後，凌家便會令人算了良辰吉日送過來給崔家過目，然後再下聘禮訂婚期。

「昨日他道今日從容拉著聘禮去娶夫人，我還以為事就成了。」符遠想到凌策那得意樣，牙就發酸。

崔凝與符遠走到大堂，看見雲喜迎了過來，笑呵呵地施禮。「符郎君，崔二娘子。」

「是來接阿凝的吧？」符遠道。

雲喜趕緊拍了個馬屁。「符郎君真是料事如神。」

符遠笑道：「你個滑頭小廝，怎麼還沒有被長淵退回去？」

雲喜咧嘴笑得歡。

魏夫人是覺得魏潛婚事有了著落都是雲喜的功勞，因此分外看重，魏潛前段時間忙得焦頭爛額，一時忘記換小廝的事情，前天剛剛跟魏夫人起了話頭，魏夫人就直接給他按死了。

別看魏潛破案如神，好像一切盡在掌握，可到了魏夫人那裡都不管用，一旦她打定主意，憑你怎麼說怎麼做，就是不為所動。

符遠別了崔凝，騎馬離開。

「崔二娘子，小的要給您賠禮。」雲喜說著便行了個大禮。

崔凝道：「我早不生氣了。」

「那是娘子寬宏大量，大人不記小人過。」雲喜忙道。

崔凝哼道：「我想好了，下次你若是再敢如此，看我不揍死你！」

雲喜心想，為了能讓郎君娶上媳婦，被揍幾下有何關係！

算起來雲喜還能全鬚全尾地跟在魏潛身邊，不光因為上面有人罩，還因著他這份真心實意。魏潛知曉他縱有再多缺點，但關鍵時候靠得住。

崔凝換上小廝衣物，這才出門。

馬車將她載到了皇甫夫人家裡。

第四章　畫像

合歡花開得更加茂盛了，地上已落了淺淺一層花瓣，幽香陣陣。

崔凝到時，魏潛正在屋裡翻閱皇甫夫人留下的書籍。崔凝第一次見他穿官服，碧色襯得他皮膚白皙如玉，面容俊美，眉眼間的深沉也被沖淡了幾分。

魏潛發覺光線有變，抬頭便看見崔凝站在門口。「進來吧。」

「五哥，這次官差好像少了很多。」崔凝記得上次周圍站滿了官差，院子裡到處都有人守著，這一次裡裡外外加起來大約只有十幾個人。

魏潛道：「他們被遣去做其他事了。」

「案情進展如何？」崔凝問。

「坐，看看這些書。」魏潛隨手遞了一本給她。

崔凝接過書，看了一眼，竟是祖母所著的《幽亭香譜》。

她沒有多問，坐下一頁頁翻看，這是拓本，裡面的內容她能夠一字不落地背誦，這本不管是字還是內容，都與祖母所寫的沒有太大區別。

崔凝耐心地從頭看到尾，並沒有發現什麼異常，剛要開口詢問，魏潛抬手又遞來一本，她只好繼續看。

這一本是《花雲社詩集》，裡面是不同人作的詩，共九十九首。

崔凝不會作詩詞，但還算會欣賞，剛開始看的時候覺著挺好，可待她將九十九首詩讀完，便覺得有些膩味，詩固然是好詩，但都太柔了，還有一些為賦新詞強說愁的感覺。回想起來，只覺得開始那幾首活潑明麗的詩更好些。

崔凝方才注意了一下，那幾首詩署名是「戚暮雲」，便開口問道：「五哥，戚暮雲是皇甫夫人嗎？」

「嗯，暮雲是她的字。」魏潛看向她，彷彿是在詢問她的觀後感。

「皇甫夫人挺有才華的，九十九首詩中有她近二十首。早先寫的那幾首頗為明快，到後面就變得惆悵起來。」

她還不太明白女兒家的心思，尤其是懷春的女子。當心思單純無憂無慮的時候，看花是花，看葉是葉；可一旦暗暗戀慕一個人，看花看葉都是惆悵了，這種小小的心情旁人難以體會，因此看起來就會覺得「強說愁」。

魏潛道：「這本詩集篩選記錄了花雲詩社成立第三年的詩，也就是十三年前，那年戚暮雲十四歲。」

崔凝恍然大悟，花雲詩社的詩集總共有六冊，魏潛拿這一冊給她看，是因為這一年戚暮雲的風格變化比較大。

「再看這一本。」魏潛又遞了標註「丙」字的詩集給她。

崔凝明白原因，便不再看其他，只挑戚暮雲的詩來看。

這一冊中戚暮雲的詩更多，約莫近三十首，而且有如神助般，每一首的水準都遠遠高於前一年。崔凝從頭看到尾，覺得縱觀了戚暮雲這一年間的心緒高高低低，起伏不定。

好的詩詞都是有感而發，看這些詞句，顯然並不是單純的辭藻堆砌。

魏潛道：「永昌四年始，戚暮雲遇見了一個男人，並且暗暗戀慕。永昌四年末，那個人似乎察覺到了她的愛戀，於是刻意遠離她，令她心中十分難受。永昌五年，不知道是什麼原因，他們走得更近了，相識相知。永昌八年，她與此人分開，嫁給了華國公。」

崔凝已經習慣了他見微知著，聞言並沒有吃驚。「能令戚氏迷戀的男子，一定十分優秀吧？可這個男人為什麼要刻意遠離她？」

有很多人愛慕戚暮雲，她也不像其他的女子一樣故作矜持，刻意迴避，反而落落大方，但是從未與任何一個人深交，因此她的名聲還算不錯。這個男人迴避她，顯然並不是因為名聲的問題。

「是覺得戚氏門第太低？」崔凝一直被灌輸很多門第觀念，很容易便想到了這一點。但她略一思索，又道：「不對。」

男人對女人，如果不是厭惡至極，絕對不會刻意迴避，除非是……

「或許是因為他門第低於戚氏，而且低很多。」

這樣，男人便會產生自卑感，從心底覺得配不上戚氏，若他是個知禮的人，戚氏的愛慕必會導致他遠離。可像戚氏這樣有魅力的女子，只要稍微主動表達好感，這個男人很容易陷入掙扎，繼而有了開始這段戀情的可能。

崔凝道：「如果推測是事實，就可以排除裴叔君了。」

魏潛未答話，手指輕輕敲著桌面，盯著詩集沉思。

崔凝再一想，四個人中就只有李寧留出身不大好，除了裴叔君之外，另外兩個都是出自書香門第，根本不存在門第上的天差地別。

戚家也並不是多麼高貴，如果說低很多很多，那就有可能是個窮小子戀上富家女的故事。

崔凝不去打擾魏潛，一個人捧著詩集胡思亂想。她支著腦袋想像整個故事的始末，收回神思的時候，看見魏潛眉頭都皺成了一團。

「五哥？」崔凝輕聲喚道。

「嗯。」他心不在焉地答了一聲。

就魏潛現在所查到的線索來看，四個人都可以排除嫌疑了。

不管門第等其他條件，首先，這四個人全都是在永昌五年或六年，也就是戚氏十

六、七歲的時候認識的，有兩、三年的時間差距。

永昌四年時，戚氏身段比較一般，姿容不那麼出色，才華也不是很出眾，但遇上那個男人之後，她在詩詞上的造詣突然就提高了很多。

這是否說明，這個男人不僅帶給了她感情，還是一個頗有才華的人，可以指點戚氏詩文？

若他與戚氏門第差距很大，那麼能讓他們的認識範圍縮小很多。他與戚氏認識四年，相戀兩、三年，說明他在這期間應該是居於長安，可能就是長安人，要不然就是借住在朋友、親戚家中。既然身分天差地別，那可能就是普通人家，因為太窮也無法在長安待上四年之久。

如果他就是凶手，說明他現在還在長安，那是一直都在，還是離開後又回來了？

若他並非初次相見就吸引戚氏，那以兩人的身分差距，如何能夠日久生情？男子如此有才華，會否是戚氏的老師？

多數情況下，十四、五歲的少女多是喜歡同齡或稍大一些的男子。如果他是戚氏的老師，那麼年紀就會更大一點，與戚氏有一定差距，卻不會差距太大。因為一般男人三十歲就開始蓄鬚，一個正常的豆蔻年華的少女，應該不會喜歡留著鬍鬚像老學究的男人。

所以他最有可能是十七、八歲到二十七、八歲之間。

根據這些建立在細微線索上的假設，魏潛腦海中漸漸勾勒出一個男人的形象：永昌四年時，此男子年齡在十七歲到二十七、八歲之間，居於長安，出身不高，甚至可能很窮，但相貌好看，很有才華，擅長詩詞，可能參加過科舉，但還沒有為官，並無太大成就。

不過，這些還不夠。

魏潛繼續想整個案情，試圖描繪出這個男子更詳細的模樣。

凶器是匕首，刺入了皇甫夫人的心臟，精準而俐落，那個男人並不是一個手無縛雞之力的讀書人，至少現在不是。

如今多的是寡婦再醮，戚氏大可再嫁，那人為何如此痛恨戚氏，不想著重歸於好，反而痛下殺手？

也許戚氏用一種殘忍的方式背叛了他，可能還傷及了他的尊嚴。

魏潛推測有幾種可能，一是男子如今的身分仍是不夠娶她，想與她祕密來往，可惜再次被戚氏拒絕，所以惱羞成怒殺了她；二是男子功成名就，對戚氏仍未忘情，見面之後再次被拒絕，被觸怒，令他失手殺人；三是，此人心胸狹窄，存心報復……

分析出了種種可能，魏潛暫時排除了存心報復這一項，因為中間有長達十餘年的時間，他既有如此身手，心思又縝密，總能尋到機會報仇，沒道理拖到華國公死後許久才動手。

他們這些年應該從未聯繫過，只是因著一個契機，讓他們舊情復燃？

戚氏孀居極少出門，枝香提到一個月前她曾經去上過香，是不是在這次上香的過程中，發生了一些不為人知的事？

想到這裡，魏潛終於勾勒出這名男子的模樣：如今應是三、四十歲，居於長安，是個風度翩翩的美男子，孔武有力，甚至可能會武功。他出身不好，年輕時很有才華但是並沒有出人頭地，這十年經過不懈努力功成名就。他很重情義，或許已有妻室，表面上對妻子很好，但實際只是對妻子彌補內心的虧欠。

魏潛的三哥在戶部供職，負責戶籍等事務。這些年來，在一旁耳濡目染，他早已記住了成千上萬的人，尤其是在朝為官者、名士、大賈，幾乎可以一個不落地數出人家的家族族譜。

此刻，他在腦中快速地查找嫌疑人。

待他回過神來，便瞧見崔凝眼睛睜得大大地盯著他，不由得問道：「怎麼了？」

「我看了你一個時辰都沒看出你在想些什麼。」崔凝沮喪道。

「讓妳久等了。」魏潛心裡確實有些抱歉，把她叫過來，卻只顧著自己想事情。

「抱歉。」

其實崔凝並沒有因為被晾在一旁而覺得難受，撇撇嘴道：「一點誠意都沒有。」

魏潛見她眼裡狡黠的笑意，知道她並不是真的生氣，也樂得配合。「那如何才算有誠意？」

崔凝道：「至少得請我吃一頓好的吧？」見他剛要說話，立刻補充一句：「我不要吃樂天居。」

魏潛頓了一下。「那就先欠著，改日我想到了好去處再還上，如何？」

他若是今日帶小娘子上館子，明日滿長安就風風雨雨了，他自己倒是不在意，反正已經這樣了，但是崔凝不同。

「好吧。」崔凝爽快答應，又打心底說了一句：「五哥，你真好。」本來是她死皮賴臉地跟著他學破案，他不但從來沒有煩過，還一直耐心地教她，照顧她。

「走吧。」魏潛道：「我送妳回去。」

崔凝起身，跟在他身旁。「五哥，你剛剛在想什麼？」

「想了很多。」魏潛垂眸看了她一眼。「暫時先不告訴妳。」

「何時才能說？」崔凝問道。

「捉到凶手以後。」

「那捉到凶手以後，你可要兌現承諾，請我吃好吃的，還要說說今日想了些什麼。」

「好。」

崔凝感覺魏潛好像從來都沒有脾氣似的，除了有一點點可以忽略不計的起床氣之外，他真的特別好說話。

回到家中，崔凝去拜見母親，路過正堂時，聽到崔道郁正說得一會兒哭一會兒笑，不禁問道：「父親這是怎麼了。」

「郎君喝多了，正拉著凌郎君說話。」青祿小聲答道。

時下有個習俗，就是在將要正式下聘之前，女方家裡會把準女婿給灌醉，看看他酒後的品行如何。

崔道郁也是存著這個心，但凌策的酒量真不是一般的深，好幾個陪客都被他灌趴下了，崔道郁也喝了個半醉，還是凌策手下容情。

到了凌氏那裡，正聽見她在打趣。「可是不得了，聽聽妳父親的聲兒，我都嫌臊得慌。」

崔淨紅了臉。

「母親，姊姊。」崔凝笑著進屋。

那天崔淨在崔凝面前有些狼狽，再見她就略有些不自在。

不過崔凝還是如常。「小弟呢？」

「還在陪著妳表哥。」凌氏道。

崔凝噗哧笑了出來。「小弟肯定又是一副老叟的樣兒，拱著小手對表哥說：家父不懂事，讓表哥見笑了。」

她把上一次在樂天居的事情給凌氏說了一遍，崔淨在一旁又補充了好些細節，母女三人笑得前仰後合。

第五章　女官

崔家對凌家的聘禮很滿意，不多不少，與他們的身分地位正相符，既不會失了面子，又不至於寒磣。

凌家很快就下聘，而後合了幾個婚期遞過來給崔家看。

崔淨年紀還不大，倒是不急於出嫁，但凌策已經不小了，又是嫡長子，所以崔家再不捨也只能拖延幾個月而已，於是從算出的良辰吉日中，挑了不前不後的一日，也就是明年開春。

而崔凝在家混了這麼些時日，終於開學了。

幾個小姑娘一見面就開始嘰嘰喳喳地說起別來之情，彷彿十年未見似的。

因著剛剛開學，大家的心思都還沒有收回來，書院便先安排了一些輕鬆的課業，今日沒有背書，而是上樂課。

而潁川先生因著武惠之死，辭了教職，抱琴遠遊去了。今日是由一位近來風頭挺勁的先生授課。

胡敏消息最廣，她偷偷告訴崔凝，武惠死之前曾經跑去找過潁川先生，也許是希望她戀慕的這個男人能夠幫她一把，可是潁川先生聽聞她的表白，震驚之餘覺得不應該插手學生的私事，於是拒絕了她。心高氣傲的武惠，最終選擇以最極端的方式結束自己的一生。

雖然自殺是武惠自己的選擇，但是潁川先生覺得自己沒有處理好，難辭其咎，不配再教書育人。

而接手乙舍的，就是滿朝官員異口同聲說醜到不堪入目的——陳智。

所有女學生都聽說過他的大名，均很是期待，就連潁川先生離開的遺憾都被沖淡了很多。大家期待陳智到來，一來是因為好奇，想看看他到底有多醜；二來是覺得他行事隨興瀟灑，很是爽快。

在全體女學生的翹首期盼之下，一個身著半舊灰白袍服的年輕男子，攜一把琴不緊不慢地走了過來。

崔凝和其他人一樣，伸長脖子去看。

待陳智走近，眾人看清了他的長相，一張平凡無奇的臉，有點黑，但絕不是想像中的麻子臉，也並非歪鼻斜眼，鼻子嘴巴都長得很普通，就是生了一雙瞇瞇眼而已！

「先生晨安！」所有人起身行禮。

陳智抬了抬手，臉上那兩條縫隙彎了一些，感覺像是在笑。「都坐吧，大家隨意一些。」

師生各自落座，陳智將琴橫在膝上，什麼都沒說，抬手就奏了一段曲子，令一干閨閣女子瞠目結舌。

若說潁川先生的曲清雅雋永繞梁三日，陳智就是張狂瀟灑肆意令人心胸疏闊。彈了一半，他好像突然想到什麼事情，琴聲正暢快的時候戛然而止，弄得人心裡像是突然被堵一塊石頭似的，卻只聽他道：「對了，我忽然想起來有件事情沒有說。我呢琴技一般，平時就是隨便彈彈，妳們也都隨便學學吧，有何問題現在可以問。」

一個女孩站起來先施了一禮，道：「先生，我們覺得學習琴技很重要。」

陳智吃驚道：「為什麼？」

女孩道：「學樂器可培養人的氣韻。」

身為貴女，氣韻很重要。

「可我也沒見那些歌姬、樂姬怎麼像貴女哪？」陳智索性把琴放在一旁，一副要與這娘子好好談談的架勢。「妳們又不需要取悅於人，高興不高興，隨手撫一曲也就罷了，反正聽的都是別人。」

眾人一陣輕笑。

「先生。」李逸逸站起來，存心想為難新任先生。「我喜歡撫琴，想學得精妙。」

「噫，那我現在教妳也足夠了，待妳將我本事都學了再去尋更好的先生。我還能教妳十幾二十年不成？不必擔憂被我耽誤學業。」陳智這就將她打發了。

沒有難住他，李逸逸心有不甘，又道：「那若是有您教不了的學生呢？」

「哪個？」陳智努力瞪大臉上的兩條縫。

李逸逸就把崔凝給賣了。「阿凝琴藝高超。」

高超……還真是算不上，崔凝自問彈不出陳智那樣疏狂盡興的曲子，也很想向他學習。

「哎呀呀，太好了！」陳智十分高興，順著李逸逸的目光看向崔凝。「快來快來，勞小娘子彈一曲。」

崔凝只好起身，施禮道：「先生，學生的琴技實在談不上高超，不敢班門弄斧。」

「都忘了妳們這些小娘子愛扭捏。」陳智來之前被臨軒先生好生地叮囑了一番。

「還以為有個人能替我幾日呢。」

他最近應酬特別多，都忙不過來！

陳智不喜歡應酬，但是能白吃白喝，宴席上還淨是些好東西，不去有些可惜了……尤其是有那麼多美酒。

眾人聽他嘀咕，心下就覺得有些不舒服，有人道：「先生，容學生說句放肆的話，書院花錢請您來教學，您怎可如此隨意對待？」

陳智怔了怔，倏然起身道：「妳們且候，我去去就來。」

滿屋子人見他大步流星地走了出去，頓時面面相覷。

一會兒工夫，又見陳智回來，走路都樂得一顛一顛的，且態度不同於先前，他不好意思地道：「之前臨軒先生也沒說清楚，還以為讓我隨便教教呢！既然大家都交了學資，我肯定盡力教授。都坐吧，開始授課。」

陳智原先是男學那邊的先生，他本以為女學是附帶的，不會另算。

眾人被他一會兒一個嘴臉唬得一愣一愣的，但他一開口授課，大家的注意力很快就被吸引過去了。

陳智講課極風趣，隨便一句話都讓人笑得前仰後合，而再一深想，又覺得他的話很有道理，並不只是逗人發笑而已。

短短一堂課，所有人都開始喜歡他的授課，臉也都笑酸了。

崔凝也覺得陳智是迄今為止見過最有趣的人了，和這樣的人在一起，肯定沒有難過的時候吧！

下學之後。

崔凝與李逸逸幾個人一道回去。

路上，崔凝一邊和她們聊著天，一邊抬手稍稍挑開馬車簾子透氣。幾個人塞在一輛車裡，不免有些氣悶。

突然間，一隊與她們對向而行的馬車吸引了她的注意力。

「在看什麼？」李逸逸也湊了過來，順著她的目光看過去。

「那些是什麼人？」崔凝見那些馬車全都一模一樣，樣式簡單古樸，車角上掛著宮燈，像是要走夜路的樣子。

李逸逸道：「那些是渾天監的女生徒。」

渾天監，主掌觀察天文，稽定曆數，凡日月星辰之變，風雲氣色之異，要率領輔官進行占卜，算是屬於道教。

崔凝沒想到大唐還有這樣的官職，問：「她們晚上出門是要觀星嗎？」

「可能是吧，我也不太瞭解，她們可神祕了。」李逸逸道。

崔凝看著六駕馬車一輛輛駛過，比她們私用的馬車要長一些，粗略估算，裡面至少有三十幾個人。

「對了，妳們打算考女學嗎？」謝子玉問道。

「我考不上。」李逸逸從小几上拿了塊糕點塞進嘴裡。「我待十五歲就回家等著嫁人，考女官多累啊！子玉想考？」

謝子玉點頭。「是啊，我立誓要做姑祖母那樣的人。只可惜那時女子不能為官，否則以她之才，定然能做一代女相。」她看向崔凝。「阿凝，姑祖母如此看重妳，妳應該要考女官的吧！」

「呃。」崔凝一念掠上心頭，如果考女官的話，相對來說應該就會自由一些，不至於一直待在深宅大院裡。「考，可是我還沒想好考哪個衙門。」

謝子玉道：「我要考尚書省。」

「子玉是奔著左右僕射去的嗎？」李逸逸笑問道。

幾個人一路笑鬧著，到了分叉路口，才上了各自的馬車。

崔凝安靜下來，仔細想了想謝子玉的話。

女子考官並不需要參加科舉，而是直接參加三省六部的招考就行了。但即便如此，考女官也並不是那麼容易的事情，需要花費很多精力和時間，而且不知道家裡會不會反對。

崔凝決定找崔況聊聊。

回到家，崔凝匆匆去凌氏那裡問安，打聽到崔況已經下學，便逕直奔他屋裡去了。

崔況的屋裡收拾得井井有條，所有擺設都是他自己從庫房裡挑出來的，東西不多，但每一件都頗有韻味，外廳靠牆處還擺著兩排大書架，書籍種類繁雜，他並不只看四書五經，還特別愛收集一些偏門雜書。

「二姊？」崔況從書架後面探出頭。

崔凝走過去，才發現他的書案放在兩個書架間的窗戶旁，這樣中間隔出一個安靜的空間，像個小小的書房一樣，又不會影響正屋的擺設。

「什麼時候改成這樣的？真有趣。」崔凝走進去，發現靠南窗那邊是書案，而靠北牆的一邊是個小胡床，能坐得下兩個人，中間還放了一張小几，上面擺著一盤洗好的葡萄。

「坐吧。」崔況道：「二姊來找我下棋？」

崔凝在胡床上坐下，才發現幾面上還畫著棋盤。

「你可真會享受。」崔凝捏了葡萄塞進嘴裡，又看他手邊看到一半的書，封皮上寫著《爻》。「你看這個做什麼？」

「準備考算科啊。」崔況道。

算科，除了《九章算術》、《正八廿字》、《周髀》、《史記》、《漢書》、《後漢書》外，還要考《孫子兵法》、《易經》等偏門雜學，非常繁雜。考此科，需得頭腦靈活、學識博雜。

崔凝道：「先陪我說會兒話吧。」

崔況頷首。「說。」

「你覺得我考女官怎麼樣？」崔凝看他想也不想就要開口，立刻道：「不許打擊我！」

崔況嚥下了方才要說的話，淡淡道：「那我就沒什麼可說的了！」

「你覺得家裡能同意我考女官嗎？」其實崔凝還沒有想好考不考，她只是想確認一下，再進行下一步打算。

「族裡還沒有女子考過女官，應該會有人反對，不過問題不大，祖父一定會支持妳的。」崔況捏了一粒葡萄抬手一拋，張口接住。

崔凝道：「祖父……是因為祖母？」

「妳說呢？」崔況白了她一眼。

「好吧，既然你這麼說，那我就放心了。你覺得我考監察司怎麼樣？」如果要考的話，崔凝覺得考監察司比較有用。

「哈？」崔況無情地嘲笑。「妳打算去給魏兄端茶遞水嗎？」

「我就知道你說不出什麼好話！趕緊看你的書吧！」崔凝把几上的書塞進他懷裡。「祝你不落榜。」

「二姊。」崔況把書丟在胡床上，起身拉住她。

崔凝聽他喊得如此真摯，不禁駐足回頭。

崔況拍拍她的手，語重心長地道：「何苦為難自己。」

「信不信我揍你！」崔凝鬱悶道。

崔況笑著躲開。「二姊，妳到底有沒有幫我看看裴九？」

「明天就去看，你這麼急吼吼做什麼？要不然你隨我一起去看？」崔凝道。

崔況摸了摸下巴。「近鄉情怯的感覺妳懂吧？」

「不懂。」崔凝不明白看個姑娘有什麼好近鄉情怯？

「罷了，不該對妳還存一點希望。」崔況搖搖頭。「反正妳幫我先看看吧，若是長歪了，妳先和我說一聲，我好有點心理準備。」

「哦。」崔凝懶得去管他這些亂七八糟的事兒，轉言問道：「你可知道渾天監？」

崔況怔了一下。「怎麼想起問這個？」

崔凝道：「我回來的時候，正遇上渾天監女生徒出行的馬車，大晚上也不知道去哪裡。」

「難不成妳考慮要考渾天監？」崔況往胡床上一躺，大爺似的。「如果是，趕緊斷了這個念想吧。」

崔凝又坐回去。「為何？」

崔況頓了頓。「考渾天監的人大多都是易學家族，雖也有例外，但絕對不會招收有家族勢力的生徒。」

「與我詳細說說吧。」崔凝知道這些東西在書上肯定看不到，她又不好四處打聽，問崔況是最好的選擇。

「渾天監原名是太史監，專司卜禍易福，原來大唐奉李耳為先祖，崇尚道教，太史監的勢力十分強大，太史令一職也常由道家人擔任，很受聖上寵信。據說太宗時期太史令夜觀天象，窺得天機，在牆上寫下『龍行有雨，澤被蒼生。帝傳三世，武代李興』，而後當夜坐化飛升。太宗看見預言之後，大發雷霆，為此還殺了名將李君羨。」

太宗當時不是沒有想到武家，但是一則武家並不靠近權力中心；二則，武家出身、勢力都不足以威脅皇權。武士彠是跟著太宗的開唐功臣，在此之前賣過豆腐、販過柴火，發家致富成了商賈，後來跟著太宗立下汗馬功勞，太宗登基以後仕途止於荊州都督。

而且，武家多生女兒，只有一個兒子還不大出息，導致在武士彠之後武家就慢慢沒落。再加上，武士彠與太宗是君臣，亦是好友，太宗十分信任他。

於是太宗認為太史令預言中的「武」可能並非是姓氏，恰好當時滿朝文武中能與「武」沾上關係且有能力篡權的，就只有李君羨。李君羨出身李氏，頗得太宗器重，年紀輕輕便立下赫赫戰功，榮升為將軍，他的老家是武安縣，爵位為武安侯。

武士彠很有遠見，他知道太宗知曉他的忠心，念著舊情，但下一任的君主就不一定了，若是寧殺錯不放過，整個武家都保不住，所以在太宗駕崩後的一個月，他便因為悲痛傷情而追尋先帝去了。

在他死後，武家徹底遠離了政治舞臺，而武媚娘也自此常伴青燈古佛。

然而，誰也沒有想到，這個預言最終還是應驗了，並且應在了一個女子身上。

因著這一段過往，女帝陛下如何能喜歡道家？她在佛寺裡待了一段時日，覺得佛祖保佑她躲過災厄，從此更偏信佛家，待她掌權之後就開始宣揚佛家，登基之後更是對佛家鼎力支持，到處興建佛寺，修築佛像。

崔況道：「陛下大概覺得道家雖然與她不合，但畢竟那句預言應驗了，頭上三尺應有神明，還是保留了太史令，只是改名為渾天監。妳想想，有這麼段過往，渾天監的處境多麼尷尬敏感？」

「確實如此。」崔凝嘆了口氣。信仰這東西都是隨著政權更迭轉變，一時起落是常有的事情，道家也有輝煌的時候，那時佛家不也是艱難求生存？

崔況見她頗為感慨，疑惑道：「妳惆悵個什麼勁兒？」

「三十年河東，三十年河西。這句話說得太對了。」崔凝想，但願今時今日她與師門在河東，某一日能走到河西吧。

「莫名其妙。」崔況也惆悵。「太笨愁人，太聰明也愁人，妳說我能勻一點給妳多好。」

「你可要點臉吧！」崔凝真是拿這麼自戀的人沒辦法，只能敗退。

晚上，崔凝躺在床上，仔細思考自己的未來。她越想越覺得考女官是一條很好的出路，不管對尋找神刀有沒有用，至少能夠獲得一定程度的自由。

至於做生意，能自由行動後肯定會比現在容易很多。只不過，同時兼顧兩頭會更艱難更累。

想清楚之後，次日吃完早飯，崔凝便與祖父說了想考女官的事。

「好。」崔玄碧沉默許久，終是點頭。「既然如此，學業上就更不可懈怠，聽聞妳現在除了去書院，還跟著符家小子學習，認真一些，他對妳入仕有幫助。」

如果謝成玉生在今朝，那將是怎樣輝煌的一生？他很想知道。

崔凝問道：「祖父，魏五哥不行嗎？」

「魏祭酒家的小五？」崔玄碧搖頭。「他天生就比旁人聰明，在官場上鋒芒太露，但以他的才智和敏銳能夠避開危險，那種本事別人很難學得來，妳要學為官之道，符長庚更佳。」

符遠的一切是符相手把手教的，且進入朝堂之後表現出色，比符相當年有過之而無不及。

「只是符家小子若隨符相，手段就難免詭譎狠辣，妳莫要學這些。」崔玄碧沉吟道：「我抽空亦會教妳，待過兩年告老，閒賦在家，正好一道教妳和況兒。」

「祖父不等小弟入朝走穩了再告老嗎？」崔凝問。

崔玄碧笑笑。「我們崔家在朝的人多得是，都會傾力互相幫襯，與我在時無異。」

崔凝嘀咕道：「那小弟還說待您退了之後，他娶媳婦可難了呢。」

「我退不退，崔家的門第擺在這裡，怎麼會艱難？只是難免要被別家挑揀了，無法想娶誰就娶誰。」

世家之間聯姻十分現實，門第是一方面，更要看未來的發展，如果後繼無力，任你門第再高，人家有好姑娘也不會嫁給你。

得了崔玄碧的支持，崔凝把一顆心放到肚子裡。「祖父覺得我應該考哪一部？」

崔玄碧反問：「妳自己看好何處？」

崔凝遲疑了一下，還是實話實說：「我是想考監察司，不過三省六部我都不甚瞭解。」

「監察司的女官很多，比較容易考。」崔玄碧認真想了想。「只是很難有前途。」

監察司獨立於三省六部之外，皇帝直轄。聽起來好像很威風，但實際上不過就是皇帝的耳目，平時做的工作都是為了輔佐三省六部，監察司主官也只是正四品而已，手裡幾乎沒有什麼實權。而且俸祿不算多，總是得罪人，也不能真正做些實事，唯一的好處就是可以藉著皇帝的威風狐假虎威，面子上倒是很能唬人。

真正有雄心抱負的人不會選擇去監察司。

考進監察司的女官還從來沒有一個能掌實權，因為女性細緻，剛入職都被分配去做一些卷宗謄寫歸檔之類的活，在那種位置上，很難做出什麼政績，也難有出頭之日。

除非像魏潛那樣辦案能力很強，人們才不會忽略他的存在，否則就算是其他男性官員，絕大多數也是前途渺茫。而魏潛將來若貢獻很大，就極有可能被調離監察司，去更加適合他的位置上發光發熱。

經過崔玄碧的解釋，崔凝想考監察司的心就不那麼堅定了，如果要她把時間都花在謄抄卷宗上面，那還不如殺了她更乾脆。

她想四處走，多辛苦都沒關係，關鍵是要能夠獲得大量資訊，相對自由，讓她有機會去尋找神刀。

看來還需從長計議。

崔玄碧見她沉思，提醒道：「時間不早了吧？」

崔凝猛地回過神來，急慌慌地告退出門趕往書院。

到岔路口的時候，正遇上胡敏，時間緊迫，兩人沒有下車，只在車上打了個招呼。

出了坊市，馬車開始急行。

待到書院前下了車，崔凝一邊快步前行，一邊問：「妳怎地也這麼晚？」

「哈，我在家裡聽牆角聽忘了時間。」胡敏道。

崔凝笑道：「妳都聽了些什麼？連時間都忘記了？」

「合歡案捉到凶手了。」胡敏道：「唉！三兩句話說不清楚，待得空我與妳仔細說。」

兩人很快到了教舍門口，剛剛坐下，外面便敲了鐘。

崔凝鬆了口氣，但心裡貓抓似的，強迫自己集中注意力讀書。

好不容易熬到了午飯時間，吃完飯，崔凝便拽著胡敏找了僻靜地方說話。

李逸逸和謝子玉也跟了過來。

胡敏也是憋了一早上，這會兒正好說個痛快。「魏五郎只是為了迷惑凶手，前些天設了一個局，放話說李寧留是凶手，具體我也不清楚，反正那凶手上當了，深夜潛入皇甫家的合歡林，被埋伏在那裡的衙役捉個正著。」

「是誰是誰？」李逸逸急道。

「你們猜猜？」胡敏目光熠熠。

「若是能猜到我還用待在這兒？」李逸逸戳了戳她。「快說，別賣關子。」

「居然是陸將軍！」胡敏道：「奇怪吧！所有人都沒有懷疑到他頭上！長安城這麼大，魏郎君怎麼就能捉到他呢？我聽父親說，魏郎君在設圈套之前就知道他是凶手，只是一來證據不足，二來不能自己擔著結果，遂扯著刑部和京畿衙門的人一起。」

凶手是當朝將軍，而且是三個月前剛剛從高麗戰場上凱旋的將軍！

「妳說的是陸微雲陸將軍？」謝子玉詫異道：「他為什麼要殺皇甫夫人啊？」

在外人看來，這兩個人根本就是八竿子打不著。

「我就是很好奇，魏五郎如何知道凶手是陸將軍，阿凝妳與他相熟，得空一定要問問。」胡敏道。

崔凝道：「那還用說，我一定會問。妳先說說，陸將軍與皇甫夫人有什麼關係啊！」

「我就是聽這個才忘了時間。」胡敏抬頭看看四周，確定沒有人在，這才小聲道：「原來陸將軍是個讀書人，還曾經中過進士，才華出眾，但是苦於沒有門路，一直不能入仕。他生活落魄，一度淪落在西山寺廟前為人寫字解籤，衣食不能果腹。十五年前，戚氏春遊時遇見了他，在他那裡解了一次籤文，被他的文采折服，之後便經常找他解籤，兩人漸漸熟悉起來。戚氏得知他的處境不好，便找了很多關係，為他在工部謀了一個小小的文書職位，雖是個不入流的官職，但好歹能夠有俸祿養活自己，但是……」

陸微雲看出了戚氏對自己的心思，他雖然落魄，但有骨氣，拒絕接受戚氏的好意，也不再去寺廟擺攤了。

戚氏初始對陸微雲只是由衷的欽佩，然而隨著日漸熟悉，這份欽佩漸漸就變成了欽慕，再到後來少女懷春，那份欽慕轉變成了愛戀。如果不是這麼長時間的感情，也不會令戚氏一直放不下，甚至在陸微雲消失之後苦苦尋找，並且取字「暮雲」。

「後來呢？」李逸逸問道。

胡敏嘆道：「或許是上天不負有心人吧，戚氏再次偶遇在書樓裡做帳房先生的陸微雲，可能是戚氏的堅持感動了他，兩人便好了。」

後來的事情鮮有人知，他們也許是有過一段美好的日子，直到戚家與華國公府訂了婚約。

也就是那年，陸微雲哀莫大於心死，投筆從戎，用斯殺淹沒那些思念，在戰場上拚出了一份前程；可是那女子，已經是華國公夫人了。

謝子玉聽得眼睛發紅。「既是這樣深情，為何又要殺她？」

崔凝沉默不語。

「或許是記恨戚氏為了榮華富貴拋棄他？」李逸逸猜測道。

崔凝想不出緣由，心裡便惦記著要找時間聽魏潛承諾的解釋。

但是晚上家裡絕對不會放她一個人出門，帶侍婢也不行，於是崔凝果斷打聽了裴九娘所在的教舍，匆匆跑去看了一眼。

裴九娘與崔況差不多大，已經是個水靈靈的小美人，大大的眼睛，皮膚白皙，笑起來模樣甜甜的。她發現崔凝在看她，便落落大方地衝崔凝一笑。

崔凝就上前打了招呼，謊稱自己以前見過她。

裴九娘顯然不是崔況那種妖孽，只記得自己去過清河崔家，但並不確定當時有沒有見過崔凝，但仍是很乖巧地叫：「崔姊姊。」

崔凝交朋友大都憑直覺，她很喜歡裴九娘，一番交談後，兩個人關係已經拉近了不少，便趁勢邀請：「明天休息在家，小妹要是不嫌棄，到姊姊家裡玩可好？」

其實第一次見面就發出邀請很是唐突，但崔凝瞅準了裴九娘是個好說話的姑娘，而且父親剛剛調職來長安不久，肯定還沒多少交心的朋友。

崔凝年歲雖比裴九娘大點，但好歹也是「舊相識」，再加上她對自己的親和感很自信，便直接邀請了。

結果沒有讓崔凝失望，裴九娘很高興地答應了，還表示很喜歡崔姊姊。

崔凝俐落地辦成了這件事，回到家裡，就拿此作為交易，讓崔況陪著她出門。

崔況也不知怎樣與凌氏說的，凌氏一口就答應了。

崔凝歡天喜地地出門。

崔況兜頭就給她潑冷水。「別高興得太早，妳也不用那個不大管用的腦子好好想想，這個時間魏兄可能在酒樓嗎？」

不知道是因為對魏潛的盲目信任，還是純粹為了反駁崔況，崔凝道：「五哥肯定知道我會去！」

崔況不置可否。

兩人上了馬車，他道：「已經出來了，說說裴九吧。」

崔凝滿心惦記別的事情，也就沒有賣關子。「眼睛大大的，皮膚很白，聲音也好聽，笑起來很甜，特別乖巧，長得比我好看多了。」

崔況原是聽著很開心，結果聽到她最後一句，就有些鬱悶。「能不跟妳比嗎？」他是個審美很正常的男孩了，當然知道自己兩個姊姊都長得很美，但是崔凝往自己身上扯，他就有種不祥的預感，萬一裴九和二姊一樣讓人操心可怎麼辦？

崔凝不以為意。「好好好，反正就長得很美，懸山書院中的翹楚。」

崔況這才咧嘴笑得歡。「我就知道，我的眼光不會錯。」

「明天你可以自己看看。」崔凝得意地道：「我把她請到家裡來了，怎麼樣，是不是辦事很俐落？早說了，包在二姊身上準沒錯！」

崔況的笑容一下子僵在臉上。「妳是何時認識她的？」

「今天啊？」崔凝見他表情奇怪，問道：「怎麼了？」

我！的！老！天！爺！

崔況心裡匡匡匡地就這麼幾個字來回閃，閃得他腦子發暈。

哪有人第一次見面就邀請對方次日回家玩？

傻瓜的世界他無法理解，但這並不是重點。

天大的問題是——裴九居然答應了！還表示很喜歡二姊！頭一次見面就給人騙回家的姑娘啊，怎麼想怎麼覺得不妙！

崔況緩了好半晌，平復心情之後便開始努力安慰自己，一定是裴九看出二姊傻，不忍心拒絕，絕對不是物以類聚。

「小弟，你臉色不太好呢？是不是因為明天要見她，太緊張了？」崔凝關心道。

崔況扯了扯嘴角。「是啊，我緊張得今晚都要睡不著了。」

何止是緊張，簡直要嚇死他了！

國子監沐休的時間與懸山書院不同，其實崔況明天並不休息，但是為了確認一下，他決定告假在家等著。

「哈哈，沒想到小弟還有緊張的時候。」崔凝印象裡，崔況一直都是淡定至極，無論發生什麼事情，他小手一抄、小臉一繃，很快就能想到解決的辦法。

崔況翻了個白眼。「沒想到就不要想了，別為難自己，聰明人的想法妳永遠都不會懂。」

崔凝怒道：「根本不是我的問題！是周圍環境太惡劣！一個個不是長安才子就是江左才子，要不就是什麼神童，我一個正常人在如此包圍打擊之下還得堅強上進，想想都心疼我自己！」

崔況嘆了口氣。「二姊口齒見伶俐了，是好事，如果這麼想能讓妳自己心裡好受點，也好。」

「什麼叫這樣想，本來就是事實！」崔凝氣結。

「嗯，事實。」崔況點頭。

他雖然嘴上認同，但表情明顯是敷衍她。

「哼！」崔凝覺得再說下去自己都要被氣炸了，遂扭頭不理他。

到了樂天居。

崔凝問得小二，魏潛就在後園，這才揚眉吐氣，睨著崔況。「怎麼樣，我就說五哥會在。」

「那又怎樣？是妳叫他來的？」崔況邁著方步走進去。

崔凝又吃癟，氣鼓鼓地跟在後面。

聽到雲喜通報，正在書房中的魏潛放下手裡的卷宗，起身迎出去。

「魏兄。」崔況拱手道。

「崔小弟。」魏潛也認真還禮，像對待大人一樣。

「五哥。」崔凝乖乖行了一禮。

魏潛回禮後領著兩人去了廳中。

剛剛坐下，崔凝便忍不住問：「五哥，聽說案子破了？」

「嗯。」魏潛道：「先喝茶歇歇，稍後隨我去見陸將軍。」

一旁的崔況總算明白了是怎麼回事，忍不住道：「魏兄，家姊胡鬧，你也陪著她胡鬧嗎？」

魏潛不語。

因為他能看見旁人看不見的細節，所以他大概知道崔凝所作所為是情非得已，而非胡鬧。

他也曾經掙扎過要不要幫助她，但在還沒有想清楚的時候，發現自己已經不知不覺地開始幫她了。

而他至今還不知道這是對是錯。

「她不是胡鬧。」魏潛看向崔況。「你身為她的手足，怎可在外人面前如此說她？」

這個外人，顯然指的是他自己。

崔況怔了一下，虛心接受他的指責。「魏兄說得是，況受教。」

崔凝還是第一次見崔況如此順從，很是驚訝。

「不過……」崔況話鋒一轉。「我實在沒有把魏兄當作外人。」

「我明白崔小弟的心思，君子坦蕩，大可不必如此，緣分來則來矣，無人可擋，去則去矣，無人可留。」魏潛看著他。「崔小弟以為呢？」

崔況不想插手崔凝的事情，只是心裡不贊同她與魏潛交往過密。他對自家二姊是一片愛護之心，怕她抵不住魏潛的魅力，傻乎乎地陷進去。

崔況頓了頓。「魏兄所言甚是，況確實不夠磊落。」

「愛之深罷了。」魏潛說的是實話，崔況是因為太擔憂崔凝，又不願意讓她日後難過，才選擇這種迂迴的笨辦法，一有機會就在他面前表現出「我二姊不好，配不上你」的感覺。

崔凝在一旁聽得雲裡霧裡，不知如何開口。

「魏兄不介意我也跟去審案吧？」崔況問。

魏潛淺笑。「並不是正式審案，只是我私下尋陸將軍說話，無妨。」

「坊間傳言，魏兄在捉拿凶手之前便知道對方身分，恕我直言，魏兄既然不想牽涉過深，為何又私下去見陸將軍？」崔況疑惑道。

魏潛知道凶手是陸微雲，卻沒有告訴其他人，而是設下局蹲點捉人，既可避免獨自承擔揭露的責任，又將此事弄得人盡皆知。

這世上本就沒有什麼公平可言，若是不鬧大，陸微雲絕不會受到應有的懲罰，最多就是鞭笞降級之類，說不定私下還有人能將此事糊弄過去。

魏潛本可以睜一隻眼閉一隻眼，但在他眼裡，每個凶手都必須要為自己做出的事情付出代價。

「傳言而已。」魏潛平淡地否認了傳言。

崔況也識趣不再多言。

崔凝換好衣服，又坐了半盞茶的工夫，雲喜稟報說都準備好了，三人便從側門上馬車離開。

待走遠了，魏潛才解釋：「最近總有人在門口堵我。」

「不會是小娘子吧？」崔凝打趣道。

「閒人。」魏潛道。

第六章　陸微雲

三人到了刑部大牢，魏潛出示權杖，帶崔凝姊弟進去，小廝在外等候。

崔凝原以為大牢都是暗無天日、蟲鼠氾濫，但刑部大牢與她想像中迥然不同，雖有點暗，但裡面很乾淨，有胡床、案几，甚至還有油燈照明。

魏潛帶著他們走到一間牢房門口，看到一個高大的男子面牆而立，微微仰頭看著高處窄窗投進來的些許光線，只一個背影便讓人覺得英武沉毅。

站了一會兒，魏潛才開口道：「陸將軍。」

陸微雲慢慢轉過身。

崔凝剎那間就明白了為何戚氏會對這個男人念念不忘。他不到四十歲，長相並不會讓人驚豔，但氣度非凡，將一身灰撲撲的囚衣生生穿出袍服的感覺，一舉一動皆透出身為將領的殺伐果決。

「魏小友。」陸微雲面色有些蒼白。

從他緩緩坐下的姿勢，崔凝發覺他似乎是受了很重的傷。而他喚魏潛為「魏小友」，莫非兩人認識？

魏潛薄脣緊抿。

陸微雲卻姿態悠閒。「我想過，倘若這長安還有誰能找到我，一定會是你。」

魏潛沉默了許久，才令獄卒打開房門，走到陸微雲面前坐下。「不想知道我是怎樣發現你是凶手的嗎？」

「以你的聰明才智，又有何難？」陸微雲道。

魏潛道：「是她對你的深情，讓我畫出了你的模樣。」

「深情？」陸微雲冷笑。「你弄錯了吧？」

「就是那些線索讓我找到了你，所以必然是真的。」魏潛定定地看著他。「只是我從沒想過，有一天我們會在這裡相見。在此之前，如果要我說這世上還有誰絕對不可能是卑鄙的凶手，我最先想到的就是你。」

魏潛常逛的書樓，陸微雲也常去，兩人雖然只見過幾面，卻已是忘年知己。不過陸微雲常年在戰場，在長安的時間極少。

在魏潛的印象裡，陸微雲磊落、義氣、灑脫，絕不像是那種為情所困、為情殺人的男人。

「願聞其詳。」陸微雲彎起嘴角。

魏潛明白陸微雲想聽的是關於戚氏的事情，輕聲道：「我先和你說說她這些年是如何過的吧。」

不待陸微雲回答，他便繼續道：「她嫁入華國公府一載就患上了鬱症。從華國公的詩和生前種種來看，他是個心思細膩的人。戚氏很敏感，一定很快就發現了，所以她不敢再寫詩，生怕一不小心暴露隱藏在心底的祕密，但她是個聰明的女子，總是變著法子在種種細節上懷念你，比如抄的經書裡拆寫了你的姓，每一張紙上都能找到你姓氏的部首，寫橫的時候，會不經意在某個字上多寫一道……」

有些地方好像只是不經意落了一筆，時間久了，成為她的寫字習慣。魏潛將這些筆畫一個個挑出來，至少有幾千個，始終不知道有什麼意義。他試了很多種方法，險些放棄，以為這僅僅是戚氏寫字的習慣，最後試著把整部經書裡出現次數最多的部首都挑出來，除了「口」、「人」就是耳朵旁。

加上那些橫橫豎豎，拼出一個陸字。

崔凝聽著，有點驚愕，誰會去研究一個人寫字時的習慣，找出其中可疑的地方？過程繁瑣不說，還有可能是白做工。

魏潛在短時間內能破案，就意味著必須能快速地從一篇文章中提取所有可疑之處，然後在成千上萬種組合方式中，找出正確的一種。

崔凝看著魏潛的後腦杓，深深覺得，跟這個人在一起，果然最能打擊自己的自信。

「我猜你之所以會殺她，是因為她決意為華國公守節吧。」魏潛看見陸微雲面上的笑容一點點褪去，不願再說下去。

「你……」

接下來又是長久的沉默。

魏潛並未去查戚氏當年為何會嫁給華國公，他們之間本就有重重阻礙，也許戚氏有很多情非得已，可陸微雲為何偏偏以為她是背叛？也許是再見之後，戚氏的表現，讓他產生了這種感覺。

「我第一次遇見她時，她還是個小丫頭，就像妳一樣。」陸微雲看向崔凝，衝她淡淡一笑，一如當年第一次遇見戚氏。

那年一樹紅絨落馬纓。他還記得戚氏穿著淺藍色的襦裙，小小的一個人兒，有些許幽蘭之韻，她拿著籤文遞給他。

這是陸微雲一天來的頭一個生意，他洋洋灑灑地揮毫寫下一篇精妙的解籤文。後來，她經常來，話也不多，只是眼巴巴地等著他寫解籤文。

少女的眼睛好像會說話，每次若是寫得好了，她就雙眸熠熠生輝；若寫得敷衍，她便滿眼失望、不滿。

那一年，不知道被她騙去了多少文章。

長久接觸下來，兩人話雖然不多，但相視一笑便似乎知道對方在想些什麼。直到真正相熟之後，話才漸漸多了起來。

就在他們認識一年多以後，眉眼漸漸長開的女孩，羞澀而又勇敢地拉住他的手，向他表明心意。

如今想起來，陸微雲還記得當時的感覺，心彷彿有那麼一瞬停滯，隨後便狂跳起來，腦中一團亂，想要推開她，卻又控制不住要擁她入懷。

而她的一席話，讓他忽然像被澆了一頭冷水。

她說為他謀了個文書的位置。

陸微雲知道一個未出嫁的女孩，為了替他謀這個位置幾乎動用了所有的關係，他的感覺很複雜，不是不懂她的好心，不是不感激，但是他的自尊心仍舊被狠狠擊碎。男人，有時候真的很奇怪，能受得了敵人的羞辱，甚至會因此越戰越勇，卻不願意在自己在意的女人面前顯出絲毫卑微。

陸微雲大概就是這樣的心態吧，他沒有說什麼，只是掙脫她的手，沉默著離開，從此之後再沒有出現在她的視線裡。

並非陸微雲小氣，只是他知道橫亙在兩人間的鴻溝若無法跨越，他們的戀情終究不會有好結果。

而後再次相遇，在戚氏的猛烈攻勢下，陸微雲終於還是淪陷了。

他是真的很喜歡這個女孩，看著她，就覺得心裡很充實，他們偷偷地約見，他教她詩詞歌賦，她為他磨墨伴讀。

戚氏和他說，如果到時他還是沒有出路，她願意不計較名分與他私奔。

陸微雲頗為感動，為了能夠有資格求娶她，也開始妥協，用她的關係謀了個不入流的官職。由於他的努力和出色的能力，很快就升職了，雖然仍舊是微末官職，但總算離希望近了一步。

他們沒有山盟海誓，但彼此的認真和包容，都讓對方覺得遠遠勝過至死不渝的誓言。

可惜，他們沒有敵過時間。

戚氏告訴他，家裡給她訂親了，她情願嫁給一個年過中旬的鰥夫，也不想和他私奔了。

陸微雲沒有責怪她，他也沒有資格逼迫她遵守當初那個本就不公平的承諾，只是心裡那種被拋棄、被背叛的感覺始終揮之不去。

戚氏出嫁，十里紅妝。

皇甫家有的是錢，即使只是一個繼室，隨隨便便也是這樣大的排場。

陸微雲站在茶樓上目睹這一切，舉杯遙遙敬她。這麼長時間的感情，他只能做到放手，祝福的話絕說不出口。

戚氏婚後，陸微雲無法再在原來的官職上待著了，這是用她的關係謀來的，他接受也是為了能夠娶她，如今已毫無意義。

崔大人駕到
中
袖唐
ツバサ
尖端出版

陸微雲渴望成功，但是他的成功一定要與她沒有絲毫關係。

同年，他投筆從戎，隨大軍奔赴高麗戰場。

因他中過進士又讀過兵書，是軍中難得的人才，數次英勇表現引起了老將軍的注意。老將軍徹底挖掘了陸微雲的才能，也幫助他完成了從文士到武將的轉變。

陸微雲的作戰風格如狼一般，隸屬於他的軍隊紀律嚴明，攻無不克，立下赫赫戰功，用了八年時間便掌管一方兵力，成為大唐最得力的戰將之一。

這些年來，他已經越來越少想到戚氏，若不是那一日……

那一日，西山寺前滿樹紅絨。

戚氏一身深藍色衣裙，雲鬢花顏，扶著侍女的手從馬車上下來，順著山路拾級而上，而他正巧從山上走下。

合歡樹的香氣幽幽，彷彿時光如梭，他和她一直都在這西山。

戚氏眼睛倏然間盈滿淚水，她垂頭，微微往一邊挪半步讓他過去。

兩人擦肩而過，複雜紛亂的心緒下似乎有什麼要衝破，又被強行壓了下去。

那天陸微雲心裡憋悶，去東市喝了點酒，去了皇甫府，但他並沒有衝動地進去，只是在周邊徘徊。而之後的幾天，他總是不由自主便走到了附近。

連續五天，陸微雲大致將皇甫府的情況弄清楚，防守有很多疏漏處，他很容易便避開所有人潛入了府內。

當他看見滿院子的合歡樹，心中便忍不住歡喜，他想戚氏小字暮雲，又種了這麼多合歡，心中定然還惦記他。

他隔窗看見戚氏的身影，仍舊未接近，連續看了幾日，趁侍女離開的間隙輕扣她的窗子。

天色還早，戚氏慌神，壓低聲音問：「是誰？」

「是我。」他道。

聽見醇厚熟悉的聲音，她更是心慌意亂，只說了句：「你等等。」

「我在合歡林裡等妳。」他飛快地道。

戚氏身邊伺候的人不多，只有貼身侍女枝香會時時跟在身側，其他婢女就算一時見不著她，也不會覺得奇怪，亦不會去找她。若把枝香支開，肯定會有侍女過來聽遣，只能想辦法把枝香弄暈，可她手邊又沒有合襯的東西……

戚氏略想了想，她每日下午都要喝藥，算算時間應該不久就能熬好，於是便去院子裡摘了幾把草藥，去了廚房。

熬藥的侍女見了她，連忙起身施禮。

「枝香沒過來？」戚氏問。

「回夫人，枝香姊姊剛走不久。」那侍女道。

戚氏道：「妳去找她，讓她到屋裡等我。」

「可是這藥……」

「去吧，我在這兒等妳回來。」

那侍女遲疑了一下，見戚氏緊繃著臉，不敢再說什麼，順從地應了。

戚氏確定人已經走遠，便立刻把藏在袖子裡的草藥拿出剁碎，一股腦全部都放進藥罐裡。

飛快地清理了殘渣，又過了一會兒，那侍女回來稟報：「夫人，枝香姊姊已經在等您了。」

戚氏回到屋裡，隨便尋了些事情交代枝香。

一會兒藥便送來了，枝香用藥碗晾涼。

「枝香，妳來嘗嘗這藥味對嗎？」戚氏把碗遞給她。

這是寧神的藥，平常人少喝一點並沒有什麼關礙。

枝香喝了兩口，仔細嘗了嘗。「好像比平時味重了點。」說著又喝了一口，確定道：「確實有點不同，大夫沒有換方了啊？奴婢去看看藥。」

「罷了，我有點累，先睡一會兒，妳去耳房候著吧。」戚氏道。

待枝香去了耳房，隔了片刻，戚氏喚了幾聲，確定她已經睡著，便起身悄悄離開屋子。

夕陽微落。

陸微雲已經等了她很久，看見熟悉的身影走入林子，四處張望，走到他所在的樹下。他拋落手裡的絨花，正好落在她髮上。

「陸將軍？」她輕聲喚道。

陸微雲輕輕落在她身後。

兩人相距只有一腳之距，戚氏聞聲回身，恰似撞入他懷中。

戚氏聞見了他身上濃重的酒氣。

「阿羽。」他道。

戚氏急退了兩步，卻被他一把拽住。

「陸將軍，求你放手。」戚氏低聲哀求道。

陸微雲鬆開了手，目光沉沉。「阿羽，妳心裡還有我嗎？」

戚氏無法否認見到他時的快樂，彷彿過去那些死去的一切一瞬間又活了過來，但他們是不可能的。

「有又如何，沒有又如何？時過境遷，你我都回不到過去。」戚氏忍不住流出眼淚。「倘若我心裡還有你，你當如何？休妻娶我？還是要我為妾？」

皇甫家不會反對戚氏再嫁，畢竟她只是繼室，也沒有為皇甫家誕育子嗣，將來皇甫家也不會有她的牌位，但是做過堂堂華國公夫人，豈能給人做妾？

休妻？

以戚氏對陸微雲的瞭解，那是絕對不可能的。陸夫人在家苦守這麼多年，是他孩子的母親，為他操持家事侍奉母親，即便不愛，他也不可能做那忘恩負義的事。

時隔這麼多年，什麼都改變了。兩人雖相隔咫尺，仍是天涯之遠。

「陸將軍，好好過你的日子吧。」戚氏含淚帶笑地望著他，似譏諷，又似絕望。「我這輩子的夫君只有一個人，我要為他守節。」

陸微雲被她的神情和語言激怒，心底壓抑十年的感情驟然如山崩般爆發，他一把抓住她，低喝道：「如果只有一個人，那也是我。」

戚氏無聲地掙扎，扯亂了他的衣襟，連他平時用來防身的匕首都掉落在地。她狠狠咬了他一口。陸微雲不怕疼，但疼痛讓他稍微清醒了一點。

稍一遲疑，戚氏便逃離開，從地上撿起匕首，利刃出鞘橫在脖子前。「你走，不然我就死在你面前。」

「妳以為妳的命能威脅我？妳當我是什麼？」陸微雲冷笑。「呼之則來，揮之則去？妳願意就闖入我的心裡，膩了就拂袖而去？戚羽，妳往這兒插，讓我看妳的心是不是紅的。」

他伸手握住她的手腕，硬生生將匕首從她脖子邊扯開，對準她的心口。

戚羽死死咬著脣。「我欠了你，今日便全還給你！」她用力撞上匕首，又就著他的手拔出來。「你看見了沒有？」

是紅的。

溫熱的鮮血噴得四處都是，染了陸微雲滿身滿臉。

「誰在林子裡？」守門的婆子聽見聲響，站在林外揚聲問道。

無人回答。

陸微雲一手按住戚羽的傷口，一手攜著她翻牆出去。

林子很大，陸微雲和戚羽在另外一邊，那婆子走進林子看了看，並沒有異樣，濃郁的花香掩蓋了血的味道，她惦記著無人守門，便又返回門房。

陸微雲抱著她往醫館趕。

「雲哥。」戚羽緊緊拽著他的衣襟。「你……帶我去西山吧。求你，我不想死在醫館裡。」

戚羽的血，將陸微雲澆得無比清醒，也很清楚她活不了了。他見慣了生死，此時此刻，說不清是什麼感覺，慌亂、心痛，還是麻木？

陸微雲改變路線，抱著她徒步去往西山。

時已入夜，星垂天邊。

趕到西山的時候，戚羽已經沒有呼吸。

陸微雲恍似身在夢裡，起初，他也只是想再見她一面而已。

原來，他一直都沒有忘記過，對她的深情，對她背叛的憤怒，全部都埋在心底，這麼些年過去，不減反增。

陸微雲神志恍惚地走進一座破敗的道觀，倚牆坐下，把臉埋在戚羽頸間，還能感受到一絲絲溫熱馨香。

不知過了多久，外面下起了大雨，涼意習習，也沖掉了他們一路留下的血跡。

陸微雲想了很多，他們的過往，他獨自拚殺，他的抱負、他的家……

那些因回憶惹起的紛亂逐漸又歸於清晰。

戚羽，這一生我沒有什麼對不起妳。

雨停，天邊透出微光。

陸微雲脫下外衣包住戚羽，將她的屍體送回皇甫家。

樹上的血已經基本被沖掉了，其實他可以將她送回房間，做出一個自殺的假象，但是一來破綻太多，二來他就是不想讓她如願為華國公守節。

他站在樹下，用匕首狠狠刺入自己胸口，又拔出來。他慣於殺人，手起刀落，沒有任何猶豫，也知道傷口在何處不會致死。

血噴灑出來，他按住傷口，然後把戚羽放到合歡樹下。

「你說，我究竟是惦念她還是早就心存報復？」陸微雲問魏潛。如果不是心存報復，怎麼會冷靜地做這些事情？如果恨她，又為何這般難受？

魏潛搖頭。「都十年了，既然已經選擇忘記，為何又糾纏不休？」

陸微雲道：「有些事情，你本以為自己已經忘記了，可是後來才發現，原來時間並沒有抹去痕跡，反而讓它更加深刻。」

「抱歉，我有點疑惑。」崔凝道。

「問吧。」陸微雲似乎很想找人訴說這些年壓抑的感情，不但不避諱，反而很是配合。

「您有沒有想過，戚氏是因為您才嫁給華國公？」崔凝一直在想，哪怕是媒妁之言，也講究條件相當。戚氏年輕貌美、頗有才華，出身也不算低，即使不願意私奔，也可以嫁個條件相當的青年才俊，為什麼會心甘情願地嫁給已人過中年的華國公？這樁婚事，她如果寧死不從，誰也不能說是她有錯。

崔凝沒看那些詩詞，憑感覺，戚羽有點清高，內心又極為多愁善感，並不像那種眷戀財勢的人，她嫁給華國公，真是自己願意的嗎？

「如果有人發現她與您的……感情，您就是她的把柄。」崔凝站在戚羽的角度上去想，便覺得如果自己看重一個人，只會有一種可能。

陸微雲眉頭皺了起來，倘若有人要對他不利，而對方有權有勢，完全可以將他置於死地，戚羽會選擇妥協嗎？

可這些都只是猜測，並沒有證據。

陸微雲看向崔凝，問：「妳叫什麼名字？」

崔凝遲疑了一下，而後答道：「崔凝。」

「多謝。」陸微雲含笑衝她拱手施禮。

崔凝總覺得他的笑容中有幾分決絕之意，忙道：「您若是為著我一句話想不開，我會內疚的。」

「人死萬事皆休，我縱是死了，也改變不了什麼，只是對不住更多人罷了。」陸微雲面上的笑意已經撐不住，於是起身逐客。「魏小友既非審案，恕某不能奉陪了。」

魏潛起身，抱拳無言施禮，帶著崔凝和崔況離開。

馬車裡，魏潛問：「妳還想問什麼嗎？」

「想。」崔凝毫不猶豫，陸戚兩人的事讓她很難受，可是誰也不能動搖她的決心。

魏潛道：「這個案子的細節，有些超出我的預料，我會整理好卷宗給妳。」

「謝謝五哥。」

崔況問道：「魏兄設了什麼圈套令陸將軍自投羅網？」

「很簡單。我跟刑部那邊說了一些推斷，排除了李寧留以外的人，將其餘三人釋放，又放出一個消息，說是找到了皇甫夫人留下的暗語，但目前尚未破解，李寧留可能是凶手，可證據不足，只要我破解這個暗語就能定案。」

這個案件本身就很轟動，消息自然傳得快，而魏潛在散播消息前心裡就已經確認了凶手的身分，確保凶手一定能夠聽到這個傳聞。

「觀陸將軍的作戰方式，便知道他最喜兵行險招，多半聽到消息就會立刻來尋找『暗語』。」

陸微雲作為一個出色的將領，作戰時總要確保自己得到的是第一手消息，於是即便知道這是個圈套，他也會選擇在對方還沒有布置妥當的時候就過來探查。

可惜，魏潛是在暗中布置妥當之後才放出的消息，一切盡在掌握之中。成與不成，只在陸微雲的一念之間。

第七章　鳳求凰

崔凝亂七八糟地想了大半夜，才迷迷糊糊地睡去。

吃完早飯之後，便見崔況穿戴一新到她眼前晃悠。

剛開始崔凝還有些納悶。「你怎麼穿成這樣？今天什麼日子？」

崔況從小就頗有風度，大把的時間都花在看書學習上，穿著都是以舒適得體為主，逢年過節的時候還要母親叮囑他身邊伺候的侍女，才會換上新衣裳。今兒不逢年不過節，突然穿成這樣，是吹的哪陣風啊？

「啊！裴九！」崔凝一拍腦袋，這才想起來之前約了裴九來家裡玩。「可是你穿成這樣也太浮誇了吧？平時那樣就很好。」

崔況理了理衣裳。「公孔雀還知道開屏吸引母孔雀，我豈能連個扁毛畜生都不如？」

「啊……這樣……」崔凝還以為他只會對別人刻薄，原來對自己也毫不留情，張嘴就和扁毛畜生比。

崔況身邊的侍女估計是平時才能得不到施展，好不容易有次機會就使出渾身解數，將他打扮得像仙童一般。

「妳覺得如何？」崔沉難得徵詢了一下崔凝的意見。

崔凝連連點頭。「好看，小弟本身長得就好。」

崔沉哼了一聲：「廢話。」

「你見著裴九娘要還是這副嘴臉，一準被你嚇跑了！」崔凝提醒道。

崔沉略略考慮了一下。「知道了。」

兩人在屋裡心不在焉地下了半局棋，青心過來道：「裴九娘前來拜訪。」

姊弟倆都猛地跳起身來，崔凝忙道：「你要不要去屏風後面躲躲？」

「妳還有臉提屏風？」崔沉稍稍斂了形容，起身邁著小方步出去，丟給她一個後腦杓。「妳先接她進來，一會兒我就去找妳們。」

「你個混球！我要是再幫你，就不姓崔！」崔凝怒道。

崔沉聞言回頭道：「妳搭個線就行了，妳這腦子，我的終身大事豈能指望妳？呵呵。」他笑得要有多欠揍就有多欠揍，氣得崔凝直接抓了只鞋丟他。

崔沉閃身避開，咧嘴笑道：「妳跟符兄學了幾日，別的沒見長，倒是他祖父脫靴砸人的愛好學了個十成。」

崔凝略略整理了一下衣裳、頭髮，便親自迎到了大門。

裴穎正坐在茶室裡，見崔凝來了，起身施禮。「崔姊姊。」

「妳叫我凝姊姊吧，家裡還有個崔姊姊呢！」崔凝笑道：「我們家是姊弟三人，我行二，上面有個姊姊，下面有個弟弟。」

「凝姊姊。」裴穎乖巧地喚道。

崔凝見她白嫩肉乎的臉頰就手癢癢，想伸手過去捏捏，但對方第一次來作客，她怕嚇哭小姑娘，便上前牽住她的手，道：「走吧，去我屋裡玩。」

「我想先去給令尊、令慈請安，不知是否方便？」裴穎到底是從小在大家族長大，這些禮數早已刻在骨子裡。

崔道郁不在家，崔凝便領著裴穎去見了凌氏，請過安之後，又說了一會兒話，兩人便去了崔凝的屋子。

一進屋，裴穎便看到了崔凝屋子裡擺放的琴，喜道：「我早就聽聞凝姊姊生得貌若天仙，且琴藝高超，不知今日能否有幸請教一二？」

「咦，妳聽說過我？」崔凝不知道自己什麼時候變得這麼有名了。

「懸山書院都知道呀？」裴穎的模樣可愛，微微瞪人眼睛的樣子顯得特別天真。

「我們教舍裡好些娘子，都學著凝姊姊把頭髮全都束起來呢！」

書院發的衣服款式很繁複，袖子又寬又大還有好幾層，頭髮再披散在背後，一天到晚沒有侍女在身邊幫忙打理，就會變得一團糟，她便讓青祿把頭髮全部都綸起，盤了一個類似男性的髮髻。

崔凝臉盤秀氣，穿上袍服頗有氣質，靈秀中透著英氣，又很愛笑，不像別的貴女那樣死板地守規矩，讓人有距離感，頗有幾分隨興灑脫。

這一切塑造出了一個與眾不同的崔凝，而她卻並不自知。

「哈，怪不得頭一次邀妳，妳就答應了，原來我這麼出名。」崔凝笑道。

裴穎連連點頭。

「妳很喜歡琴？」崔凝問。

裴穎道：「本來不是特別感興趣，但是聽了新先生一節課之後，覺得心裡頭特別舒暢，就開始想學了。」

新先生大概是陳智吧。

「先生說自己是隨便彈彈吧？」崔凝在琴前坐下，隨手撫了一小段。「不過他不是哄人，真的只是隨便彈。」

有什麼樣的胸襟氣度，就能彈出什麼樣的曲子。

「凝姊姊！」裴穎滿臉崇拜。「妳能教我嗎？」

「那妳坐過來。」崔凝起身給她讓了位置。「先彈一曲來聽聽。」

裴穎坐定之後深吸了一口氣，平心靜氣之後抬手彈了一曲。

她彈的是《鳳求凰》，能聽出琴藝還算不錯，但是太過拘謹，還沒有到能把感情代入琴曲的地步。

崔凝在這方面似乎是有天生的才能，從最開始還不能把琴曲完整彈出的時候，就能夠將感情融入其中，知道什麼樣的情緒應該用怎樣的方法表達，才能得到自己想要的效果，所以不知道怎麼解釋才能讓裴穎明白。

正發愁，救星就出現了……

一曲《鳳求凰》堪堪到了尾聲，華麗麗的崔況邁著小方步走了進來。

裴穎看著一個好看到無法形容的男孩，渾身帶著光似的朝自己走來，以至於她呆呆地連收尾都忘記了。

琴曲在尾聲處戛然而止。

崔況看了裴穎一眼，板著一張小臉嚴肅地看向崔凝。「這位是……」

裝得一點都不好！崔凝暗白腹誹，卻還是裝作不知情的樣子介紹道：「這位是裴家九娘。」緊接著又向裴穎道：「這是我弟弟，單名一個況字，你們大概是同歲？」

「不，我比她大一歲。」崔況淡定道。

裴穎好奇地問：「你怎麼知道呀？」

「大一歲這麼明顯的事情，一眼就看出來了。」崔況淡淡道。

「好厲害呀。」裴穎深深覺得，這一家子都不是凡人。

崔況的表情簡直快要繃不住了，這瞎話估計連他二姊都騙不了吧，裴九居然相信了。她居然，相信了！

崔凝見他神情有些不對，忙笑著打岔：「阿穎，妳可以喚他況哥哥。」

裴穎很是乖順地甜甜地喚了聲：「況哥哥。」

崔況的表情居然奇蹟般的沒有破裂，繼續繃著，很嚴肅地點了點頭。

崔凝就拉著裴穎坐下，與她道：「小弟如今在國子監讀書，與大人一個教舍呢，而且明年就要考狀元。」

「啊。」裴穎看向崔況的眼神就更加閃亮亮。「況哥哥這麼厲害呀！」

崔況很滿意，果然是親姊，情願違背誓言不姓崔也要幫著他。

崔凝直接當崔況不存在，感慨道：「嗯，他可厲害呢，平時就愛讀書，懂得又多，別人都不喜歡和他一起玩，所以從小就一個人特別孤單。」

根本不是這樣的好嗎！崔況眉毛快要豎起來了，是他壓根兒不屑跟那些只會哭出鼻涕找奶娘的煩人精玩！崔況正怒，可是這三兩句話下去，裴穎再看他的眼神，簡直就像是看一個末路英雄。

她從胡椅上下來，走到崔況面前。「況哥哥，你若是不嫌棄，我以後能找你玩嗎？」

呃……有……有點嫌棄呢……

可崔況被她一雙水汪汪的大眼睛看著，只能道：「不、不嫌棄。」

裴穎綻開笑顏。「況哥哥，明年你考狀元的時候，我能送你進考場嗎？」

「可以。」

「況哥哥，你平時都喜歡看什麼書呀？」

「什麼都看。」

瞅著空隙，崔凝道：「阿穎留下來吃午飯吧，我去叫人準備一下。」

裴穎的侍女偷偷拽了拽她的袖子。考慮到她與崔家娘子認識不久，來之前，夫人交代過，第一次拜會只帶著禮物過去坐坐就好了，最好不要留飯。

裴穎顯然沒有忘記，表情很是糾結。

「到我家來，不必在意那些虛禮，妳與姊姊投緣，留下吃飯也無妨。」崔況道。

裴穎點頭道：「正是這個理兒，況哥哥懂得好多。」

哪兒是我懂得多啊，是恰合了妳的意吧！崔況覺得整個人都不太好了。

崔凝偏偏在這個時候選擇避開，臨走前還出了個餿主意：「我去去就來，你們先下盤棋吧。」

崔況一直以來只喜歡跟棋藝高於自己的人對弈，最討厭臭棋簍子。他現在的棋藝早已經超過崔凝，跟國子監二十多歲的同窗對弈都常常贏棋。

眼下，也只能盼望裴穎能上得了檯面了。

而現實往往與理想背道而馳。

裴穎不僅是個臭棋簍子，棋品還特別差，一會兒就叫道：「啊呀，不行不行，這個我剛剛沒想好。」

然後就用可憐巴巴的眼神看著崔況。

崔況只好隨她悔棋。

「況哥哥，你這幾顆子要圍殺我了，能不能拿掉？」

「妳拿吧……」崔況耐著性子回答她。

等崔凝返回的時候，一盤棋已經七零八落，裴穎下得津津有味，崔況如坐針氈。

「咦，阿穎占了上風呢。」崔凝心裡暗讚，崔況不愧是少年老成的典範，下棋都知道讓著女孩子。

他平時在學業、競技上面從來不知道什麼叫「讓」，每每都是想方設法地奔著第一去，輸得起，但不管花多長時間最終必要超越對方。崔凝在棋藝上就是這麼被他超越了。

「二姊，我下午要去上學，就不打擾妳們了。」崔況覺得自己需要緩緩心情。「九娘，妳與二姊玩吧，我先走了。」

裴穎很是遺憾地跟著崔凝送他出門。

「妳與小弟玩得好嗎？」崔凝問。

「好啊，我幾個哥哥都不願同我下棋，要不然就是一會兒便不耐煩了，況哥哥特別好，一直都讓著我。」裴穎高興地道：「我以後還能來找況哥哥下棋嗎？」

崔凝拍著胸脯保證。「當然能，不過他明年要參加科舉，可能會很忙，待考完了就可以天天在家陪妳下棋。」

「嗯，凝姊姊能再陪我玩一會兒嗎？」裴穎興致不減。

「好！」崔凝覺得自己不適合教人彈琴，所以就爽快答應，叫侍婢把棋盤收拾了一下，兩人開始一場喪心病狂的廝殺。

崔況沒有走遠，站在窗下聽屋裡的動靜。

一會兒裴穎道：「哎唷，我下錯了。」

崔凝就大方地道：「那妳拿回去重下，不過只能下一次。」

隔了一會兒，又聽崔凝道：「不成不成，這個子不能挪，妳挪那個吧。」

崔況覺得，自己的人生已經崩塌一半了，現在他承認自己眼光不怎麼樣，距離娶妻還有好些年呢，為什麼一定要吊在裴九這棵樹上？大唐那麼多女子，重新相看雖然會費不少事，但總好過坑一輩子。

崔況是個很有計畫性的人，但是他現在還不知道，自己在感情計畫上，一直在完美地詮釋著四個字——事與願違。

屋裡頭崔凝倒是與裴穎玩得很好，直到凌氏令人過來請她們過去吃飯。

崔凝與裴穎短時間內感情突飛猛進，手拉著手過去了。

凌氏知道裴穎就是兒子看上的小娘子，吃飯的時候一直在暗中觀察她。

裴穎行為舉止得體有禮，飯後還與凌氏聊天，嘴特別甜，就連偶爾露出一點笨拙樣，也讓人覺得這個孩子天真純良。

凌氏十分滿意，認為兒子的眼光實在沒得說。

晚上凌氏還在崔道郁面前把裴穎誇了一番，直說崔況小小年紀，看人一看一個準。

凌氏其實早已看出裴穎並不是那種特別機靈的孩子，可是也不笨，正常的交際方面挑不出太大問題，比別的同齡世家貴女更多幾分純真憨厚。

崔況心眼太多，倘若再配個心眼多的，兩人性子合適倒罷了，若是不合適免不了要生出齟齬。就像祖父祖母那樣，能說是誰對誰錯呢？剛開始兩人也過了一段琴瑟和鳴的日子，可是一旦碰到事兒，難免心生罅隙。

夫妻之間要和睦，要麼就是一方什麼都不要多想，跟著另一方的腳步走；要麼就是相互包容妥協，各自退一步。

凌氏很瞭解自己的兒子，打牙牙學語時就特別有主意，而且一般人很難動搖他內心的想法，所以他將來的媳婦，得跟著他的意思走才能過太平日子。

「你說凝兒得找個什麼樣的呢？」凌氏戳了戳身邊快要睡著的丈夫。

「我看子清就挺好。」崔道郁含糊道。

凌氏想了想，道：「凝兒看著大小事情都渾不在意，可我覺著她骨子裡和況兒很像。」

「那就尋個沒主意的嫁唄。」崔道郁睏得眼睛都睜不開，壓根懶得想。

凌氏越想越愁，翻來覆去地睡不著。

第八章　考試

時間一晃過去了三個月，合歡案高起低落，戚羽一條性命，只換來陸微雲被罰三年俸祿。這世上沒有不透風的牆，陸微雲與戚氏之前的事情不知從哪裡流散出來，但人們也只是暗中說道說道，公開場合裡議論寥寥。

因為陸微雲在朝野的風評一向不錯，同僚對他的印象大都是君子、講義氣，百姓覺得他是正直的將軍，大部分人還是願意相信他潛入皇甫家是因為舊情未了，最難聽的說法就是他想對戚氏不軌。

現實擺在面前，以他如今的身分地位，想要多少美嬌娘沒有？為何非得去招惹一個快中年的寡婦？

而當眾人開始更多地談論合歡案，還是因為陸微雲。因為契丹在北方起兵反叛，大將軍王孝傑平叛失敗，唐軍幾乎全軍覆沒，陸微雲請命帶傷上陣，奔赴戰場。

而在此不利形勢下，陸微雲僅用了六個月時間，就從抵抗、反擊，到最終以最小的損失奪回營州。

大唐自開國來少有獲得如此巨大的逆轉勝利，捷報傳來，舉國歡騰。

然而，同時傳來的，還有陸微雲的死訊。他走的時候身上的傷本就沒有痊癒，軍營中的條件與長安天壤之別，接連六個月的作戰，傷口反覆撕裂，最後一役前就已經高燒不退，待奪下營州布置好防守，便直接栽倒在地上再也沒有醒過來。

朝廷急派戰將前往據守。

在這等情形下，合歡案再度被提起。而這一回因為陸微雲的英勇犧牲，更是賦予這個案件諸多神祕色彩，不知道是誰把陸微雲與戚氏的事情，編成了盪氣迴腸的愛情故事。

皇甫家剛開始也阻止了，但無奈與國家大事相關，百姓情緒高漲，僅靠一家之力根本無法撲滅流言，索性就任出他們去了，反正最後一代華國公原配夫人賢良淑德，沒有任何品行瑕疵。至於戚氏，填房而已，對皇甫家沒有任何功勞可言，不承認她便是。

崔凝與李逸逸幾個人坐在茶館的雅間裡，說書先生正說到：陸將軍別妻兒，帶傷奔赴戰場。

說的是陸微雲臨走之前的一段心理獨白——自羽逝後，吾欲追隨而去，然念及家中，心中愧疚難安，恰逢大將軍戰敗，朝廷用人之際，莫非是上蒼冥冥之中予吾指路？且去吧，待我馬革裹屍，戰功庇蔭家中妻兒老小，才可了無牽掛赴黃泉。

英雄難過美人關的故事，結局總是令人心碎。

李逸逸哭得直抽，謝子玉與胡敏也拿了帕子不住地按眼角。崔凝感觸最深，卻沒有哭，只是眼睛酸脹得厲害。

先生講完這一段，便留了一句：預知後事如何，且聽明日分解。

李逸逸毫無形象地伏在桌子上痛哭，哭罷才令侍女給收拾，臉弄得乾淨清爽了，可眼睛卻腫得像核桃。

「怎麼這麼慘呢！戚暮雲也真是，別人威脅她，怎麼不同陸將軍說呢？陸將軍一定會有辦法。」李逸逸眼淚又有點忍不住。

胡敏勸她：「官大一級還壓死人呢，陸將軍就是再聰明，那會兒也是無權無勢的普通人，聰明又有什麼用？況且妳也忒認真了點，就是故事罷了，真事未必如此。」

崔凝覺得故事中情節大部分是真的，陸微雲不會因她一兩句猜測就改變觀念，想必戚羽嫁給華國公確是情非得已，才難以接受。

「戚暮雲也真是可憐可嘆。」謝子玉感觸亦是很深，她身為貴族女，自小就知道以後的婚嫁由不得自己做主，所以決定，以後絕不主動去接近任何不相配的男子。

可是陸微雲的事情，也不能怪誰，他們相識的時候，年齡差距比較大，誰都沒有存著那方面的心思，戀情就這麼猝不及防地擾亂了一切平靜。

「我們都要引以為戒才是。」胡敏最擔憂的是崔凝。「妳與符郎君、魏郎君是朋友，可得把握好自己，莫要步入後塵。因我們關係好，才如此直言不諱，妳可別怪我。」
「我知道，放心吧。」崔凝聽了滿腦子的愛恨情仇，始終沒有往自己身上想，她還有更重要的事情要做，感情這種事情離她遠得很。
「可別提了，提起來我就想哭。」李逸逸轉移了話題：「妳們不是要考女官嗎？三省六部的考試還有兩個月就要開始了，妳們誰去考？」
「這麼快啊！」崔凝總覺得這件事情還很遠，沒想到今年的考試已逼近眼前了。
「我覺得今年考不上……」
女官的題目其實跟科舉差不多，只是除此之外還有三省六部各自出的題，這些題比較有針對性，主要是考驗應試者是否有他們需要的能力。
胡敏道：「只要找人寫了推薦信再交一貫錢就可以去考試了，妳家裡又不缺錢，去試試又無所謂。」
「嗯。」謝子玉道：「現在三省六部的人為了賺錢，推薦信的門檻很低，只要是個官寫的信都行，妳若只打算試試水，就別找家裡人寫推薦信，萬一沒考上可丟了推薦人的臉呢。」
「妳打算考？」崔凝問。
「不啊。」謝子玉搖頭。「我怕考不上丟人。」
崔凝白了她一眼。「難道我就不怕丟人？」

胡敏笑道：「哈哈，她想當女相公，當然容易落榜，中書、門下、尚書三省考得比較難，六部之中兵部最難，其他五部相對容易一些。對女子來說，考禮部最容易，而且多是清貴的官職，名聲也好。」

崔凝笑道：「我呀，肯定不會去考禮部。」

其他幾個人投來好奇的目光。

「出身世家，要是考不上更丟人啊！」崔凝覺得自己肯定穩穩地會被刷下來，她連自家的禮儀都過不了關。

幾個人笑成一團。

其實禮部很喜歡招崔家、謝家這等出身的人，因為她們在家裡已經學習了各種禮儀，其中也包括國禮，這些東西流淌在血液、刻在骨子裡，不是一般人能比的。

「先不說女官的事。」李逸逸提議道：「七夕出來玩吧？」

距離七夕還有五天，街上的店鋪已經布置一新，略能感受到七夕的氣氛了。

每年元宵、七夕，長安城的年輕郎君、娘子都會出來遊玩。尚未婚配的，便期盼能夠在美好的節日裡遇上意中人。

女孩略懂感情之後都愛幻想，胡敏和謝子玉立刻贊同，崔凝猶豫了一下，也同意了。

約定之後便出了茶樓，各自離開。

回到家中，崔凝給父母請安的時候便說了考女官的事情。

崔道郁反應很平靜，凌氏卻十分吃驚：「怎麼想起來考女官？妳祖父同意了？」

「嗯。」崔凝道。

崔淨有些不贊同，勸她道：「妳看那些當了女官的人，有些二十多歲還沒有嫁出去，若是耽擱到年歲大了，可就不好挑人家了。」

這也正是凌氏所擔憂的。

崔凝道：「我過完年才十三，嫁人還早。」

「再兩年就能說親了。」凌氏本就為她的婚事愁得夜不能寐，這下更要睡不著了。

「打算考去哪兒？」崔道郁問。

崔凝不假思索地答道：「刑部。」

這下連凌氏都沉默了。

崔淨皺眉道：「妳考三省或禮部都成，為何要考刑部？」

三省中都是要職，禮部多清貴，刑部上上下下的女官加起來統共就只有三個，還都是做入庫卷宗謄抄的活。

「此事……去問問妳祖父吧，他若是同意，我不會阻止妳。」崔道郁道。

「謝謝父親、母親。」崔凝忙站起來施禮。

「去吧。」凌氏無奈地嘆息。

崔凝高高興興地去了崔玄碧的院子。

崔玄碧剛剛吃過晚飯，見崔凝過來，微微笑道：「怎麼這麼晚過來？」

「來看看您啊。」崔凝笑嘻嘻地道。

「看完了？那就回去吧。」崔玄碧竟然罕見地開了句玩笑。

崔凝驚了驚，旋即就順著杆子往上爬，抓著他的袖子撒嬌道：「沒有看完呢，我邊看邊與祖父說件事。」

「說吧。」崔玄碧道。

「我上次不是與祖父說要考女官嗎？我決定考刑部。還有兩個月就考試了，您說我今年是否參加？」崔凝期盼地看著他。若是她惡補兩個月能考上呢？豈不是能省一年的時間？

「刑部？」崔玄碧眼中的笑意減淡，沉吟了須臾。「我不同意。」

崔凝這下笑不出來了，她一直以為父母會反對，而祖父會支持，但是這次竟然在他這裡碰了釘子，不解問道：「為什麼？」

「妳似乎對破案很感興趣？」崔玄碧問。

他位居高官，威儀自是不必說，這麼嚴肅地盯著崔凝，讓她感覺頭皮發麻，腦子都不大好使了，支吾了半晌，才吶吶道：「我就是喜歡。」

「考兵部吧，我給妳安排。」崔玄碧身為兵部尚書，為自己孫女開個後門只是一句話的事。

如今的世道，誰有關係誰就能平步青雲，就算是御史臺也不大會拿這個事情作文章，但前提是被提拔那人必須有真本事，不能是個草包。

崔凝見他態度堅決，便不想與之硬碰，低聲道：「那我想想。」

「妳好好想想是否要來兵部，刑部的事情，想都不要想。」崔玄碧這一次頗為霸道，根本不給崔凝一點餘地。

「那就考監察司。」

「妳先回去吧，我考慮一下。」崔玄碧道。

崔凝欠身施禮，退了出去。

為什麼不能考刑部？

崔凝覺得很納悶，如果說不願意讓她接觸案件，那應該連監察司都不能考啊？祖父卻說可以考慮考慮。

到底是什麼原因呢！她抓亂了頭髮也想不出個所以然。

之後幾日，崔凝每天下了學都要去崔玄碧那轉一圈，問有沒有考慮好。

然後就趁著沐休的時候去找魏潛，準備借閱監察司以前的女官考卷，看看都考些什麼。

魏潛沒有說話，當場便寫了一份給她。

「考破案？」崔凝一看題目便躍躍欲試。「考試是多長時間？」

「一個時辰。」魏潛道。

崔凝看了一下。「這個案子不難啊？」

一個時辰有點緊張，但應該還是有很多人能夠答出來。

魏潛點頭道：「但是證物和證詞很多，主要是考察妳記憶力如何，以及是否細心。」

崔凝明白了，監察司並不要求應試者有破案的能力，也就是說，他們錄用的人不會安排這方面的官職，就算考上了大概也只能做謄寫記錄之類的活。

「我原想考刑部，可是祖父不讓。」崔凝苦著一張臉。「五哥，你這麼聰明，有沒有辦法讓他同意？」

魏潛問她：「為何要考刑部？」

「我覺得能自由一點，而且可以學習破案啊。」崔凝道。

魏潛安慰她道：「刑部最主要的責任是維護國之律法，就算妳考入刑部，也要很多年後才能領到核准各地重刑案件的差事，這是個累活，不見得會分派給女子。況且，在監察司也不是沒有機會。」

崔凝擔憂道：「可是祖父還要考慮呢，萬一連監察司都不讓考呢？」

「他會同意的。」魏潛篤定地告訴她。

雖然不知道這個猜測有什麼根據，但是崔凝就是覺得很可信，頓時喜笑顏開。

「那我考監察司給你端茶倒水，要是有機會你就帶我去破案好不好？」

「好。」他道。

監察司的考試不難，崔凝覺得自己能考過，但她讀四書五經比較晚，基礎不如別人紮實，這兩個月需要惡補一下，才能萬無一失。

將至午時，炙熱的風捲著濃郁的荷香吹進屋裡，令人昏昏欲睡。

崔凝掩嘴打了個呵欠，眼裡帶著盈盈霧氣，一轉眼瞧見魏潛正看著她。兩人都沒有說話，氣氛顯得有些怪異。

魏潛穿著牙白色寬袍綢衣，脖子修長白皙，喉結突出。看上去清爽乾淨，身上的衣料很薄，順著身體垂下，勾勒出壯實的輪廓。

「五哥，你穿衣服的時候看不出來這麼壯實。」崔凝咧嘴笑道。

說得好像他現在沒穿衣服似的！

屋子裡的氣氛陡變，魏潛那廂羞窘不安，而崔凝這邊則在沒眼色地傻樂。

「五哥，你休息一會兒吧，我回去了。」崔凝知道他要午休，便不再打擾。

魏潛頓了頓，道：「我下個月便要離京去河北道，會幫妳留意妳要找的刀。」

「真的？」崔凝喜得不知如何是好，強忍著沒有撲上來給他一個大大的擁抱，咧著嘴搓搓手。「謝謝五哥！」

魏潛見她猴兒似的，忍不住笑起來。「去吧，我就不送妳了。」

「哎！不用送不用送，我熟得很。」崔凝出了屋子，走路都是一跳一跳的。

她這廂樂得還沒合攏嘴，回到家裡又得了個好消息。

果然如魏潛所言，崔玄碧同意她考監察司，但是也說得很清楚，若考三省或兵部、禮部外，他絕對不會幫忙。

能得到同意，崔凝已經謝天謝地了，壓根沒奢望藉助他人的力量。

有了目標，她便整日與崔況一起讀書，有什麼不懂的地方便直接問他。剛開始崔況十分不樂意，但教了幾次之後，驚訝地發現自家二姊並沒有想像中那麼笨，基本上說一、兩遍就能懂，並且記憶力也很強。

瞅著也不傻啊？為什麼偏有些事情就鬧不明白呢？

「妳這樣學上兩個月去考監察司應該沒有問題。」崔況道。

監察司考的內容雖然和科舉一樣，但是題目很簡單，多數人都能通過。

「那我很有希望啊。」剛開始崔凝只是抱著碰運氣的心態，但是現在漸漸有了點信心。

就這樣每日上學，回家繼續讀書，一轉眼便到了女官招考的時間。

崔凝好不容易求得魏潛寫了一封推薦信，拿去投了監察司。

次日一早，監察司特設的考場便開了。

崔凝特地一大早趕過去，誰料就看見寥寥幾個人，門口接引的官員也一副沒睡醒的樣子，直到看見崔凝遞過來的名牌，這才眼睛一亮，仔細地看了幾眼。

崔凝心中惴惴，難不成出了什麼問題？莫非祖父又反悔不讓她考了？

「崔二娘子請。」那接引官員客氣地將名牌還給她。

崔凝滿腹狐疑地走進了考場。

她不知道，試還沒有考，她的大名便轟動了整個監察司，因為魏潛可是頭一次跟個小娘子走得這麼近呢！略一翻看應試者的身分，好傢伙，還是清河崔家的女兒！

監察司的知情人都揣著一顆八卦之心等著看後續呢。

不過這小小的異樣很快被崔凝拋之腦後，她這還是第一次進考場，看到一間大屋裡擺了很多坐席案几，每個座席之間相隔一丈之距。她數了數，攏共也就不到十五人。

想想也是，一般人家的女子考女官是為了施展抱負、出人頭地，自然不會考這麼個沒有前途的官署。而出身較好的女子多是為了賺個清貴名聲，也大多不會選擇監察司。

「來了就隨便挑個座，靜候考試，名牌放在書案右上角。」屋裡的考官開口道。

崔凝是第一個到的，便朝那考官施了個禮，找了個不太顯眼的位置坐下了。

這樣隨意的氣氛讓崔凝放鬆了很多，便四處打量。

主考官來得很早，他坐在上首位，正在閉目養神，看著年紀不大，個頭很小，頭上的官帽幾乎將臉蓋住了，下顎的鬍子有半指長，向前飛翹。

等了約莫小半個時辰，考試的人才陸陸續續到齊。

時間一到，前面的考官就發了考卷，還有兩名官員進來協助監考。

崔凝調整好心態，認真看考卷。

考卷一共只有兩頁，第一頁是貼經解意，第二頁則是一個案子。

崔凝不由瞪大了眼睛，因為那案子不是別的，正是「合歡案」！

現在大家都已經知道了這個案子的凶手，也知道戚羽是怎麼死的，但是並不知道魏潛的推理過程。而這次考卷，主要就是在提供的繁雜詳細的線索中找出有用的線索，從而進行分析推理。

這卷子說難不難，因為案子的部分內容已經流傳出去，線索也都清清楚楚地給出來了，只是有些有用，有些沒用，要自己分辨。可是說不難也難，如何根據這些線索推理出整個作案過程，並不是人人都能做到的。

崔凝暗自竊喜，暗想，這不會是五哥給她開後門吧……

她斂了心神，開始認真地貼經。

內容只有一小段，比科舉短得多，憑她的記憶力，很快就填上了；只是寫釋意文章對於崔凝來說有點難。她以前從沒作過文章，因此也就是盡量保證文章的完整性，還有明確的主旨，再加上幾句引經據典，費了九牛二虎之力才弄出一篇。

而關於合歡案的分析，崔凝並沒有完全依照魏潛的思路，那時她自己也想了很多，現在又根據卷子上的線索重新整理思路，寫下了自己生平第一份破案推理。

考試時間並不長。光是寫這麼多字都已經耗去大半天，再加上思考的時間，崔凝不知不覺已經滿頭大汗。

時間飛快地過去，還有很多人在奮筆疾書，考官便宣布考試結束。

屋裡頓時怨聲載道，紛紛抱怨時間太短了。

主考官不耐地道：「這個案子鬧得滿城風雨，到處都在說話本，妳們難道沒有仔細打聽、認真想想？若是沒有，妳們來考監察司做什麼？賺俸祿買胭脂水粉？」

崔凝噗哧一笑。這考官多半是被女官禍害過吧。

「笑什麼？考官訓話要嚴肅！」那主考官瞪了崔凝一眼。

崔凝抿嘴，低頭施禮，其實她只是為了掩飾臉上掩藏不住的笑意。

主考官對她的態度比較滿意，哼了一聲，便起身登登地走了。

崔凝偷眼看去，只見他身材矮小，但是走路很急，兩條短腿交錯得特別快，從後面看上去一顛一顛的。

待所有官員都離開，便有人議論道：「這是哪位大人呀？」

有人小聲道：「是六品副掌令趙大人。」

趙憑，字任之，專門負責接收監察使遞過來的消息或案件，謄寫一份交給相關衙門，原件也由他保存，任何人想要查閱都必須要有他的手令才行。

崔凝收拾東西準備離開，卻有個女子叫住了她。「請問是崔二娘子嗎？」

「妳是？」崔凝想不起來見過她。

「娘子不認識我，我姓侯，名嬌兒。」她笑著自我介紹。

崔凝點點頭。「有事？」

侯嬌兒臉色微微一紅。「無事，只是久仰大名，特地過來說句話，娘子莫見怪。」

侯嬌兒跟崔凝差不多高，但看起來比她要大兩歲，打扮很時興，只是料子都極普通，加上滿頭仿造的珠翠，乍一看上去顯得華貴至極。

雖然清河崔家是一等大族，但崔凝家裡並不是特別有錢，平日過得也不奢侈，可是以崔家人的性子，沒有錢買頂好的，也絕對不會往自己身上堆這麼多粗製濫造的假東西。

崔凝覺得這個姑娘有點虛榮。「妳是懸山書院的人？」

「並不是。」侯嬌兒很高興崔凝願意接話。

「哦？那妳是從何處久仰我的大名？」崔凝還是頗有自知之明的，知道那只是對方的客套。可是別人不會無緣無故地跑過來搭話，她想了一下，最大的可能就是衝著清河崔家的名頭。

這麼一想，她就失去了繼續聊下去的興趣。

崔凝自小在道觀長大，當然不會挑剔別人的出身，只是她不喜歡別人有目的地套交情。

這個想法剛一浮現，崔凝忽然僵住，她對魏潛難道就不是有目的地接近嗎？甚至比侯嬌兒做得更加直接。

侯嬌兒見她臉色變了，擔心引起對方的惡感，但這麼多人在場，她又不願意失了面子，便以很隨意的口吻道：「娘子先忙，我還有事，改日再聊吧。」

說罷，施禮告辭。

「哦。」崔凝反應過來，便淡淡應了一聲，提著包袱出了考場。

身後傳來一陣輕笑聲，還有嘲諷侯嬌兒的話語。

崔凝聽著更是難受，她並不在乎別人的看法，只怕自己在魏潛眼中是像侯嬌兒一樣。雖則她存了目的靠近，但平日相處並不是敷衍，她是真的把他當作朋友。

可是，她一直不斷地從他身上得到，又給過他什麼呢？

朋友之間並不需要計較得太清楚，但一直這樣下去，崔凝總覺得自己欠了他。真正能處長久的真心朋友，都是相互給予，而不是一直從對方身上壓榨索取。

崔凝知道自己現在沒有什麼能幫魏潛的，但畢竟還有一些力所能及的事情可以做……只是她從前並沒有太放在心上。

譬如，給魏潛尋個妻子。

崔凝進行了一番深刻的反思，卻總結出來這麼一個令人啼笑皆非的結果，不過架不住她自己覺得很有道理。

「妳是崔二娘子？」

崔凝正沉浸在自己的思考中，一個清泠泠的聲音突然響起。

她一抬頭，便瞧見對面廊上站著一名女子，身上的青色官服襯著嬌花一般的容顏，美得令人移不開眼。

崔凝微微欠身。「正是。」

「妳與長淵很熟？」那貌美的女官面色冷冷。

崔凝心想，這人好生無禮，雖說是個官吧，看官服的顏色品級也不高，可居高臨下的口吻讓人聽了好生不快，連個自我介紹都沒有，於是她便客氣地反問：「請問這關乎公務嗎？」

崔凝並不是個計較的人，但她自打決定好好做一個崔家人，首先在外就要維護崔家人的形象，豈能顯得卑微懦弱？

那女官被她噎了一下，覺得有些難堪，惱怒道：「離他遠點！」

「哈？」崔凝不禁啼笑皆非。

不過，這樣看來五哥的行情不賴，並不是傳說中的困難戶啊！只是這樣跋扈冷傲的女子根本配不上五哥，崔凝搖搖頭，雖則長得好看，但光好看有什麼用？性子好更重要。近水樓臺還沒有得月，可見五哥也不喜歡這種。嗯，得給五哥尋個溫柔可人的。

這麼一來，崔凝腦子裡都是魏潛的婚姻大事，僅餘的一點緊張感也沒有了。

回到家中。

凌氏見她滿頭大汗，忙取了帕子給她擦拭，心疼道：「上學就夠辛苦了，還要去考女官，瞧給累的！」

崔淨問：「何時才能有結果？」

崔凝道：「三天之後，不過只是告知是否通過考試，未必能馬上安排上官職。」通過考試算是取得了進入監察司的資格。要等著有官職空缺才會安排她們任職，若是一直沒有，就要一直等候下去。

「往年取得資格的人還有很多在候用。母親，能不能找父親給我打點一下？」崔凝抱著凌氏的胳膊撒嬌。「我要是一直在候用可怎麼辦呢？」

正巧崔況走到門口，聞言接話道：「說得好像已經考上似的。」

「我覺得沒有問題！」崔凝接觸合歡案比較早，思考很深入，又聽過魏潛的推理，肯定比別人有優勢，如果這都考不上，那她估計這輩子都考不上了。「就是釋義的文章寫得不大好。」

崔況給凌氏施禮請安，之後才道：「差不多就行了，難道打算考進士不成？」聊了一會兒，待崔道郁回來便一起吃晚飯。

飯罷，崔凝去給祖父請安。

崔玄碧剛剛用完晚飯，在院子裡修剪花枝順便消食。

「祖父。」崔凝離得老遠便喊他，跑近了才施了一禮。「凝兒來給您請安啦。」

崔玄碧不許她考刑部，當時見她有點不高興，還以為要與他生出嫌隙，沒想到這會子一看，她還是一臉樂顛顛的。

「不賭氣了？」

崔凝笑道：「瞧您說的，我賭啥氣呀，只是我書讀得不好，這段時日沒日沒夜地讀書，就疏忽給祖父請安了，祖父沒有跟我賭氣吧？」

「哈哈。」崔玄碧笑道：「我同妳一個小孩子賭什麼氣！」

「祖父怎麼不問問我考得如何？」崔凝鼓起腮幫，故作不高興地問。

崔玄碧剪掉幾片枝葉。「我不問妳不會自己說？」

「我考得可好了。」崔凝毫不謙虛地道：「您要是不使壞，我肯定能考上。」

崔玄碧頓了動作，皺眉惱怒。「合著要是妳學問不紮實還得怨我？」

「嘿嘿，那也不是。」崔凝也不怕，笑著湊上前。「我幫您剪個盆栽，您給我走走人情？」

崔玄碧把剪刀塞進她手裡。「若是敢毀了我的盆栽，有妳好看！」

他丟了活兒，在一旁的石凳上坐下，令侍女上茶。

崔凝拿著剪刀喀嚓喀嚓，大刀闊斧地剪著，看得崔玄碧心頭一跳一跳，已經準備好接受殘忍的結果了。

抿了一口茶，崔玄碧問道：「怎麼不去求妳父親。」

「哎呀，父親的臉面哪兒有您的大。」崔凝其實早就求過了，但是崔道郁自己從來都不走人情，當然也不會幫她走。

崔凝過來當然不是純粹為求他走後門，是怕他不願意讓她考上，背後跟人說一聲把她刷下來，那可真是沒地方哭去。

「鬼精的丫頭。」崔玄碧自然一眼便看出她在想些什麼。

不過也是崔凝不瞭解自家祖父，以他的性子，若是不願意讓她考上就絕對不會同意她去考。

崔凝把一盆枝繁葉茂的九里香剪成了一個球，得意洋洋地道：「祖父看我的手藝。」

崔玄碧看著那盆九里香，不語。

崔凝見他不是很高興的樣子，便解釋道：「道家周天十六卦，卦卦是圓，圓雖簡單，卻包涵宇宙之奧妙，所以我剪的這個可有深意了。」

崔玄碧告訴她。「盆景看的可不只是意義，首先得賞心悅目才行。」

「我覺得圓圓的很美啊。」崔凝指了指另外一盆松。「別看這個長得稀稀拉拉，我也能剪成圓呢。」

「行了，妳趕快走吧。我答應妳就是了。」崔玄碧取回剪刀，生怕她再把那盆松剪出個好歹。

「多謝祖父。」崔凝喜孜孜地道：「下次我還來幫祖父修剪。」

崔玄碧揮揮手，已經不知道該說什麼了。

待崔凝走後，崔玄碧再看那盆九里香，才發覺整株上面沒有一片葉子被剪殘，她竟然只憑著修枝就將這盆九里香剪成個球！

這手藝是很不錯，只是審美就……

等待結果的這三天，崔凝還是每日如常去上學。

其他幾個人知道她考了女官之後紛紛感嘆，堅定要考的人不敢行動，反倒是她這個之前猶猶豫豫的人直接跑去考了。

女官的考試通過率很高，但三省六部其實對女官的需求並不多，很多通過考試的人一直都在等候任用，有些人等一輩子都不會有結果。

大唐興辦女學是近十年內的事情，多數女子還是家裡聘請先生或者在族學學習，著重學的是持家，因此學識方面比起男人遜色很多，畢竟像女帝和上官婉兒那樣的女人是少數。朝廷允許女子做官，可是那麼多十年寒窗的男人都用不完，又怎麼會啟用女子？

大家都知道女帝挺看重有才華的女子，因此各個官衙都會象徵性地騰出幾個不大重要的官職留給女子，能坐上這些位置的人，不是出身權勢之家就是家財萬貫。

三日之後，正是沐休，崔凝本想親自去看榜，卻被凌氏按在家裡，命小廝過去看了回來稟報。

女官考試不會敲鑼打鼓地各家傳遞消息，只有以後被任命官職的時候，才會有人前來報信。

隔了約莫有小半個時辰，小廝滿臉喜色地跑回來報信：「咱家二娘子考了個榜首呢！」

凌氏更多的是驚訝，她完全沒想過崔凝能通過考試，更何況是榜首！她頓了一下，問道：「一共多少人？通過了多少？」

「一共十五人，通過十人！」小廝道。

「嘖，這考試……」崔況撇撇嘴，說了一半的話，比平時說全句還欠揍。

崔凝很驚喜，她覺得自己釋義寫得不好，最多能勉強通過，沒想到居然考了個榜首。

「這回我妥妥地要當上女官了。」崔凝揚著腦袋，驕傲道：「祖父答應給我走人情了。」

我的老天爺，可要點臉吧！崔況實在懶得說她，這種事情有什麼值得驕傲？

倒是凌氏有些訝異，她還算知道父親的性子，一般他做出的決定輕易不會更改，要不然也不會和母親鬧成那樣，聽說先前還口口聲聲說除了考三省、兵部和禮部之外，他絕對不會幫忙，怎麼扭頭就食言呢？

不管怎樣，崔凝考了榜首，又出身清河崔家，再加上崔玄碧幫忙打點一二，進監察司是肯定沒問題了。

崔凝心裡明白，她的第一步能走得如此順利全都要歸功於崔家，如果不是有這個龐大的家族在背後撐腰，別說走後門，連讀書都成問題，更別提認識對她說明良多的魏潛。

崔凝暗暗決定，必須要用力抱緊崔家這條粗壯的大腿，同時，也更應該認真地做好自己，做好一名崔家女，哪怕不能給崔家增光添彩，也絕不能拖後腿。

第九章　監察典書

三個月後，監察司派人來通知授予崔凝九品監察典書的職位，隨行還帶了一個裁縫，為她量身製作官服。

之後崔凝便從懸山書院退學，成了大唐史上年紀最小的女官。

隨之而來的是一片質疑聲，御史臺也過問了一回，監察司一句話未說，直接把崔凝的考卷呈到了御案之上。

且不說內容寫得如何，光看字就有別致風格，清秀中透出剛勁，剛勁中又顯出瀟灑，因常年習武的原因，腕力足夠，頗有幾分力透紙背之感，倘若在字上下工夫，假以時日定能有大成就。

女帝一見便很是喜歡。她日理萬機，此事不過是小小插曲，知道崔凝是憑自身實力考上女官後，便很快將此事拋開。

崔凝不知道自己已經在滿朝文武那邊露了臉，領了官服，就歡歡喜喜地去監察司報到了。

她跟著接引的女官先去掌令那裡，然後再去見典書令領差事，之後再見過諸位同僚。

崔凝聽到「掌令」，心裡便猜測莫不是那日的考官趙憑？

女官停在一間屋子的外面，稟報：「掌令，崔典書到了。」

「進來。」

崔凝一聽聲音，便知道自己猜中，待進屋一看，就瞅到了那張「別人都欠我錢」的臉。

「崔凝見過掌令大人。」崔凝施禮。

「都做官了，不會取個字嗎？」趙憑脾氣又上來了，厭煩地道：「坐吧坐吧。」

崔凝對他的脾氣恍若未見，淡定地找了個合適的地方坐下。

「妳知道典書該做些什麼嗎？」趙憑問。

崔凝心想，如果直接說不知道，估計又得遭奚落，便道：「心裡大概有數，但詳情還得勞大人賜教。」

「嗯。」趙憑這才稍稍滿意地點頭。「監察司每日會有各種文書往來，監察典書負責將這些文書抄成多份，分發到監察司各部手中。雖然看似簡單，可這些文書都十分重要，絕對不能有任何差池！」

「是。」崔凝道。

「沒有問題就退下吧。」趙憑道。

崔凝微微張嘴，但見他滿面陰雲的樣子，好像再多問就要爆發似的，只好道：「哦，那我告退了。」

「要說下官告退！明白嗎！」趙憑吼道。

崔凝不知道他為什麼突然發飆，但仍是恭敬地施禮。「多謝大人賜教，下官告退。」

趙憑覺得一拳打在了棉花上，心裡有點憋得慌，奈何崔凝已經飛快地退了出去。

離掌令的屋子遠了些，接引的女官才微微鬆了口氣，問崔凝：「沒嚇到妳吧？」

這女官就是崔淨口中那種二十好幾還沒嫁出去的類型，五官端正，雖不特別出色，但風度與整日守在宅院的女子，到底是不一樣。

「沒有，上次考試的時候已經見識過一回了呢。」崔凝笑答。

女官亦笑道：「妳還是頭一個不怕他的。哦，對了，忘了自我介紹，我姓扈，名童，字純之，也是九品典書，妳喚我純之便是。」

崔凝從善如流。「我還沒有字呢，純之先喚我阿凝吧。」

「好。」扈童笑了笑，與她說了一些情況。「典令平時與咱們在一處辦公務，脾氣好得很，對女官很縱容。」接著她看看周圍，見沒人才又壓低聲音道：「不過典令沒什麼擔當，有了差錯只管往咱們身上推，所以千萬別指望他能替妳說話。」

「多謝純之提點。」崔凝忙道謝，心裡很明白，扈童頭一天就願意如此提點她，多半是因為清河崔家的緣故。

扈童道：「阿凝不必客氣，同僚間理應互相照應。」

行到一座假山前，聽見有女子與男子說笑的聲音傳來。

扈童咳了兩聲。

聲音戛然而止。

「典令，崔典書到了。」扈童道。

「快過來吧。」一個溫和的男聲隔著假山傳過來。

崔凝隨著扈童繞過假山，就看見有三女一男圍坐於一張石桌前，桌上還擺著茶水，四人都穿著青色官服，其中還有那日警告她離魏潛遠點的美貌女官，而唯一的男子是個胖胖的中年人，皮膚白皙，留著一小撮稀稀拉拉的鬍子，眼睛一笑就瞇成一道縫，看上去脾氣很好的樣子。

「見過典令。」崔凝施禮。

「不必多禮。」典令看了身邊一名女官一眼。「玉平，妳給新來的崔典書讓個座吧，我有事情與她說。」

「多謝典令好意。」崔凝立刻道：「不過各位都比我資歷深，沒有給我讓座的道理，我站著聽典令說話便好。」

「呵呵，果然不愧是崔家女，有氣度。」典令站起來道：「走吧，隨我進屋裡說。」

崔凝銜石桌邊的三位女官拱拱手，隨典令離開。

原來崔凝所在的衙門叫掌書處，趙憑是監察司掌書令，他手下一共有兩名典書令，也稱之為典令，而每名典令手下又有五名典書。

整個監察司的公文往來都要經過掌書處，崔凝所要做的工作就是分擔一部分文書的抄寫與分發。

領職之後，在不怎麼融洽的氣氛中，五名典書做了自我介紹。

除了之前已經認識的扈童之外，其他三人分別叫冉欣、喬葉兒、宛卿。那個喜歡魏潛的貌美女官就是宛卿。

宛家雖不是世家，卻也是西北大族，祖上是商賈，因他們專門為朝廷供應戰馬，被封了官職爵位，儼然是大唐新貴。

崔凝從扈童那裡得知宛卿的背景，便知曉為何她這般硬氣敢與清河崔家彆扭了。並不是誰都能養好戰馬，這也是這麼多年沒有人能動宛家的原因。況且崔家就算有實力摧毀宛家，也絕對不會為了這麼點芝麻綠豆大的小事，拿國家命脈開玩笑。

崔凝的上峰名叫盧續，如扈童所言，脾氣溫和。崔凝第一日任職，他大加鼓勵，也沒有一下子給太多活，只發了兩份簡短的文書給她，讓她各抄三份，交給三名監察使，讓她先適應一下。

崔凝認認真真地抄寫好，打聽到三位監察使所在位置，就抱著文書一路尋了過去。

合歡案三司會審之時，監察司想派魏潛過去，但礙於他官職不夠，便以他在江南立了大功為由，直接擢升為正六品監察佐令，如今手下管著好些人。

因為監察司的主官也不過是正四品，正六品的官職在這裡已算品位極高。

崔凝送的文書正是給魏潛的下屬。

敲門進屋之後，崔凝一眼便看見坐在主位方向的魏潛。他正低頭看一份文書，宛卿臉頰緋紅地站在他身旁。

屋裡有監察使接過崔凝手裡的文書，隨口問了一句：「以前沒見過妳。」

「回大人，下官是新來的典書，姓崔。」崔凝答道。

此話一出，滿屋子人刷刷抬起頭來。

崔凝只覺得他們一個個眼睛發亮，也不知道究竟是為什麼，心裡頗有些慌。

旁觀眾人均想，這盧續真真是會順應人心。如今滿監察司的人都在伸長脖子看魏潛與崔凝的後續，他這就給送上來了，而且還奉送了一個痴戀魏潛的宛卿，這安排簡直不能更精彩。

眾目睽睽之下，魏潛也抬起了頭，看了崔凝一眼，微微頷首，臉上沒有一絲表情，也沒有說一個字。

宛卿略略放心，其他人都紛紛看向崔凝，希望能從她面上窺得一絲端倪，誰料崔凝臉上亦是毫無破綻，待確認文書分別交送到那三位監察使的手裡，便直接告辭了。

如此熱鬧的安排，怎麼能這般靜靜散場？這不應該，太讓人失望了！

「崔典書的字當真俊秀！」一名監察使讚嘆道，也不知是真的欣賞，還是不甘心沒看見半點熱鬧。

另兩人也隨之附和：「果然不錯。」

其他人紛紛放下手裡的活，湊過來觀看，一時間讚嘆聲連綿不絕。

宛卿心頭堵了一口氣，她就不相信那字能好到哪裡去！一幫爺們跟坊間婦人似的，可惡！

她略微緩了心情，聲音低柔：「魏佐令，可有問題？」

魏潛似乎才發現她沒有走，提筆改動了幾處，道：「抄好令人送去刑部。」

「是。」宛卿接過文書，退了出來。

她走在廊上，越想越覺得不對勁，平時魏潛辦事飛快，這區區幾處也就是一眨眼的工夫便能挑出來，她每次都恨不得要他慢一點再慢一點，可是今天卻用了這麼久！

宛卿心底就像是打翻了五味瓶，酸甜苦辣鹹，最後糅成了委屈和不甘。

自從三年前，她在街上見過魏潛一回便淪陷了，苦戀他這麼久，託了好些關係才進了監察司，想盡辦法接近他，可是絲毫不見成效。她白小嬌慣，何曾受過這樣的委屈？現在竟然還被區區一個黃毛丫頭比下去！

她恨恨地想著，巧了，正撞上從另外一間屋裡出來的崔凝，便揚聲道：「崔典書。」

「宛典書有事？」崔凝不大願意與她多說話，這姑娘在她面前就像一根尖利的刺，讓她有些不舒服。

「我想請教崔典書，是如何答的監察司考卷？」宛卿冷笑道：「據我所知，這次的題目可不簡單，妳與魏佐令相識，恐怕會讓人誤會。」

「哦，可能是各人聰明程度不一樣吧，我覺得挺簡單。」崔凝想起崔況那傲嬌的語氣，便不由自主地學著說：「至於我與魏佐令的關係，嗯，妳是懷疑我，還是懷疑他？」

倘若魏潛故意透露考試內容，是要被處罰的，宛卿自然不敢往他頭上扣屎盆子，冷笑道：「魏佐令為人正直，眾所周知，就怕有些小人竊取他斷案的法子。」

崔凝笑道：「若我有本事從魏佐令那裡竊取斷案法子，就憑這份智慧，監察司也該錄用我，宛典書說是嗎？」她不願意繼續糾纏下去，不容宛卿說話，接著道：「要說聰明，我自不敢說數一數二。咱們是怎麼進的監察司，心中各自有數。妳若有心思不如往別處使使，說不定東邊不亮西邊亮呢。宛典書沒有旁的事，我就走了。」

崔凝拱手，從宛卿身邊走過去，不妨被宛卿一把抓住肩頭。

「牙尖嘴利。」宛卿比崔凝高了大半個頭，垂眼冷冷看著她，手上的力道大得像是要捏碎她的肩膀。

宛卿家裡世代養馬，馬背上長大的姑娘，力氣比一般女子要大很多。

崔凝皺眉，掙了兩下發現無法掙脫，於是猛然抬手出拳，狠狠擊在宛卿的肋骨上。大袖微揚，稍稍遮掩了她的動作。

「啊！」宛卿尖叫痛呼，整個人站立不住，直接蹲到了地上。

崔凝齜牙，整條手臂都抬不起來了，一向好脾氣的她也被激怒：「宛典書，我和五哥什麼關係，妳管不著，我也勸妳不要因此糾纏不休，否則別想討到半分便宜。」

說罷，也不管宛卿如何，直接甩袖走了。

崔凝一直都像個沒脾氣的，那只是因為沒有觸到她的底線。以往在師門過得雖然苦，但師父師兄都寵她疼她，到了崔家也總有人保護她，在此之前，她沒有遇到過一個像宛卿這樣對她步步緊逼的人。

她還是第一次發這麼大的脾氣，發洩過後竟然覺得心裡十分舒爽，暗想，原來自己骨子裡這麼壞，做人果然不能太窩囊。

事後回頭仔細想想，覺得就算打了宛卿也不算什麼大事，只是家裡怕是瞞不住，若宛家不是肯吃虧的主兒，肯定會鬧過去理論，要怎麼同家裡解釋呢？

崔凝琢磨了一下午，待回到家，她連官服都沒有脫，便匆匆跑到凌氏那裡。

「母親。」崔凝笑嘻嘻地湊到她跟前。「我與妳說個事兒。」

見凌氏滿面愁容，便知道宛家可能派人過來質問了，先老老實實地承認：「我把宛家的人給打了。」

「妳還好意思說？我剛覺得妳懂事了，怎麼第一天就能把同僚打成重傷？肋骨都斷了一根！」凌氏怒斥道。

「不能吧？我沒使全力呢！他們肯定是誣蔑我。」崔凝憤憤道：「母親，我肩膀都快被她捏碎了。」說著也不管屋裡還有許多侍女，飛快將衣服一解，扯開露出烏青的肩膀。「您看看。」

凌氏的怒氣頓時消了一半。「這宛家丫頭下手也忒狠了！」

「嗯，她先掐的我，我疼了才打了她一下呢。」崔凝抱住她的胳膊。「母親。」

凌氏吩咐侍女去拿跌打藥酒，又問：「她為何要掐妳？」

衡量再三，崔凝決定說實話：「因為她喜歡魏五哥，我平時與五哥要好，她就不高興了。」

「真真是……」藍顏禍水！

凌氏不知道說什麼好，仔細審視小女兒，感覺她似乎並沒有對魏五產生情思，心安了不少，嗔道：「妳呀妳！終究不能教我省心！到哪兒都惹出一籮筐事。」

凌氏覺得哪天應該帶崔凝去燒燒香，頭一次入族學就被一群孩子打架牽連；去懸山書院倒沒惹出什麼事，但撞上了同窗自殺；這回剛到官署第一天就鬧出這檔子事，真是到哪兒都不得安寧。

「宛家的小娘子估計真是傷得不輕。」凌氏在長安這麼久，漸漸有了交際圈，消息也比以前靈通。那宛家倒不是不講道理的人家，此事宛卿有錯在先，若不是真的傷重，怕是不會特地派人前來質問。

崔凝揉著臉苦惱道：「我還是用的左手呢，也沒發全力，那姑娘的身子骨怎麼這般脆呢？」

她暗想，二師兄說方外之人不會武功，果然是真的，先前被魏潛踢到只不過是個意外罷了。

「唉！我帶妳去宛家看看吧。」凌氏知道不是崔凝故意惹事，便沒有出言責怪，只是崔凝出手也忒沒譜了。「下次要是再不知輕重，妳就自己兜著吧！」

凌氏並沒有說是賠罪，只是自家女兒防衛過當，所以前去看望一下傷者，以表示崔氏絕不仗勢欺人。

說定之後，凌氏便寫了帖子讓人送去宛家，告知對方明天前去拜訪。

送信的小廝回來時便帶回了宛家的回帖。

次日崔凝去官署告了一會兒假，便隨著凌氏去探望宛卿。

路上，凌氏道：「到了宛家，妳只需真誠道歉即可，若是他們沒理還不饒人，咱們也不用忍著。」

「嗯。」崔凝第一次覺得，自家母親真的好霸氣。

凌氏趁此機會教她：「咱們家門第高，若是行為稍有不當就會招來非議。就拿這件事情來說，雖然是咱們占了理，但宛家小娘子確實傷得不輕，旁人難免就會同情她多一些，咱家若是因占了理就不聞不問，旁人只會認為是咱家仗勢欺人，一回、兩回無所謂，若是長此以往呢？」

崔凝想了想，道：「母親說得有道理，可是若為了維護名聲而遷就，以後別人發現咱們這個弱點，豈不是每每都可以以此挾制？」

「並非遷就。就說這件事情吧，妳有錯沒有？」凌氏問道。

崔凝想想就覺得冤枉。「沒錯，我也不知道她骨頭這麼脆啊！」

凌氏被氣笑了，抬手輕拍了一下她的腦袋。「妳個不知悔改的！人家現在被妳打成重傷了，也不管她的傷是真是假，妳若不聞不問就是妳的不對！」

「哦。」崔凝道。

凌氏道：「妳只需道歉即可，一會兒看我行事。」

崔凝很是放心地點頭。

馬車到了宛家門口，有婆子接了她們，說宛夫人在二門處等候。

凌氏沒有說什麼，神色淡淡地隨著婆子進了門。

走過正庭，便看見一個中年美婦帶著幾名侍女站在二門處，眼睛微帶紅腫。

「宛夫人。」凌氏步子稍急了一些，上前與宛夫人見禮之後，面上帶了幾分恰到好處的歉疚。

崔凝跟著施禮。「宛夫人。」

「這是小女，名喚阿凝。」凌氏道。

「哦，不需多禮。」宛夫人對崔凝態度頗為冷淡，轉而又向凌氏道：「崔夫人勞累了，屋裡坐吧。」

凌氏與她並肩而行，道：「我知曉令嫒的事後，擔心得一宿沒睡著，不知令嫒傷勢如何？」

一提到此事，宛夫人便忍不住又紅了眼眶。「我家卿兒何曾吃過這樣的苦頭，我一見那小臉慘白，心裡就難受，恨不能替她受了，怎麼就能被傷成這樣呢？」這話就有些怨怪責問的意思了。

凌氏覺得可能是宛卿撞上哪裡，致使傷勢比較嚴重，根本不相信崔凝小胳膊小腿的能把宛卿怎麼樣，如果宛夫人只是一味傷心，她也就順勢在宛夫人面前訓斥崔凝幾句，但一聽這話，就馬上改了主意：我家女兒是被欺負的那一個，妳裝個臥床不起就可以倒打一耙？

凌氏改了主意之後，也就只跟著嘆息，不說自家女兒有錯。「唉，都是做母親的，都生怕閨女出事，我也感同身受啊。」

她的話聽起來是在寬慰，但是深一想，作為肇事者的母親，竟然只是回了這麼一句，這態度和話裡的意思就令人不得不深思了。

宛夫人本就生氣，聞言更是心口一悶，可對方畢竟說的是安慰話，也不能直接翻臉把人攆出去，只好強忍著領她們進了屋。

待坐定上茶後，凌氏端起茶盞看了崔凝一眼。

崔凝便起身上前給宛夫人施禮。「夫人，昨日我出手重了，讓宛姊姊受了罪，心裡頗為歉疚，不知能否見見她，當面道歉？」

「出手重了？」宛夫人直接轉頭看向凌氏，神色間頗為惱怒。「恕我直言，我一直聽聞崔家出來的女兒賢良淑德，乃為貴女典範，還是頭一回見著出手傷人的崔家女！」

崔凝見她的模樣，覺得就差沒指著自己的鼻子罵「沒教養」了，心頭一跳，暗想難道自己說錯了話，被人抓住把柄了？

若不論家世，宛夫人身上是有誥命的，因此凌氏對她執理甚恭。不過一碼歸一碼，憑妳是皇帝還是命婦，都不能給她女兒隨便定這個名聲！

凌氏態度依舊溫和，只是語氣淡了很多：「宛夫人的心情我能理解，不過，您這番指責，我家凝兒擔不起。想必您還不知道兩個小女兒家是因何動上手的吧？」

她不等宛夫人答話又繼續道：「我家凝兒畢竟年紀小，平時禮節方面的確有所欠缺，然而脾氣最是溫柔不過，半點小性子都沒有，絕不可能無緣無故動手打人。聽說令嫒的事情之後我也很是吃驚，問了好些遍，這孩子才支支吾吾地說了，昨日令嫒攔住她的去路，將她肩頭掐得烏紫，她疼急了掙扎之下才不慎傷到令嫒，回來之後險些嚇丟了幾條魂。可是我想到令嫒畢竟傷重，待她緩了神兒，今日還是讓她前來道歉看望。夫人若是不信，直管去問知情者。」

凌氏一番話聽著像在解釋，其中大有深意，首先崔凝年紀小，你們家宛卿比她大好幾歲呢，挑事動手本身就有錯，更何況把人身上都掐紫了；其次動手就算了，人家弱小的姑娘只不過是掙扎一下傷到妳而已，妳就躺在床上要死不活了，實在可疑至極、狼狽至極；再有，妳就算傷得再重，也不過是意外，又不是旁人無緣無故打妳，既是有錯在先，竟然還要年紀小被欺負的孩子上門來道歉。誰沒有教養，一目了然。宛家若是不依不饒，傳出去怕是要被人唾棄。

崔凝覺得母親一番話說得，真是……說是假話吧，好像又屬實；說真吧，也絕不都是真話。反正聽著就是她一個柔弱的小女孩，被年紀大些的孩子欺負了。

崔凝快要把頭埋到胸口了，生怕臉上露出什麼不對的表情。

這落在宛夫人眼裡，就覺得她是委屈極了。

「妳是說卿兒先惹事？」宛夫人更氣。

宛卿回來可不是這樣說的，她說崔凝戀慕魏潛，見魏潛總是與她親近，便尋了機會找她碴，她一再忍讓，卻不想被崔凝打成重傷。

宛夫人一聽就氣得要命，也沒有多想，直接發了帖子去質問崔家，但自己的女兒是什麼性子，她還是知道的，再看崔凝這瘦瘦弱弱的樣子，小腰細得還不如一般人大腿粗，真能一拳把人打趴下了？再聽凌氏理直氣壯，心下就更加疑惑了。

因此宛夫人儘管還是生氣，但終究沒有衝動。

「您還是問問令媛吧，若說出來有礙兩個女孩兒的名聲。」凌氏沒有點明，但是又稍稍透了一點：「我家凝兒還小，有些事情對她來說還言之尚早，她自己不開竅，咱家也不急。」

這麼一說，宛夫人還有什麼不明白？頓時一張臉都沒處放了，這哪兒是讓人上門道歉啊，這是讓人上門打臉來了！

宛卿喜歡魏潛，宛夫人是知道的，宛家家風彪悍，並不覺得女追男丟人，反而很支持她，因為宛家說到底只是商賈出身的人家，配魏潛著實是高攀了。而崔家根本不需要這樣倒追，如果崔凝看上魏潛，崔家稍微暗示一下，魏家還不喜孜孜地過去求親？崔凝又怎麼需要私底下這樣做？

宛夫人氣急了反倒冷靜下來，越發覺得女兒的話裡有許多漏洞。

若方才不那麼衝動，順著凌氏的意思，讓崔凝去給宛卿當面道歉是最好不過了，可眼下她哪好意思再讓人家去道歉？

「崔夫人莫怪，我也是見著女兒傷勢頗重，一時情急才口不擇言。」宛夫人緩聲道：「若真是我們卿兒的錯，等她傷好之後，我定攜她上門賠罪。」

「您言重了，說起來都是小孩子胡鬧。」凌氏見她還算明事理，也放軟了態度，關切道：「我只是沒想到會這樣嚴重，不知大夫如何說？」

「青了一片，大夫說恐肋骨有礙，要仔細養著。」宛夫人道。

凌氏心裡蹭蹭冒火，大夫只說「恐肋骨有礙」，還不一定有事呢，信上說的好像過了今天沒明天似的！

但事已至此，她不打算挑事，壓了壓火氣，只道：「我們帶了些上好的補品來，希望於宛娘子有用，小小年紀受這番罪，我也是心疼得厲害。無論如何，此事凝兒也有錯，萬望您不要推辭，否則我真是於心難安。」

「多謝了。說是崔二娘子也傷了肩膀，不知傷勢如何？」宛夫人禮尚往來，也象徵性問了崔凝一句，心裡根本不覺得崔凝傷得多重，不然凌氏還能忍心讓她過來道歉？

「除了這幾日沒法子寫字，倒沒什麼大礙，多謝夫人關心。」崔凝規規矩矩地答道。

凌氏理了理衣襟，微微傾身。「既然宛娘子不方便，那我們就不打擾了。」

「家裡事多，我亦不強留。也是我不好，沒有去查證便衝動責問，若真是卿兒鬧出此事，改日我定帶她上門謝罪。」宛夫人道。

凌氏道：「宛娘子重傷，我心裡也難受得很，畢竟也有凝兒的責任。」

兩人說著話，面上看著倒像是更親近了一些。

宛夫人目送崔家母女離去之後，轉身就去了宛卿的屋子。

寢房內滿是藥味，宛卿正倚在床頭看書，面色有點蒼白，見宛夫人進來，笑著喚道：「母親。」

宛夫人沉著一張臉，坐在繡墩上。「不是說傷重？怎麼起來看書了？」

「吃藥睡了一會兒，覺得好些了，母親，那崔凝來請罪了嗎？」宛卿問道。

宛夫人沉默片刻，緩緩問道：「卿兒，在妳心裡，母親算什麼？」

她並不是個蠢笨的女人，自打住到長安，她從一個熟人都沒有，到如今在貴婦圈子裡如魚得水，她遭人恥笑過，忍辱負重過，卻從來沒有一次像今天這樣難受，覺得心灰意冷。

她知道周遭朋友迎來送往，看似熱鬧得很，但沒有一個交心的，因此一直以來十分寵愛這唯一的女兒，覺得女兒是自己最貼心的人。然而，今時今日，她卻栽在了自己女兒手裡！

宛卿見宛夫人目露悲戚之色，心頭猛地一跳。「母親這是怎麼了？」

「罷了，妳躺著吧。」宛夫人站起身來，轉身背對著她，終是忍不住說了一句：「如果妳不是我女兒，妳編的那番鬼話，我一個字都不會相信。宛卿，妳在利用我的時候，是否想過宛家，是否想過妳母親的臉面！」

說罷，不容宛卿辯駁，抬腳便走。

宛卿直接懵了，母親從來沒有一次連名帶姓地喊她，再生氣也沒有過。

「煮雨，母親她……到底是怎麼了？」她看向立在床邊的貼身侍女。

煮雨微微低頭，本不欲摻和，但想到自己和主子榮辱一體，若是主子和家裡鬧，她以後的日子也不好過，於是抬頭看向宛卿，道：「敢問娘子，真是崔二娘子先挑事兒？」

宛卿沒有說話，煮雨便知道了答案，嘆道：「娘子糊塗，您不該哄騙夫人為您討回公道。」

「難道就吃個啞巴虧嗎！」宛卿怒道。

宛卿確實傷得不輕，崔凝那一拳的力道打在她身上，震得她差點吐出血來，但肋骨多半是不會斷，只是她故意在大夫面前裝得很嚴重而已。

「清河崔家豈是那等任人搓扁揉圓的人家？」煮雨嘆道：「娘子啊！倘若夫人真是依著您的意思，不分青紅皂白將崔家得罪了，那清河崔家能忍？若是崔家對咱們家發難，奴婢不清楚咱家會怎麼樣，但那時咱們夫人就是宛家的罪人。」

如果宛卿還是個不足十歲的小孩子，記仇任性倒也罷了，宛夫人當然不會較真。可是宛卿已經十六了，且當了一年多的女官，居然還做出此等事來，這讓宛夫人情何以堪？這到底是自己沒有教好女兒，還是女兒的眼裡根本沒有她這個母親。

宛卿的臉色越發蒼白，卻仍是嘴硬：「誰也動不了咱家！」

既然誰都動不了，那母親也不算什麼罪人。

「娘子，您比奴婢更清楚朝廷大事。」煮雨只說了這一句，戳破她的自我安慰。

崔家一時是不能把宛家怎麼樣，可有道是「君子報仇，十年不晚」，宛家正在往貴族圈子裡爬，若是一舉得罪了貴族圈數一數二的家族，那圈子裡如何能容他們？

根本不需要崔家做什麼，幾年下去，宛家就會完全被孤立，以後地位一落千丈，怕是比當初做商賈的時候還不如。

而當初得罪崔家的宛夫人，可不就是整個宛家的罪人？

「夫人既然發覺了，說明還沒有鑄成大錯，她最是疼愛您，只要您真心向她認錯，母女連心，她不會一直怪罪您的。」煮雨勸道。

宛卿仍然憤恨不已。「難道就這麼認了！」

煮雨嘆息，自己惹的事兒，不自己認了，難道還去怨怪別人？

「娘子啊，今後莫再跟崔二娘子過不去了，她今年才十二歲，懵懂著呢，魏大人都二十多了，您想想，要等多長時間呢？」煮雨耐心地勸著：「聽說魏大人與崔二娘子的表兄是至交，若是魏大人只當她是妹子，您去招惹她，可就平白惹了一身腥，白白讓魏大人對您印象不好。」

「妳說得對。」宛卿突然緊張起來。「糟了，崔二定會去向他告狀！」

煮雨這回也無語了，開始有點心疼黯然離開的夫人。

而「告狀」的崔凝，此刻正在馬車裡跟凌氏撒嬌賣乖，表達自己的崇拜之情。

「母親編瞎話編得可真好，一點都聽不出來，連我都要相信了呢！」崔凝抱著凌氏的手臂諂媚地亂蹭。

凌氏被她弄得半點脾氣都沒有。「滿嘴胡言，也不知道隨了誰。」

崔凝順杆子往上爬，一臉虔誠地道：「母親教我編瞎話吧？」

「胡扯，我怎麼會教妳這個？」凌氏揉著她滿頭軟軟的頭髮，心底陣陣酸疼。「我兒受苦了。」

崔凝愣了愣，旋即笑嘻嘻地道：「其實我也是騙宛大人，肩膀一點都不疼，您看我謊話說得好不好？是不是孺子可教？」

她是肩膀受傷，拿筆寫幾個字雖然不成問題，但寫字需要端著，她現在的狀況根本不能長時間寫字。

母女兩人正說著話，馬車緩緩停下，車外有人道：「夫人。」

凌氏聽出是崔道郁身邊小廝的聲音，拉開車簾問：「何事？」

「郎君不放心夫人和二娘子，特命小的來看看。」那小廝道：「還有，郎君請夫人盡快回府，謝家有女眷來訪。」

「我沒收到帖子，怎麼會突然有人來訪？」凌氏疑惑道。

小廝答道：「帖子是遞到老爺子那裡去的，謝家來了好些人，男客都在老爺子那邊，由老爺子和郎君作陪，女客由侍妾引到咱們這邊了，眼下是大娘子招待著。」

本來若是實在沒有正房夫人，讓嫡孫女在侍妾陪同下臨時接待一下女客也使得，但無奈崔玄碧的兩個侍妾都是謝家奴婢，用謝家的奴婢來接待謝家人就太不尊重人了；再者，謝成玉與崔玄碧鬧僵，對崔謝兩家的關係多多少少都有些影響，這時候肯定要照顧謝家人的心情。

「快走吧。」凌氏催促車夫。

緊趕慢趕，一盞茶的工夫便到了家。

凌氏今日出門，衣著本就得體，只令侍女飛快整理了一下，便帶著崔凝去見謝家女眷。

謝家來的不是別人，正是謝飏的母親和嫂嫂。

謝母身材微豐，一身青藍色衣裙並不華麗，但勝在端莊大氣。她皮膚白皙，柳葉眉，丹鳳眼，臉上看不見一絲皺紋。

兩廂見了禮，凌氏笑著道：「這麼些年不見表嫂，再一見真是嚇了我一跳，真真是如昨日才見過似的，容貌一點兒都沒變！」

謝母淺淺一笑，顯得很溫和。「嘴還是這樣甜。」

兩人說得這般親熱，其實統共也就見過兩回而已，所以略略說了幾句別來之情，話題便引到了孩子身上。謝母道：「妳真是會教孩子，淨兒、凝兒都這樣好，方才也見了況兒，小小年紀就見識不凡。」

凌氏笑道：「看您教出子清那般俊秀人物，我就不敢在您面前自稱會教孩子。」

「他呀！我是懶得管，整日不著家，還是女兒好，白打膝下閨女嫁去了別人家，就總盼望子清能給我娶個貼心的兒媳婦回來，也好收收他的心。」謝母話雖這樣說，但依舊難掩自豪之意。

「子清要進學呢，大好的年紀在家裡哪能待得住？」凌氏道。

崔淨知曉母親來得急，八成還不知道謝家為何來長安，便適時道：「以後您久居長安，若是不嫌我鬧騰，我可要常常去叨擾了。」

「那可求之不得。」謝母拉著她的手道：「妳們姊妹倆都住我家裡才好。」

「表嫂是要回永興坊的老宅住？」凌氏問道。

「正是。」謝母道：「老宅一直留人看護，前兩年也才修繕過，正好搬進去住，咱們離得這樣近，以後要常常走動。」

謝家所在的永興坊與崔家所在的崇仁坊，只隔了一道街的距離。

凌氏與謝母從江左聊到清河，又從清河聊到長安，好似有說不完的話，崔淨在一旁偶爾插上幾句。

崔凝很少說話，只是偶爾謝母問起的時候才乖巧地回答，瞧上去也是一派恬靜端莊的淑女模樣，全看不出昨天一拳將宛卿打趴的生猛勁兒。

崔凝在一旁聽著，大致也知曉了謝家如今的狀況。

謝飀天縱奇才，不僅他這一支對他寄予厚望，整個謝家都不例外。謝家早已不復昔日煊赫，但是根基仍在，只要出一兩個宰輔，他們就有機會尋回昔日榮耀，謝飀身上的重擔可想而知。

謝家早已做好準備，一旦謝飀進入官場，謝家所有為官者，皆會不遺餘力地幫助。

如果說凌策的責任是保護凌家現有的一切再努力進取，那麼謝飀的責任就是帶領整個謝家捲土重來。

不知不覺便到了午時。

午飯時是男女分席，之後又至涼亭中略坐了一會兒，謝家便告辭了。

崔氏叫了崔況過來，問道：「謝家今日來訪只是因遷居之事？」

「約莫還有正式詢問婚事的意思吧，不過我琢磨，祖父的意思是回絕了。」崔況道。

「什麼！」凌氏再好的修養都快跳起來了。「子清多麼好的孩子，父親怎麼能……今日子清也在？」

崔況懶懶地靠在胡床上，打了個呵欠。「在啊。」

「那他聽了之後有什麼反應？你覺得他有沒有看上凝兒？」凌氏見兒子瞇著眼睛就要睡，直接伸手過去把他揪起來。「坐直了好好說。」

崔況睏極了脾氣就不好。「哎呀，二姊上次做了什麼事，您心中有數吧？十二、三歲冒冒失失的毛丫頭，表哥眼睛又不瞎，怎麼會看上她！」

凌氏抬手就給他後腦杓一巴掌，怒道：「有你這麼說姊姊的嗎！」

崔況捂著頭。「明年若考不上狀元，肯定是這一巴掌的緣故。」

「去去去，快滾。」凌氏脾氣也上來了，今兒真是沒件好事。

「我要在這兒睡。」崔況直接賴在胡床上，閉上眼睛。

凌氏懶得管他，吩咐侍女仔細照顧，逕自起身去找崔凝了。

青心剛剛給崔凝換下衣服上完藥，便見凌氏進了屋，忙蹲身施禮。「夫人。」

「母親？」崔凝起身迎上去挽著她。「您怎麼不午休？今天累壞了吧。」

見到崔凝這樣體貼，凌氏什麼氣都沒有了，摸摸她微汗的額頭，心疼道：「怎麼屋裡不放冰盆？」

「我不習慣放那個，讓青心放了兩盆井水，也很涼爽呢。」崔凝扶她坐下。

凌氏嘆了口氣，心想女兒這般乖巧，怎麼命這麼不好呢。她看崔凝滿眼都是好，好似全然忘記了她闖過的禍。

崔凝給她倒了杯水，問道：「母親有心事？」

「凝兒，妳覺得子清如何？」凌氏下定決心，如果崔凝看上謝颺，她就是豁出臉去也要促成這門婚事。

崔凝歪頭想了半晌。「表哥就像……神君一樣。」

凌氏一聽便覺得有戲，將所有侍女都遣出去，這才道：「咱們娘倆說說悄悄話，妳告訴母親，可喜歡表哥？」

若是謝颺年紀再小點，凌氏完全不必這麼著急，可是如今她不能這樣乾等著崔凝自己開竅，萬一她開竅之後覺得「除卻巫山不是雲」，那豈不是糟糕？

作為母親，看著好的肯定要幫著把關，但嫁人過日子的畢竟是崔凝，這種事情如魚飲水，她不願意一手做主。

崔凝聽她這話，就笑道：「母親，神君是用來供著的，您可曾見過誰跟神君過日子？」

崔凝被灌輸了這麼久，現在也明白婚嫁是怎麼一回事了，只是她還不知曉男女之情，因此談論起來頗為淡定坦然。

「那可曾想過，願意跟什麼樣的人過一輩子？」凌氏笑問。

如果可以，崔凝想一輩子待在道觀裡，和師父師兄們過一輩子。崔家人所有人雖然對她都很好，可她心裡始終存著這件事。

藏起心緒，崔凝嘿嘿一笑。「我還沒有想好哪。」

「唉，這事也急不得。」凌氏摸摸她的腦袋，似是自語：「子清這樣的人才，百年不出一個，我總想給你們最好的，自然捨不得放棄，可是倘若不是註定的緣分，怕是再努力也都是白費工夫。」

「母親，謝家今日是不是來相看我？」崔凝仰著腦袋問。

「不害臊。」凌氏笑著點了點她的腦門。

崔凝湊上去抱住她，拍著她的背安慰道：「母親別傷心，他們家看不上，還有別人家呢？」

凌氏被她說得哭笑不得。「況兒有句話說得對，想得少會比旁人過得更好。妳躺會兒吧，下午還要去官署。」

崔況原話可不是這麼說的，他說的是：傻人多福這句俗話還是挺有道理。傻子想得少，沒有近愁沒有遠憂，說不定比旁人過得更順心。

然而，崔凝並不是沒有憂愁，只是她從不愁自己的事情罷了。

「嗯，母親跟我一塊躺著吧。」崔凝忽然懷念在清河時與母親住在一起的感覺，當時覺得很彆扭，現在卻自然得很。

凌氏便令侍女在屋里加了兩個冰盆，母女倆躺在席上說著話，慢慢睡去。

睡了半個時辰，青心叫醒崔凝，替她梳洗換上官服，坐車去監察司。

第十章　河北道

崔凝一踏進大門，就覺得氣氛有些不對勁，就連守門人瞅著她的眼神都有三分探究。

在一路注目之下，崔凝惴惴不安地到了掌書處。

典令不在，扈童將她拉到一個僻靜處，開口就問：「宛典書攔妳了？有沒有受傷？」

崔凝搖頭，疑惑道：「妳不知道她受傷的事？」

「知道啊！整個監察司都知道了，不過大家都猜她是裝的。」扈童打量她幾眼，發現確實沒有什麼明顯的傷痕，才接著道：「妳這樣柔弱的小娘子，怎麼就能把她給打趴下了？她又不是紙糊的。」

那天兩人說話的地方就在監察處門外，有人見宛卿倒下便很快請了大夫，不過她死活不願意在男大夫面前寬衣，最後被送回府中。

「快進來，典令回來了。」冉欣匆匆過來喊她們。

扈童與崔凝忙跟著進了屋。

盧續摸了摸兩撇小鬍子，笑咪咪地看向崔凝，道：「崔典書，明日清晨魏大人要外出辦公，需一名文書跟隨，他點名要了妳，妳去魏大人那邊問問詳情，然後回家收拾收拾跟著去吧。」

「是。多謝典令！」崔凝又驚又喜。

出了掌書處，她喜孜孜地往監察處去，亂七八糟的想法紛湧而來，就沒太留意看路，到了遊廊轉彎處一頭撞到個人。

崔凝只覺得那人身上硬邦邦的，眼前直冒金星。

「做了官還是這樣冒失。」悅耳的男聲不疾不徐響在耳畔。

崔凝抬頭，一張俊美的臉便闖入眼簾，斜飛的眉，柔和又不失威嚴的眼睛，無一不令人印象深刻。

卻是久違的謝飂。

「表哥。」崔凝退了一步，欠身行禮。

行完女兒家的禮節，這才想起來自己穿著官服，拱個手就成了，遂尷尬地咳了一聲，問道：「表哥怎麼在監察司？」

「公事。」謝飂道。

「表哥也做官了啊！」崔凝這才注意到他身上穿著綠色官服。

一樣顏色的官服，不同的人穿著效果截然不同，魏潛平時挺威嚴，一身碧綠穿出了平日少有的青澀俊逸，而謝颺則顯得威嚴尊貴。這兩人都屬於正面形象，反面可就一抓一大把了，別的不說，就掌令趙憑，穿上這身官服生生就變成了一顆油綠的菠菜。

謝颺見她一會兒笑，一會兒又一臉糾結，好像想走，又好像要說點什麼，便開口道：「有事就去辦吧。」

「表哥在哪個衙門？」

兩人幾乎異口同聲。

謝颺微微一笑。「暫時在尚書省任職，過段時日可能會外放。」

如今想要做出政績來，最好的選擇就是外放，謝颺既是奔著一人之下萬人之上的位置去，那就必須要趁著年輕的時候攢資歷、做政績，才有入閣為相的資格，待到時機成熟，再想辦法調回三省六部，在集權中心爭出一席之地。

崔凝看著他笑的樣子，感慨，怎麼能有人長得這樣好看。

「待離長安那日，我為表哥送行。」崔凝欣賞了幾眼，便收回了目光。「那我先走啦？表哥走的時候一定告訴我。」

「好。」謝颺頷首，微微側身給她讓路，側臉輪廓分明，好像無一處不完美。

崔凝忍不住又看了一眼，走出去兩步又退回來，仰頭看著他真誠地道：「表哥長得真好看。」

謝颺怔了怔，面上笑容更深。「那妳為何不願嫁我？」

崔玄碧只暗示不同意這門婚事，其餘並未多說，但是謝颺很清楚自己的出身、能力、相貌都是拔尖，崔家也找不到比他更好的人選了，更何況他能看出崔玄碧對亡妻的愧疚，也一心想促成與謝氏的婚事，應該不會拒絕。

想來想去，問題就只能是出在小表妹身上。

說起來，謝颺長這麼大還是第一次被女人拒絕，儘管這個還只能稱之為小女孩。

「這同婚嫁有什麼關係？」崔凝又驚訝又惋惜。「表哥娶了夫人之後難道要把臉藏起來不成？」

好像只要他說是，她就會後悔似的。

謝颺忍不住笑出聲音，笑聲卻出乎意料的爽朗。「去忙吧。」

「那我走啦。」崔凝也是開玩笑，見他笑了，便得意地離開。

謝颺聽崔凝說出那句話的時候，就不想問拒婚的緣由了，這孩子想事情實在是另闢蹊徑，就算問出了答案，他也未必能明白。

崔凝到了監察處，方一探頭，便有眼尖的監察使發現了她。「唷，崔典書來了。」

崔凝也不尷尬，咧嘴一笑，便大方進去團團作揖，施了一圈的禮，才得空湊到魏潛跟前，喜孜孜地喊：「大人。」

魏潛抬起頭看了她一眼，直接道：「河北道。先回家請示父母親。」

「你上次不是去過了嗎？」崔凝記得考試之前他說過要去河北道，她還以為又要去個一年半載，沒想到這麼快就回來了。

魏潛的目光在屋裡掃了一圈，見那些人紛紛低下頭，才道：「上次只是去確認一樁案子。」

崔凝距離魏潛比較近，發現他臉色有些蒼白，關心地問：「你不舒服嗎？」只不過一句簡單的詢問，卻令周圍支著耳朵偷聽的人興奮得要跳起來了。

「沒有。」魏潛耳朵慢慢變紅，催促她道：「沒別的事就回去吧。」

「哦。」崔凝擔憂地看了他一眼，便依言出來了。

屋裡有人坐不住，跟著一起出來，低聲道：「崔典書。」

「嗯？」崔凝駐足。

那人追上來，裝作憂心忡忡地道：「崔典書平時可要勸著魏大人，妳知道他在咱們司的綽號叫什麼嗎？」

「不知道。」崔凝期待地看著他。

那監察使道：「拚命五郎。他一幹起活來就沒日沒夜，不眠不休。這不，明日要去河北道，他便提前把下個月的公務都給處理完了。」

「怪不得看他臉色不大好。」崔凝點頭。「多謝您，我會勸著他的。」

「咱們都勸過了，他就是不聽。」那監察使道。

崔凝想起符遠說過的話，心道，你們不就喜歡他這樣嗎？能勸才怪！

「我先勸勸看吧，他也不一定聽我的。」崔凝笑笑道。

監察使又問：「崔典書身上的傷好了吧？」

「小傷而已。」崔凝脫口而出，才反應過來被套話了，於是不願再聊下去。「多謝關心，那我先回去收拾了。」

監察使見她一心要走，知道再套不出什麼話來，便放她走了。

崔凝邊走邊腹誹，五哥一個人把事情都做完了，才讓這幫人整日裡閒著，一天到晚就知道打聽這些雞毛蒜皮的事。

崔凝出了監察司後並沒有回家，而是去了兵部，先問了崔玄碧的意思。

一入官場就要服從朝廷調遣，但監察司那麼多人，崔凝年紀又小，如果崔玄碧做主拒絕也合乎情理，但他見崔凝滿眼期待，便不忍拒絕。

「去也行，不過我給妳個人帶著。」

「好！」只要讓去，崔凝沒有不答應的。

崔玄碧道：「晚飯時去我那裡，現在先回去同妳父親、母親說吧，他們若是不同意，我也不會勸說。」

「知道啦，謝謝祖父。」崔凝樂顛顛地走了。

回到家裡把事情一說，凌氏就懵了，說好的只是做文書工作呢？怎麼還需要出遠門啊！

但是無奈自家公公已經答應了，她也不好反駁，只能一邊幫著收拾，一邊反覆叮囑：「太寵妳了，這樣下去可怎麼得了。」

崔凝便在一旁逗樂子哄著她。

凌氏憂心忡忡。「妳一個小孩子，我真是放心不下。」

「母親不用擔心，我很快就會回來，到時候帶那裡的土產回來給父親、母親都嘗嘗。」崔凝道。

凌氏道：「我可不希罕那點土產，妳回來時少一根頭髮絲就再別想往外跑。」

「母親真好！還許我下次出去呢。」崔凝忙抱上大腿。

凌氏無奈。「待妳父親回來再問問吧，他還不一定許妳出去。」

崔凝一點都不擔心，崔道郁對她更是寵溺，基本是她想幹什麼就幹什麼。

果然，晚上崔道郁回來，直說出去歷練歷練好，還說了好一番鼓勵的話，最後囑咐她要注意安全。

晚飯後孩子們各自離開，崔道郁扭頭就問妻子：「妳怎麼不阻止她？一個十二、三歲的孩子出去多讓人操心。」

凌氏白了他一眼。「你剛才不還滿嘴答應。」

「那怎麼一樣，我可不能讓女兒傷心。」崔道郁理所當然地道。

凌氏啐他。「合著壞人我來做，你就扮好人是吧？」

夫妻兩個說著飯後話，崔凝則去祖父院子裡把隨行的人領了回來。

崔玄碧給的是一個二十歲左右的年輕女子，叫崔平香，她相貌平凡，只一雙眼睛不同尋常的黑亮，身材高眺壯實，腳步落地無聲。崔凝一見便知道是個練家子，而且武功還很高深。

崔平香原不姓崔，她是崔家養的武師，從小在清河崔家長大，因忠心耿耿，因此便予了崔姓。

晚上，崔凝睡得很好，還作了一個夢，夢見她這趟出去在河北道找到了神刀，然後直接回到師門，師父和師兄們用神刀斬盡敵人，二師兄也沒有死，他告訴她，其實大火燒起來的時候，他已經衝出去殺開一條血路逃走了。

崔凝醒來後，夢裡的一切還記得清清楚楚，她想，二師兄看見密室的門關上後，肯定不會傻傻地待在屋裡，說不定夢裡的事情是真的呢？

不管真假，她總覺得這是個好兆頭。

梳洗妥當後，崔凝帶著崔平香去監察司，與魏潛一起出發。

像他們這樣執行公務的人本應該乘馬，但因崔凝手臂傷了，也不會騎馬，便坐了馬車。

馬車平穩地行駛，崔凝從包袱裡掏出一個香囊遞給魏潛，道：「五哥，這個給你。」

魏潛接下看了看。「這是什麼？」

崔凝道：「我之前常常睡得不好，母親覺得總喝安神湯不好，便四處問醫，這個是人家的祖傳方子，我覺得挺有用，壓在枕頭下面聞著味兒很快就能睡著。」

魏潛把玩著香囊，面上帶著淺笑。「我現在怕是隨時隨地都能睡著。」

馬車前行，車簾一晃一晃，晨曦從縫隙裡照進來，魏潛的髮上染了一層淡淡的光暈，或許是因為太累的緣故，他整個人顯得懶洋洋的，仰頭靠在車壁上，眼睛半瞇，目光裡似帶著淡淡水氣。

崔凝瞧著他的樣子，往旁邊坐了坐，拍拍自己的腿。「五哥枕著睡一會兒吧。」

魏潛被驚得睏意頓時消去了一半，只覺得渾身都不大對勁。「姑娘家怎可說這樣的話。」

崔凝聞言板起小臉，嚴肅道：「五哥於我有人恩，莫說枕一下了，把腿鋸給你都成！」

一句既豪爽又血淋淋的話，把魏潛的那點尷尬擊碎得連渣都不剩。

他們是出來執行公務，不是郊遊，一般都是騎馬，這輛馬車是臨時準備的。官署準備的馬車更多考慮的是結不結實、速度如何，其次才考慮舒適性的問題，這馬車空間小，一張胡椅已經占了很大的空間，魏潛要想睡得舒適點就得躺在車板上。

「我要妳一條腿做什麼。」魏潛抓過包袱放在車板上，伏下靠著閉上眼睛。

崔凝想了一下。「難道要兩條？」

這根本不是他想表達的意思好嗎？魏潛又好氣又好笑，索性不搭理她了。

崔凝湊過去，摸摸自己的大腿，雖然沒有幾兩肉，但好歹也是肉呀！她咂了咂嘴，評價道：「包袱裡亂七八糟什麼都有，肯定不如我的腿舒服。」

魏潛嗯了聲卻沒有挪動。

「硌不？」崔凝關心道。

「……」

長安附近的官道十分平整，馬車行駛得很平穩，崔凝昨晚睡得挺好，這會兒精神頭十足，渾身的力氣沒處使，卻又怕驚擾魏潛，待在角落裡抓耳撓腮好一會兒，才從包袱裡抽出隨身帶的《案集》來看。

崔凝這兩年翻過最多的兩本書就是《幽亭香譜》和《案集》了，她喜歡香道，卻淺嘗輒止，因為時間要花到有用處的地方，像調香這等雅事，或許等她做完了該做的事情，才會認真研究一番吧。

《案集》已經翻看無數遍，裡面的案子都能倒背如流了，可是她並不知道自己學得如何，女官考試那次有一半算是她自己的實力，但……這種十五人通過十個人的考試，她不覺得有什麼意義。

車裡的空氣悶熱，崔凝看了小半個時辰便開始昏昏欲睡。書從手裡滑落到腿上，她腦袋一點一點，一會兒整個人就靠到車壁上，身體順著車壁慢慢傾斜，最終趴在了魏潛背後。

睡熟了之後，或許是覺得有些不舒服，便開始摸索，抓到魏潛頭下面的包袱便使勁蹭了過去。

魏潛睡得正香，只覺一股力道把他往旁邊擠，還沒反應過來，腦袋便撞到了車板上。

他睜開眼睛，扭頭就看見崔凝抱著包袱，臉上還掛著心滿意足的笑。

魏潛有起床氣，可這會兒根本沒有他發脾氣的餘地。

靜靜坐了一會兒，魏潛默默撿起《案集》放在胡椅上，抱著胳膊靠在車壁上，看著那個霸占了包袱的小丫頭睡得直吧答嘴。

直到傍晚，崔凝才一臉懵懵地爬起來。

「醒了？」魏潛望著她。「昨晚沒睡好？」

「啊？」崔凝反應了半晌，才稍微清醒一點。「睡得挺好的呀？」

這樣居然還能又在車上睡一天？

「咦，我怎麼睡到你的地方了？」崔凝還以為是他把位置讓給自己，很不好意思地道：「五哥真好。」

「嗯。」魏潛默認了她的誤會。

崔凝從包袱裡翻出水囊，狗腿地遞給他。「五哥喝水。」

魏潛從胡椅底下拉出一個箱子，取出兩只竹杯，稍涮了一下倒上水，遞給崔凝。

「喝吧。」

崔凝剛睡醒確實口乾，接過來一口氣乾了。「再來一杯。」

魏潛抬手給她倒了一杯。

伺候她喝個盡興，魏潛才將水囊塞上。

「五哥，咱們這一次去河北道做什麼？」崔凝一抹嘴就開始問正事。

「這回是刑部分過來的疑難案件。」魏潛道。

崔凝眼睛一亮。「都有什麼案子？」

魏潛手指輕輕敲打著水囊。「什麼案件都有。」

「五哥……」崔凝遲疑道：「你覺得我有天賦嗎？」

魏潛微微挑眉。「妳覺得我帶妳出來是徇私？」

崔凝微微抿脣。

「我是看見妳這次的考卷，深思熟慮後才決定帶妳一同去的。」魏潛道。

崔凝覺得他在安慰自己。「為什麼？我覺得這次卷子並不是很難。」

「妳看過我整理的卷宗。」魏潛見她頭髮亂糟糟又是一臉可憐樣，微微揚起嘴角。「常人瞭解一件事情的真實始末，便很難不受既知事實的影響，妳看過我寫的詳細卷宗，卻依舊能堅持本心，寫出自己的想法，思路清晰，條理分明，這很好。」

「你誇得像真的一樣，我都相信了！」崔凝高興道。

「……」

想到合歡案，崔凝便想起來陸微雲之死，不解地問道：「五哥，有件事情我始終沒弄明白。陸將軍為什麼會自己去送死？」

陸微雲當時身負重傷，卻主動請纓奔赴前線，簡直與自殺無異。

「這十年來邊境少有大戰，陸將軍雖立下過赫赫戰功，但若是背後無人支持，也不大可能這麼順利便做上一方主將。而那個提拔他的人，與華國公有著千絲萬縷的關係。」

陸微雲去向那位老將軍求證過，當年確實是華國公親自上門，求老將軍多多關照他。

本來老將軍只是顧念交情，在軍中多有關注陸微雲，結果發現他確實是個不可多得的將才，這才動了栽培的念頭。

「是戚氏求了華國公？」崔凝雖不大明白這裡頭的彎彎繞繞，但也知道一個男人，是不肯自己妻子心裡還有別的男人的，這華國公竟然還求人關照妻子的舊情人？

魏潛搖頭。

戚羽的哥哥放過狠話，如果她不同意嫁給華國公，就要傾盡一切毀了陸微雲。

天下之大，未必沒有他們容身的地方，戚羽也從不懼世間的眼光，只是她實在不忍陸微雲一身才華因為她而埋沒，日後只能東躲西藏，甚至很有可能庸庸碌碌一輩子。所以她犧牲了這段感情，成就了一名大唐驍勇戰將。

至於華國公與戚羽之間是怎麼回事，沒有人知道。

然而魏潛從蛛絲馬跡中大概猜到，華國公一定是非常疼愛戚羽，而戚羽在他的精心照顧下也慢慢放開心結，鬱症有所緩解，可華國公死後，她的病情就不太穩定，直到那次撞見陸微雲，整個人陷入了崩潰邊緣，最終衝動求死。

戚羽在感情上極其脆弱，也就是遇見那麼疼愛她的華國公才活了這麼多年。

陸微雲愛戚羽有多深，恨就有多深。這麼多年的執念，這麼多年的恨意，這麼多年的暗暗牽掛，直到有天他發現原來自己恨錯了，戚羽對這段感情的付出遠遠多於他，天翻地覆的轉變令他措手不及，悲痛欲絕。

陸微雲講義氣，「別人可以欠我，我卻不可虧欠別人」，對一般朋友尚且如此，更遑論這個在他人生中最潦倒的時候，給了他最美好時光的女人。

只是陸微雲不能就這麼自戕，讓自己的名聲連累老母妻兒，此時恰逢碰上大將軍戰敗，他知道這是唯一的機會，若命大活下來，在這赫赫戰功之下，那點品行瑕疵也就不算什麼了；倘若就這麼馬革裹屍，也是宿命，他的戰功和名聲也能庇蔭一家老小。

陸微雲只有一個目標——只許勝不許敗！

這中間種種，崔凝自是揣測不到，可她想到了活在這段感情下的另外一個女人，嘆道：「陸夫人豈不是很可憐？」

魏潛道：「可憐不可憐，端看她如何想了。她是個家破人亡的孤女，差點被人賣到煙花柳巷，是陸將軍將她救下，之後她一直在身邊服侍，後來陸將軍便娶了她。」

崔凝若有所思。

天色漸晚，魏潛令人在附近驛站停下休整一夜，畢竟崔凝是第一次趕路，身上又帶著傷，若是不管不顧日夜兼程肯定吃不消。

夜風拂過，草木一陣窸窸窣窣地湧動。

廣袤的天空中繁星點點。

長安城，大明宮一角的高樓四角掛著宮燈，高樓最上面有一半地方沒有屋頂，更像是座高臺。十幾名身著烏紗衣的女子站在上面，仰頭看著夜空，口中念念有詞。

約莫一個時辰的光景，高臺上的人陸陸續續離開，只餘下兩人還站在那裡。

月華如霜，映照得整個大明宮蒼白而又清晰。

高臺上其中一個女子許是看天空太久，稍稍活動了一下脖子，目光無意間落到了對面的高臺上。

那個高臺與這邊遙相呼應，分別坐落在渾天監的不同卦位上，相距大約六十丈左右。這個距離雖不算太遠，但在夜晚只能隱約看見對面的情形。

女子正欲收回目光，忽然看見對面有人影閃過，不禁「咦」了一聲。

另外一個人聞聲看向她。「看出什麼了？」

「對面觀星臺上有人！」那女子低低道。

另外一個女子臉色微變。「別瞎說，那座觀星臺早就封了，而且登臺的鑰匙也早已不見。」

「妳看，妳看！」那個女子驚恐地瞪大眼睛。

另一人順著她的目光看過去，只見高臺四角忽然有白練垂下，隨風在夜空裡飄揚，緊接著一個白衣人翻過護欄，從九丈高的觀星臺上跳了下去。

兩名女子眼睜睜地看著那白影墜落，一聲沉悶的撲通之後，夜色仍是那般寧靜，只有白練在隨風招搖。

「快去叫人！」兩個女子驚慌失措地跑下觀星臺。

不多時，一溜提著宮燈的守兵匆匆過去。

觀星臺的白練幾乎要垂到地上，上面用朱砂寫滿了字，而地上的人，臉朝地，早已摔得面目全非，一襲白衣像是從血泊中開出的花。

場面詭異驚心。

一陣冷颼颼的夜風吹過，白練展開，有人抬頭便看見了上面一個大大的「冤」字。

今夜，大明宮不眠。

……

天色濛濛亮的時候，崔凝便醒了，她與崔平香住在一間屋子裡，也不敢打拳了，只好去外面亂轉。

崔凝覺得像魏潛這種勤奮的人，肯定會比她起得早，誰料，等她轉了好幾圈，連早飯都吃過了，他似乎還沒有要起的意思。

於是百無聊賴的崔凝又圍著驛站轉了兩圈，蹲在房門口畫圈圈。

魏潛起來的習慣是先開窗子，這回剛剛開了一條縫隙，便瞧見門口縮了一個綠團子，頭上還頂著一個黑團子，小手拿著樹枝在地上寫寫畫畫，嘴裡也不知道在念叨些什麼，好奇心驅使，他便沒有驚擾她，輕手輕腳地開門出去站在她身後看了一會兒。

崔凝純粹在胡亂畫，看見地上有螞蟻便畫圈把它給圈住，待它爬出去，再畫圈，樂此不疲，嘴裡哼哼唧唧的，偶爾還會冒出幾句南華經。

「大清早的為難幾隻螞蟻做什麼？」魏潛道。

崔凝蹭地站了起來，帶著哭腔道：「我的娘呀嚇死我了！」

魏潛見她頭上的團子隨著她劇烈的動作而晃動，止不住想笑。「怎麼梳了這樣的頭髮？」

崔凝癟癟嘴，對他忽視自己遭到驚嚇的事情表示不滿，嘴上卻還是乖乖答道：「別的我也不會梳啊。」

「我先去梳洗，妳收拾東西準備出發。」魏潛陡然覺得心情不錯，面上的表情也比平時生動了許多。

「給你留了早飯，是肉包子和白粥。」崔凝很快便把剛剛的事情忘得一乾二淨。「還有小鹹菜。」

魏潛見她歡快的樣子，心情也越發明媚，不知不覺就帶上了笑意。「知道了。」

崔凝早已把東西都收拾好，反正閒著也沒事，便跑到廚房裡讓人把粥和包子熱好，親自給他端進屋裡。

「五哥，你收拾好沒有？」崔凝端著飯抬腿踢了一下門，見房門開了便直接走進屋，不料正撞見魏潛敞著衣襟朝這邊走。

昨天他實在太累了，直接倒頭就睡，驛站條件不太好，再加上趕時間，他方才要了一盆水準備擦拭身子，差役剛剛出去，門還沒閂，崔凝便端著飯橫衝直撞進來了。

四目相對。

崔凝眨了眨眼睛，心想，洗漱難道不是洗臉刷牙？

而後，崔凝的目光落在他露出的胸腹上，塊塊肌肉界限清晰，不是很誇張，但看上去似乎蘊藏了無窮的力量。

魏潛感覺一把火陡然燒到了面門，潑盆水都能冒煙。

崔凝嘖了兩聲，若無其事地把飯放在桌上，大剌剌地又看了一眼，評價道：「五哥身上好白呀。」說罷便拍拍屁股走人，順便還很體貼地把門給帶上。

可憐魏潛僵在原地，腦子裡一直盤旋她臨走時的那句話，連擦澡的興致都沒有了。

門上門之後，他胡亂擦了幾把，坐下來開始吃飯。看著圓圓的包子，就想到崔凝頭髮團成的圓球，然後耳邊又響起了那句「五哥身上好白呀」，簡直像魔咒似的。

可這件事情對崔凝來說，實在是太平常了，以前夏天的時候師兄們練武，有時候會在院子裡沖涼，露的比這多多了，要說有什麼不一樣，好像……五哥比較好看？

從驛站出來，魏潛好不容易平復了心情。

他本打算騎馬，但看崔凝十分自然灑脫，就決定還是乘車，不然好像他一個男人反倒更扭捏似的。

實際上，魏大人確實乘車了，但也確實扭捏了，一路上看窗外、車板、看書，就是不看崔凝。

「五哥。」崔凝琢磨了一早上，自以為終於找到原因了，一拍大腿道：「你是不是覺得我送早餐的行為太諂媚了？」

肯定是因為拍馬屁拍到馬腿上了，五哥這麼正直，對這種人絕對看不上眼。

「……」

魏潛不語，崔凝越發覺得自己猜得對，忙解釋道：「其實我平時為人可正直了，就是覺得五哥幫我這麼多，也想為你做點事情。」

「妳平時進屋都不敲門嗎？」魏潛轉臉看她。

崔凝一臉無辜地道：「敲了啊，我抬腿一敲門就開了，然後我見門開了，就進去了。」

她雙手端著盤子，只能用腿，然後門一開，她就往裡面走了兩步，恰巧裡頭魏潛衣服解一半，想起沒門閂……

「五哥，原來你……」崔凝恍然大悟，終於明白自己錯在哪兒了。

魏潛臉色一紅。

便聽她誠懇地道：「我下次再也不會這樣沒禮貌了。」

「……」

魏潛決定把這一頁掀過去。

「五哥，你就別生氣了吧。」崔凝扯著他的袖子，笑嘻嘻地道：「我保證下次不犯了，你念在我是一片好心就原諒我吧。」

魏潛覺得崔凝抓著他衣袖的手，彷彿是抓在了他心頭。「我不曾生氣。」

兩人「重歸於好」，崔凝便纏著他問東問西。

魏潛剛開始不習慣，後來倒覺得這樣也挺好，一路上不無聊。

這次行車的時間久了一點，次日早上才又入了驛館，崔凝睏頓不堪，趴在魏潛的膝頭睡得香甜。

可憐魏潛怎麼都睡不著，只覺得她的呼吸好像羽毛一樣，隔著衣服不斷地撓癢，撓得半邊身子都沒了力氣，到後來，他早已又累又乏，但仍然沒有絲毫睡意。

到了驛站之後，魏潛腿都麻了，站了好一會兒才進去。

崔凝休息了一會兒就活蹦亂跳，又起來繞著驛館四處溜達。

待她回到自己屋裡，剛坐下就聽見外面傳來馬匹的嘶鳴聲，於是好奇地打開窗子。

五、六個穿著勁裝戴著斗笠的人大步走了進來。

為首的那個人問差役：「魏大人在何處？」

聲音清朗好聽，崔凝一聽，喜道：「符大哥？」

符遠抬頭看到她便笑了起來，整齊潔白的牙齒襯著他的面容愈發俊朗。

「崔典書？」他打趣道。

崔凝奔了過來，見他沒有介紹身後幾人，便知是他的護衛。

「符大哥，你怎麼來了？」

「捨不得妳呀。」符遠摸摸她的丸子頭，轉而問道：「長淵呢？」

「他累了，剛剛睡下。」

崔凝話音才落，就聽見開門的聲音，轉頭見魏潛走出來。

「出了什麼事？」

「長安發生了大案。」符遠與他往屋裡走，一邊說道：「大家都互相推諉，我便主動請命過來了。」

崔凝跟在後面，奇怪道：「長安發生大案，怎麼反而要出來呢？」

「別急，待我喝口水慢慢說。」符遠進屋坐下，給自己倒了一杯水，喝罷才繼續道：「渾天監有個女生徒從封鎖的觀星臺上跳下來，死之前以朱砂白練鳴冤，而她所鳴的冤情，正與你手裡一個舊案有關。」

「司家滅門案？」魏潛立刻便猜到了。

〔卷三〕落英塚

忽逢桃林，落花依草，點綴映媚。

第一章　司氏滅門案

司家是有名的易學家族。太宗時期，司家的勢力十分龐大，在邢州的影響力雖比不得崔家，但也絕對是屈指可數的家族。

崔凝他們這次去的青山縣也屬於邢州管轄範圍，距離崔家所在的青河縣不遠，崔家在邢州勢力雄厚，這也是崔玄碧和崔道郁放心崔凝出去的原因。他們一路上停經驛站，只要崔玄碧遞個消息，就能隨時知道崔凝在邢州的行蹤。

「確實是個不討好的活。」魏潛道。

符遠喝了一口水，笑道：「富貴險中求。」

他這般雲淡風輕地說出來，半點不顯俗氣。

崔凝從崔況那裡得知渾天監如今的尷尬處境，因為它和道家有千絲萬縷的關係，被當今聖上所不喜，一直低調，生怕出一點差錯便惹了聖上不快。

「渾天監不出事則矣，一出就是大事啊。」符遠嘆道。

可不是麼，渾天監出的上一件大事便是「武代李興」，這一次血諫喊冤，也轟動了大明宮，只不過很快就被壓制住，並未讓此事流傳出去。

魏潛此次出行的主要任務並不是勘察此案，但既然符遠特地送來了密令，也就成了必須要解決的問題。

「死的是什麼人？」魏潛問。

符遠道：「疑似是司家的嫡出娘子，那邊還在查，不日便會有消息。」

魏潛點頭，渾天監的女生徒大都是十五、六歲，小娘子走投無路，用這等決絕慘烈的方式喊冤也不無可能。

崔凝聽案情說得差不多了，忍不住又問：「符大哥是在哪個衙門？」

「小丫頭太不把我放心上了，就知道妳魏五哥在監察司，卻不知妳符大哥身在刑部。」符遠故作不悅地道。

崔凝不好意思地撓撓頭，不可否認，她的確是沒怎麼在意這件事情，問：「符大哥不是說不喜歡破案？」

「沒辦法，當時就刑部的空缺不錯，所以暫時待著，辦完這個案子或許就不在刑部了。」

符遠這一次過來，並不是為了斷案，而是為了平衡易學家族、道門和皇權之間的微妙關係。這件事情若做得好，他便能脫穎而出，哪怕沒有什麼實質性的好處，至少在聖上眼裡，他的身分由「符丞相的孫子」開始轉變為「符遠」。

可是倘若這件事情做不好，怕是要平白惹得一身腥。

估計也是別人衡量利弊後覺得沒必要去冒險摻和，這才輪到他。

崔凝仔細想了這裡頭的門道，便問：「符大哥也想爭取外放嗎？」

外放也有諸多門道，有的人直接被扔到窮鄉僻壤，許是一輩子都要老死在任上；但有些地方朝廷尤為關注，不僅容易做出政績，而且有一點成績就能直達天聽，這種地方大家都爭破頭地搶。

符遠沒想到她能看透自己的心思，目光中有一閃而過的驚訝，旋即笑道：「是啊。」

崔凝明白了，符遠也是奔著那一人之下萬人之上的位置去的，可想而知競爭有多麼激烈。

魏潛已經沒有睏意，開口轉移了話題：「討論下案情吧？」

符遠打了個呵欠。「那不是你的事嗎？自己看著辦吧，我先去睡一會兒，日夜兼程地追過來，渾身骨頭都快散架了。」

他也不給魏潛說話的機會，起身朝崔凝擺擺手就大步出門，找差役給他安排住處。

魏潛默然，從包袱裡翻出一份卷宗丟給崔凝，道：「回屋好生看看。」

「好。」崔凝應道。

回到自己屋裡，她仔細看那卷宗，紙張已經發黃，看上去已經有些年頭，翻開第一頁，上面赫然寫著「司氏滅門案」。

崔凝眼前突然不斷閃現出師門遭人屠戮的畫面，額頭上倏地冒出冷汗。

緩了一會兒，崔凝深吸一口氣，咬牙將卷宗攤開，認真看了起來。

永昌二年三月中旬，邢州發生了一樁轟動大唐的滅門慘案，司氏滿門二百四十餘口被屠殺，整個青山縣血氣沖天。

司氏也是家族聚居，他們在青山縣郊外一處山清水秀的地方，自成一個村落，只有極少數在別處做官的人才會舉家搬遷。

案發是在半夜，周邊的村鎮聽見動靜並報官的時候，整個司家莊已經伏屍滿地。

死者全部都是被利刃封喉，有些力氣大的男子死前曾拚命反抗，身上的傷痕明顯比婦孺要多。

祠堂被大火焚燒，從中找出一百一十三具屍體，大多是老弱婦孺，祠堂周圍有九十具男子屍體，均身負傷痕無數，其餘人皆是在睡夢中被暗殺。

當時負責此案的官員推斷，凶手深夜暗殺司家莊眾人，暗殺過程中有人逃脫，族長立即召集族中年輕力壯的男子反抗，但無奈凶手人數太多，他們人手不夠，只好將所有老弱婦孺都集中起來保護。

然而，凶手最終還是突破重圍，殺入祠堂，將司家族人屠殺殆盡，最後還一把火燒了祠堂。

崔凝看到此處，感覺呼吸不暢，像是溺水一般，大口大口地喘息，卻怎麼都吸不進空氣，快要窒息了。

她臉色慘白，大顆大顆的汗水順著臉頰滑落。

這般痛苦持續了不知道多久，她眼前一黑，再睜眼的時候，眼前搖搖晃晃全是同門師兄的血和屍體。

再一轉，已經是身在幽暗的書房之中。

身著道袍的二師兄焦急地抓著她搖晃。「阿凝，妳聽我說……」

「我不聽！」崔凝緊緊抱住他。「我什麼都不聽，要死一起死！」

「阿凝。」

「對，密道呢，有密道！」崔凝忽然鬆手，瘋狂地翻找開啟密道的機關。

機關被觸動，密道的門吱呀一聲打開。

崔凝一手端著燈，一手拉住二師兄的道袍，抬起小臉倔強地看著他。「我們一起走。」

「阿凝，我不能走。」二師兄揚起手中的劍，斬斷大袖，揮手一把將她推入密道。

崔凝腦袋嗡嗡響，看東西很模糊，她搖搖晃晃地扶著牆站起來，試圖走出去。

可是密室的門關上了，她在縫隙中看見二師兄在火光中衝她笑，月朗風清一般，好像張口說了什麼，但她什麼都沒有聽見。

崔凝眼淚決堤，不能控制地往外湧，油燈摔落在地，四周陷入黑暗。

密室門關上的那一刻，她便覺得自己被困在黑暗的角落，從此之後便是永夜。

她沉沉嘆息，想就這麼睡下去，朦朧中忽然想起了神刀，轉瞬間又似乎看見希望。

對的，她還有神刀，還有希望……

崔凝慢慢找回意識。

再醒來時，只覺得頭昏昏沉沉的，眼睛脹痛，想張開眼睛的時候卻發覺連太陽穴都脹痛不堪。

她動了動，鼻端嗅到一股淡淡的清香，好似陽光、青草、花香混合在一起的味道，令人覺得放鬆舒適。緊接著，她察覺自己的臉頰貼在一個熱熱的物體上，使勁蹭了蹭，還能聽見「怦怦」的聲音。

「妳醒了。」頭頂上驀然響起微啞的聲音。

崔凝一驚，仰頭努力睜大眼睛，看見一張漲紅的俊臉，卻是魏潛！

她再一低頭，發現自己正像八爪魚一樣扒在他身上，不禁愣住。

崔凝一咕嚕爬起來，看了看，發現自己躺在低矮的胡床上。

「下午我來看妳的時候，發現妳暈倒在地上，就想把妳扶到床上去睡，但妳突然抱住……咳……不撒手，我……」魏潛坐起來，尷尬地摩挲了幾下自己的膝蓋。

「妳……沒事吧，我見妳哭得傷心。」

其實魏潛過來的時候崔凝根本不像是暈倒，而是躺在地上睡著，還哭得直哆嗦。

魏潛擔心她會著涼，便俯身把她抱到胡床上，誰知崔凝忽然緊緊抱住他，嘴裡還道：「我什麼都不聽，要死一起死！」

看她說話時那咬牙切齒的樣子，魏潛便輕輕喊了一聲：「阿凝。」

這是他第一次這樣喊崔凝的名字，可是她沒聽見，哭得滿臉都是淚，嘴裡亂七八糟地念叨「密道」、「一起走」……

魏潛忽然就心軟了，放下了世俗的芥蒂，大熱的天，也任由她死死抱著。

「五哥。」崔凝說話還帶著濃濃的鼻音，像極了撒嬌。「我頭痛。」

魏潛抬手探了一下她的額頭。「沒有發燒，許是哭得太多了，我去打水來幫妳敷一敷眼睛。」

「嗯。」崔凝還有些沒有緩過神來，魏潛出去後，她便蹲在胡床上怔怔發呆。

太多太多的疑問一下子充斥了腦海，崔凝一時理不清頭緒，連敲門聲都沒有聽見。

「再不應聲，我可進來啦？」

門沒有關，崔凝抬頭便瞧見符遠笑意盈盈地站在門口，夕陽的光線金紅，仿如烈火，恰好他又穿了一件青色寬袖袍服。

這個畫面瞬間刺痛了她的雙眼，喉嚨裡哽著，一點聲音都發不出來。

「唷，哭了。」符遠走了進來。「眼睛怎麼腫成這樣？長淵欺負妳了？不能吧？」

「符大哥。」崔凝終於出聲，但眼中乾澀，卻是流不出眼淚了。

符遠笑著戳了戳她微腫的臉頰。「我叫人給妳打水洗把臉。」

「五哥去了。」崔凝道。

符遠點頭，在她對面的席上坐了下來。「哭什麼呢？說來聽聽？」

「就，就是看了司氏滅門案，頗有些感觸。」崔凝垂眼，掩飾自己的情緒。

「看不出妳是這麼多愁善感的人哪？」符遠似是好笑又似是愛憐地揉揉她的頭。

「人生除卻死亡外無大事，即便是一死又能如何呢？不過是化作一抔土，歸於來處，倘若世間真有輪迴，說不得要乾了三碗孟婆湯，捲土重來，趕明兒又是一條好漢。」

「我是女的。」崔凝提醒道。

符遠哈哈一笑。「對對，趕明兒妳又是一個小淑女。」

崔凝忍俊不禁。「符大哥，你真的很像我哥哥。」

符遠抄手瞧著她，不大樂意地道：「妳這麼說，咱們可就沒法子再做朋友了。」

「為什麼呢？」崔凝滿臉的受傷表情。

符遠見她當真，便抬手彈了一下她的額頭，開玩笑道：「因為是兄妹了啊！」

崔凝這才捂著額頭咧嘴笑了。

魏潛端著水進來，放在胡床前面。

場面僵滯了兩息，因為按照位置來看，符遠正好可以順手擰了帕子幫崔凝敷臉，可是水是魏潛端來的，而符遠又知道他對崔凝的心思。

兩個男人間暗潮湧動。

崔凝沒注意到氣氛的微妙變化，自己擰了帕子敷在眼睛上，打破了僵局，舒服地嘆息。「謝謝五哥。」

符遠看著她，無奈地一笑，再轉眼看魏潛，那張俊臉上仍舊沒有任何表情。

崔凝換了幾次帕子，覺得好受多了，腦子也變得清醒，整個人又活泛起來，興致勃勃地問符遠關於刑部的事情。

魏潛瞧著她活潑的樣子，心裡有些好奇，兩個時辰之前，這姑娘還躺在地上嗷嗷哭，眼淚都快把自己給淹死了，抱著她時的那種悲傷、倔強、痛苦，他能清楚地感受到。

一個人得有多慘痛的經歷，才能活得像太陽一樣？

第二章　定魂八卦陣

長途跋涉一個多月，終於到了青山縣。

崔凝整整瘦了一圈，原本就不盈一握的腰，現在更是風一吹就會折似的，一到青山縣，符遠便讓鬱松去鎮子上買各種吃食。

休整了一天後，三人便在當地捕頭的帶領下趕到司家莊。

莊子建在朝陽的緩坡上，草木蔥蘢，依稀能見到通往莊子的石階。

拾級而上，走了一小段路便看見入莊的大門。

上面「司家莊」三個字已經褪去原本的顏色，兩側柱子上刻著「豈為有心居此地，無非隨處樂吾天」。

大致意思是，這裡並不是精心挑選的住處，無非是隨緣隨心，樂天而居，頗有些道家清靜無為的意思。

「司家祖上倒是灑脫。」符遠讚道。

再向前走，入目竟是一片桃樹林。

司家莊全莊被屠，他們本以為會見到一片荒蕪，卻不曾想，桃樹上碩果累累，但因為沒人採摘，地上落了許多腐爛的果子，空氣中散發著酸冽的味道。儘管如此，這些長勢喜人的桃樹還是為此處平添勃勃生機。

「這裡就是了。」捕頭道。

捕頭名叫陳興，是個年近四十的男子，生得高大威武，頗有些氣勢，他在青山縣做捕快十五年了，熟悉當地的一切。

「司氏滅門案時我還是個捕快，當時跟著過來清點屍體，唉！」陳興回憶起來，仍是滿面淒然。「太慘了！」

魏潛見崔凝面容有些僵硬，垂首問道：「不舒服就先回去吧？」

崔凝搖頭，她雖然很抗拒接觸與她遭遇相似的案件，但她也清楚知道自己必須面對。

魏潛深深地看了她一眼，便隨陳興穿過桃林進入司家莊。

「他打頭陣，咱們跟著就行了。」符遠拍拍她的肩膀。「走吧。」

有魏潛和符遠在身邊，崔凝覺得安心不少，於是盡量放輕鬆心情跟著走進去。

除了祠堂外，司家莊其餘屋舍都還保存完好，從這些建築的規模和精緻程度，可以窺見當年司家的強盛。

「周邊那些桃樹是何人所植？」魏潛問。

陳興驚訝道：「大人真是料事如神，您怎麼知道那些桃樹不是原來就有？」

魏潛道：「這裡的東西幾乎未少，周邊村民不敢進入此處必有原因，也許是鬧鬼之類？槐至陰，桃至陽。我猜這些桃樹是用來壓制冤死戾氣的。」

司家莊的家具擺設很不錯，且空置多年，旁人豈有不覬覦的道理？

「沒想到大人懂陰陽之術！」陳興心中佩服，便說得十分詳細：「當時結案後，青山縣的縣令看上了司家族老的收藏和金銀財物，便找心腹下屬趁夜偷偷潛入司家莊，將財物偷偷運出，可沒隔幾日，那些人陸續因為各種原因死亡，縣令拿那些錢財疏通上峰，升了官職，結果舉家搬遷的時候遭遇搶匪，一家老小一個都沒剩下。大家都說是司家的陰魂來報復了。後來，附近總有村民無故失蹤，卻都查不到線索，大家都說是司家作怪，新上任的縣令沒辦法，便請了高人來看風水，好些人看過之後都嚇跑了，直說自己本事不足，縣令覺得事態嚴重，請了另外一個頗有名氣的易學家族來看，最後定了一個……叫……叫……對了，叫定魂八卦陣。」

「後來就沒有出事？」符遠問。

「嗯！」陳興使勁點頭。「可神了，後來就再沒有人無故失蹤，有人誤入此處也都沒事。不過當時高人說了，盡量不要越過桃林，如果必須進入司家莊，也絕不能動其中任何物品。」

崔凝挺信陳興說的話，激動道：「那高人是誰？」她琢磨著，世上若有這樣的高人，或許能幫她找回神刀呢？

陳興道：「那高人與我同姓，是邢州另外一個有名的易族。」

後面跟著的捕快都比較年輕，未曾經歷過司氏滅門案，也不太熟悉那些傳聞，聽過之後只覺得四周冷颼颼的。

魏潛卻似乎絲毫不覺，從袖中取出一副羊皮手套戴上，用帕子抹掉床榻上的灰，露出下面的痕跡。

「魏大人。」陳興忙阻止道：「不可碰這些東西啊！」

魏潛頭也不抬，淡淡道：「我為司家洗冤而來，就算真有冤魂又能如何？」

陳興覺得有道理，卻還是忍不住憂心。「萬一鬼魂不認人呢？」

「呵。」魏潛意味不明地笑了一聲，仔細查看現場。

由於是十多年前的案子，很多痕跡都已經消失，只胡床上還留有大片暗紅的血液痕跡，還有一些刀劍痕跡，證明了屋裡的死者在臨死前曾掙扎搏鬥過。

那位死掉的縣令雖然是個貪財小人，但還是有可取之處。案子雖然沒破，但縣令做事相當認真，把一切都詳細記錄下來。

崔凝記得很清楚，卷宗上面有一幅司家莊的地圖，詳細標註了每個死者所在位置的情況，對應起來的話……這間屋子的死者應當是一對中年夫婦。

魏潛沒有看太久，一是當時縣令的記錄可謂事無巨細，二則時間久遠，很多細節早已消失無蹤。不過，他還是仔細查看了所有屋舍。

十多年過去，案發現場保存相對完好。

眾人站在被毀的祠堂屋後。

魏潛問道：「此處原來就是這樣？」

祠堂後面有一處「斷崖」，按說一般族群聚集，祠堂大都建在中間位置，不知為何司家的祠堂卻建在邊緣。

滑坡處像是被利斧劈開，整齊陡峭，目測距離底部約六、七丈，似乎是塌陷造成的地形，且年代不會太久遠。

陳興搖頭。「當時我只在周邊清點屍體，並未到過此處，也不知原來是什麼樣。」

「土行氣行，物因以生。此地原來定非如此。」崔凝忽然道。

所有人都看向她，表情各異。

崔凝乾咳了兩聲：「不管是陰穴還是陽穴，擇址都要以有生氣為上佳。經曰，土生氣，氣生水，而後孕生萬物。可見土乃生氣之源，此處土地陷落，草木不生，顯然不是建造祠堂的好地方，司家精易學通陰陽，不會犯這樣的錯誤吧！」

魏潛略讀過一些關於風水的書，並不是很精通，但他亦從別處判斷出這是後來形成的地貌。他沉聲道：「斷崖處皆是土，與別處並無不同，可是斷處只生了些許雜草，並無樹木，從侵蝕痕跡判斷，應是在三到五年內形成的。」

符遠彎腰仔細看了看斷崖的情況，隨手摘了一根草叼著。「所以？」

「沒有所以，只是不能放過所有細節。」魏潛轉身往祠堂屋後去。

陳興心裡的震驚還沒有褪去，滿是崇敬地看著崔凝。「原來您是風水師？」

崔凝有些奇怪。「你們不都信佛嗎？」

這裡與她原先住的地方極為相似，還有這麼多人信陰陽風水，那為什麼師門會那麼窮？

陳興道：「都是神仙，咱們哪一尊也冒犯不得。」

崔凝禮貌地回以一笑，扭頭又陷入沉思。

「槐樹。」

崔凝聽見魏潛的聲音，回過神來，抬眼看去，果然看見七棵粗壯的老槐樹，每一棵都有成人環抱那麼粗，顯見並不是十年內種的。

七和九在道家都有特殊的意義，而在祠堂附近種槐樹，真是聞所未聞。

「妳可知這是什麼？」魏潛轉頭詢問崔凝的意見。

崔凝見七棵樹的排列，便道：「若是我沒看錯，這是七星縛陰陣，通常用來對付生前作惡多端，死後還禍害人間的凶煞之魂。只不過這種陣法早就失傳了，我也只是在殘卷上看見過隻言片字。」

崔凝從小耳濡目染，又喜獵奇，書樓中的殘卷早早被她翻了個遍，雖然都止於理論，也沒有實踐過，但她知道的遠比尋常人多得多。

「縛陰？司家用這種陣法捆縛自己先祖的陰魂？」符遠詫異道：「看來這司家本身就有問題啊。」

「長安還未傳來消息？」魏潛問道。

符遠搖頭。「你懂的。」

長安那邊還是在皇帝的眼皮底下，那些官員辦案肯定相當低調謹慎，速度估計是快不了。

「你說有沒有可能是……」符遠指了指天。

魏潛明白他的意思，司氏滅門這個案子幕後凶手，會不會和當今聖上有關係，抑或，根本就是當今聖上……

「如果是……我很感激你主動來扛此事。」魏潛嘴角一彎，抬手拍拍他的肩膀，轉身去找崔凝。

「我巴不得呢。」符遠毫無懼色，甚至隱隱還有些期待。

他表面看上去雲淡風輕，實際上極其喜歡挑戰，當然，他並不享受被虐的過程，而是期待在滔天大浪裡做個弄潮兒。

風浪越高，他到達高處的機會就越大。

在司家莊勘察了一整天，直到傍晚眾人才離去。

他們回到驛站時，青山縣令早就候在那裡。
魏潛不太擅長交際，崔凝官位又低，於是便將符遠推了出去。
「觀陳大人春風滿面，定是有喜事。」符遠笑道。
陳縣令讚道：「符大人真是好眼力！我一個月前已接到調令，過些日子新任縣令便會到，交接之後我便啟程去江南道了。」
「那要恭喜陳大人高升了！」符遠拱手。
「哪裡，哪裡，還是縣令罷了。」陳縣令話雖這麼說，臉上卻是掩不住的喜色。江南道富庶，多是大縣，同樣是縣令，品級和好處卻截然不同。
「陳大人是本地人吧。」魏潛突然開口道：「不留戀家鄉？」
陳縣令長嘆一聲，頗為感慨。「不怕諸位笑話，我在這青山縣令的位置上一坐就是近十年，心裡頭真是日夜盼著升官，可真到了這個時候，確實是有些不捨！」
陳縣令名陳鶴，中等身材，方臉，濃眉如懸刀，鼻梁挺直，一眼看上去，滿臉都寫著「忠義」二字。
崔凝道：「陳大人也就三十五歲吧，升遷速度著實讓人豔羨！」
陳鶴大笑道：「哈哈哈！典書謬讚，在下今年不多不少，四十整了。」
「呀！真是看不出來呢！瞧上去比我父親還要年輕。」崔凝道。
陳鶴面上更是歡喜。

符遠道：「陳大人可知新來的縣令是誰？」

「各位肯定熟悉，便是今年的探花郎。」陳鶴捋須道。

「怎麼會是他？」崔凝奇道：「他不是去懸山書院教書了？」

「詳情我就不甚清楚了。」陳鶴拱手道：「近日我正收拾搬遷，府內兵荒馬亂，委屈諸位暫時住在驛站了。」

「陳大人照顧周詳，我等已經感激不盡。」符遠回禮。

「諸位勞累了一日，我就不多打擾了。」陳鶴說著，便斂衣起身告辭。

幾人將他送出去。

回來後，崔凝小聲說：「你們不覺得太巧合了嗎？」

他們在路上差不多走了兩個月，而陳鶴一個月前收到了調令。官府文書傳遞每隔幾個驛站都要換人換馬，因此可以日夜兼程趕路，速度至少比他們快一倍，也就是說，這份調令與他們出長安的時間應是前後腳。

究竟是誰如此急切地想要把陳鶴調走？

而調走他的原因又是什麼？

「看來，長安那邊遲遲不傳消息，是想拖延時間。」魏潛道。

「拖延到陳鶴離開？」符遠沉吟道：「你方才問他是否本地人，是懷疑他是陳家人？」

陳家，也就是為司家做了定魂陣的易學家族。

魏潛道：「或許此案與當年渾天監一樁祕案有關係。」

「什麼祕案？」崔凝問。

「那個案子發生在十年前，卷宗被封存在刑部，任何人不得查看，我們知道的都只是傳聞。」符遠與她細說這個案子：「那時陛下剛登基沒幾年，擔任渾天令的是個年輕男子，名叫司言靈，是個長相十分出色的男子，在長安頗有名氣，人稱玉靈郎。傳聞，他生來便有天賦，平日從不多言，凡言者必靈。」

崔凝道：「他是有詛咒之力？還是能未卜先知？」

符遠搖頭，繼續道：「他從小到大說過的話幾乎都成真，後來任渾天令三年，只說過三句話，而說完第三句的夜裡便死在了觀星臺上。通往觀星臺的樓道有鐵門，據說那鐵門是從觀星臺那邊鎖上的，而臺上只有司言靈一人。」

司言靈任渾天令的第一年夏末說：長安有疫。

他寫下患有疫症之人所在的位置。朝廷立即派人去查，果然發現坊間有十幾人得了疫症，好在控制及時，並沒有讓疫情傳染開。

次年，又言：江右七月有水禍。

而這一次卻沒能說出具體位置，總不能把整個江右的人都搬走吧？

有了前面那一次預言，朝廷對司言靈的話十分上心，興師動眾地嚴密排查江堤，然而尚未查完，長江便決堤，豁口的地方正是住戶密集的繁華之處，一夜之間十里被淹，近萬人喪生。

倘若不是因為司言靈提早預言，朝廷有所準備，死亡人數可能遠遠不只這些。

然而他最後一次說了什麼，卻鮮有人知。

人們惶惶不安地過了一年，沒有任何重大的災禍發生，因此有人揣測，第三句可能是「武代李興」這一類的預言。

「渾天令是自殺還是他殺？」崔凝問。

「不知道啊，這都是傳聞。」符遠喝了口茶，轉而道：「現在有人不想咱們繼續查案，問題是，這個人是誰？」

魏潛言簡意賅地道：「不是聖上。」

符遠揚眉，笑著點了一下頭。「那就查。」

徹查此案是聖上親自點頭首肯的，以當今聖上的行事風格，若是不想讓人查，早就強行將此事按住，不會走什麼迂迴曲折的路子。

「快馬傳信入京，令人把封存的卷宗送來。」魏潛看著符遠。

符遠道：「你看著我做什麼，你也可以傳信啊？」

「你來就為了坐收漁利？」魏潛盯著他。

符遠被他盯了半晌，只好道：「好吧，我來辦，不過成不成還難說。」

「明白。」魏潛握著茶盞，沉默片刻，又道：「估計新任縣令還有一陣子才能到，我們先查陳鶴。」

符遠果斷放下茶盞。「我想起來還有點事……」

魏潛淡淡道：「你大可一走了之，反正領這個差事的人不是我，上面也沒有另外傳令說要重查此案。」

符遠仰天長嘆。「在人家的一畝三分地上，怎麼查？」

「那是你的事情。」魏潛丟下一句話，便起身走了。

符遠瞧著捂嘴偷樂的崔凝。「妳就樂吧，妳早晚也會有這一天！」

「五哥平時很好說話呀？」崔凝不信，平常別人讓魏潛幫忙，他好像從來都不會拒絕，在監察司也是一堆事，卻沒有一句怨言。「肯定是因為能者多勞。」

「識人只識皮，妳還太嫩！」符遠笑呵呵地揉亂她的頭髮，起身道：「我先去辦正事，晚飯咱們出去吃好的，不帶魏五。」

「五哥一個人吃飯多淒涼啊？」崔凝道。

「妳符大哥現在要一個人去查案，豈不是更淒涼，偏心！」符遠哼了一聲，大步離開。

崔凝見他面上始終帶著笑意，便知他不過是開玩笑。

能者多勞，倒真不是崔凝瞎說，也不知道符遠出去一趟究竟做了些什麼，就將陳鶴的背景查得七七八八。

陳鶴是邢州人，家中父母均在，兄弟姊妹四人，上有兩個哥哥，長兄做生意養活全家，後來去江南做買賣的時候意外落水溺亡，二哥如今在邢州衙門做文書，還有一個姊姊，嫁了個普通莊戶。

陳鶴與易族陳家多少能扯上點親戚關係，不過早就出九服了，家人也不通易術。陳家族人聚居的地方並不在青山縣的管轄範圍內，平時陳鶴與陳家也很少有交集，只因為司家莊鬧鬼的事情才找上陳家。

晚飯的時候，崔凝終究是沒丟下魏潛，符遠索性便讓酒樓做了送過來。

飯罷，三人在院子裡消食。

崔凝聽完符遠查到的消息之後，便一直有個疑問：「為什麼同樣出身不好，陸將軍難以出頭，陳縣令卻能為一方縣令？」

「這個問題好。」符遠道：「他出身看起來平常到有點令人生疑，不過，我仔細想了一下，他能任青山縣縣令，也不算太奇怪。陳鶴是永昌元年的狀元，聖上一心要削弱士族力量，自然想給他一份好前程，但彼時朝堂之上大部分都是士族出身，削弱士族力量並非一朝一夕之事，倘若一開始就把陳鶴捧在顯眼的位置，無異於將他置於火上。陳縣令領的頭一份差事，便是監察司巡察使。至於後來為何會外放成為青山縣縣令，就不得而知了。」

監察司相當於聖上的耳目，看似靠近權力中心，實際上還差得很遠，聖上給監察司添個人，再尋常不過了。

魏潛道：「在官場，絕大多數巧合都可以尋到緣由。」

「同意。」符遠悠閒道：「慶祝破案的酒席都訂好了，全靠你了。」

魏潛遠不像他這麼悠閒，他這次來，不是為了這一樁案子，而是為了核查邢州所有的死刑案，只是順便先到青山縣落腳罷了。

「十年前都沒告破的案子，如今說讓破就得破，不是欺負人嘛。」崔凝嘆道。

符遠笑道：「十年前咱們魏大人不還小嗎？」

崔凝頗以為然地點頭。「說得是。」

符遠笑望著她腕上那串圓圓的兔子，心想，自己是否要放棄娶崔凝的想法。女人最初對男人的愛慕，不是因為相貌就是因為崇拜，魏潛要長相有長相，還如此得崔凝崇拜，妥妥地占據高地。

從開始，符遠便已輸了一局。

他的年紀不小了，得慎重地考慮一下，自己對崔凝的那點興趣還值不值得等待幾年的時間。

在青山縣休息兩日，魏潛又帶著崔凝去了一次司家莊，而後直接轉道去了邢州，符遠則留在青山縣繼續跟進此案。

魏潛已經將卷宗清晰明確的案子都過濾掉，只留下了一些有問題的，到了邢州便可直接去衙門查案。

崔凝看出魏潛對司家滅門案很感興趣，想盡快處理完手頭的案件，再赴青山縣，於是崔凝有幸見到他把能力發揮到極致，幾乎是兩天結一案，且分析推理毫無錯漏之處。

崔凝作為典書，負責記錄案情，她邊記邊思考，只能勉強跟上魏潛的速度，持續的高強度腦力活動，十幾天下來，她累得手都抬不起來，腦子卻還在不斷地轉動，停都停不下來，感覺有一根弦馬上就要崩斷似的。

幸虧有個會消遣的符遠。

回到青山縣後，符遠便帶她四處遊玩，經過幾日的調整，崔凝總算恢復如常。

這會兒她坐在茶樓上，吃著小點看著風景，唏噓道：「跟著五哥幹活真是在玩命。」

「怎麼著，幫妳逃離魔爪，是不是應該感激涕零？」符遠開玩笑道。

「是啊，我以茶代酒敬符大哥一杯。」崔凝端起茶杯。

「這頓還是我請的客，一點誠意都沒有。」話雖如此，他卻仍舊端起了茶杯。

兩人各自喝了一口，崔凝道：「五哥一直都這麼拚？」

符遠點頭。「是啊，他從前就是我們中學習最刻苦的一個。老師曾說，只有長淵不負天資。」

魏潛生來聰明，只要稍微用心一點就可以取得不俗的成績，可是他並不滿足於這點小小的成績，一直以來都特別勤奮。

「可是你們都想做宰輔，他卻不曾想過。」崔凝道。

符遠頓住，隨即笑了起來。「妳怎麼知道？」

「想做宰輔的人，不會像他這樣一心撲在實事上。」崔凝在魏潛那裡學了許多分析推理知識，就用在了他身上，一直在旁觀察他，因為她需要魏潛的說明，必須知道他是一個什麼樣的人。

「妳這話對我可不公平。」符遠處理事務的能力並不魏潛遜色，而且他也並不是那種不做事，一心鑽營的人。

「是我表達有誤。」崔凝歉然地道：「我的意思是，你們距離夢想還有很長的路要走，而五哥現在如此拚命，便是為了不辜負這份夢想。」

符遠沉吟須臾。「妳很瞭解他。自從長淵親身經歷那次凶殺案，便一直為了能夠直面天下所有凶手而努力，所以科舉之後，便選擇去了旁人都覺得沒有前途的監察司，就因為巡察使官職雖低，卻能最快接觸到凶案。」

魏潛請求去監察司，連聖上都親自過問。聖上對魏家印象很好，一直覺得魏潛會成為第二個魏徵，對他抱有很人的希望，可魏潛仍舊堅持選擇去監察司。

聖上對魏潛的選擇不僅未曾失望，反而讚賞有加。因為他還是秉承著魏家一直以來的家風，正直、堅持、務實。

「在妳眼裡，我是怎樣的人？」符遠問。

崔凝遲疑了一下，老實道：「我看不清。」

起初她見符遠便如同見到二師兄，後來明白他和二師兄是完全不同的人，但到底哪裡不同，她也說不太清楚。

「我才不管符大哥是怎樣的人，反正你就是我的符大哥。」崔凝笑道。

「嗯。」符遠很詫異，可心裡卻不由得為這麼一句簡單的話而開心。

第三章　史無前例的排場

「快看，快看，新縣令到了，什麼來頭啊，好大的排場！」

茶樓裡忽然有人喊道。

很多人起身走向窗邊，崔凝原本就坐在靠窗的雅間，聞言忙探頭看。

一般縣令上任都是辦了手續之後，低調入職，最多也就是拖家帶口、官員夾道歡迎，可是陳智不同，一頂青篷車，二十多名飛騎禁軍開道，真正是史無前例。

符遠見她很感興趣，便結了帳，道：「走，咱們去迎接陳大人！」

崔凝將盤中最後一塊綠豆糕塞進嘴裡，才起身隨他匆匆離開。

街道上已經聚集了不少百姓，他們都跟著飛騎隊，想看看這位排場頗大的縣令究竟是什麼模樣。

飛騎隊行速很快，直接到了縣衙門口。

陳鶴早已接到消息，穿戴整齊在大門口迎接。

為首的飛騎翻身下馬，從懷裡掏出一物交予陳鶴，道：「這是新任縣令的官牒。」

陳鶴接過來翻看了一遍，確實如假包換，只是這位陳智大人怎麼還躲在車裡不出來？難不成要讓他親自過去請？

陳鶴早就聽聞陳智是個怪人，儘管已經做好了充分的心理準備，但禁軍開道還是讓他大吃一驚。

那飛騎環顧一周，發現圍觀之人頗多，便轉身回到青棚車處，低聲道：「大人，我上來了。」

沒有人回答，飛騎便直接躍上了馬車，不多時，便扶著一個形容狼狽又猥瑣的人下來，那人一雙瞇瞇眼，臉色慘白，頭髮散亂，形容枯槁，好像剛剛從大牢裡放出來似的。

「大人這是……」陳鶴迎了上來。

「大人路上生了病。」飛騎解釋了一句，緊接著又對陳智道：「我等已經將大人護送至此，望大人萬萬不要辜負聖上期望！」

說罷，衝陳鶴拱手。「告辭。」

陳鶴原想開口讓他們留下來休息之後再上路，但那飛騎已經翻身上馬，直接掉頭離開，根本沒有給他說話的機會。

陳鶴回過神來，忙道：「快扶陳大人進去。」

旁邊兩個衙役連忙跑過來扶住陳智。

「先生。」崔凝忍不住喚道。

陳智終於有了點反應，扭頭看見崔凝，面上才有了表情，喃喃道：「是妳啊，怎麼也跑這兒來了……哦，邢州……青河縣。」

「先生這是怎麼了？」崔凝問。

陳智滿臉的哀莫大於心死。

陳鶴道：「陳大人一路勞累，先進去再說吧。」

崔凝和符遠跟著進了縣衙。

待陳智坐定喝了三杯茶之後，才掏出帕子抹了抹眼淚，有了力氣捶桌，淒聲道：「天降橫禍！天降橫禍啊！」

「發生何事？」崔凝見狀更是奇怪。「先生不是在懸山書院嗎？」

「是啊！」陳智擼起袖子露出胳膊上青紫的捆綁痕跡，義憤填膺地道：「你們看看，我本來好好地做個教書育人的先生，突然間就告訴我要外放，我不願意，幾個飛騎拿著繩子就將我捆了過來，妳說氣不氣人！我這一路都被這麼捆著，顛掉了我半條命。」

符遠笑道：「怕是你半途逃跑被捉回來了吧？」

陳智瞪了他一眼，他科舉之後一直都是候補的身分，朝廷自然可以給他安排外放。

崔凝不知道該說什麼，只好安慰他道：「做官是好事，既來之則安之，先生不要想太多。」

「我怎麼能不想！我連藏在窗縫裡的錢都沒能帶上！臨軒剛剛對我有點好感！」陳智憤怒道。

一旁的陳鶴已經驚訝得說不出話來了，他還真是頭一遭見到這樣的人，難道他能做好一方父母官？

陳智哭訴了好一會兒，才想起來對陳鶴道：「抱歉，我真是失禮。」

「人之常情。」陳鶴微微笑道：「陳大人舟車勞頓，不如先歇息，明日再辦交接不遲。」

這次調動過急，還有一個非查不可的大案子，否則並不需要前任縣令親自留下來辦交接。

陳智半點沒有挽留。「多謝體諒，我還有點暈，就不送了啊。」

再好的脾氣也會因他的怠慢而生出不滿，更何況陳鶴並非一個麵團，他聞言板起臉，拱手施了一禮，一言不發地出去了。

陳智伸頭張望，見人確實走遠，才急急問道：「此地究竟發生何事？」

「一樁陳年懸案。」符遠問道：「是誰任命陳兄做青山縣縣令？」

「是陛下。」陳智長長吐出一口氣，癱在胡椅上。「我就知道，兜頭硬砸過來的絕對不是金子，而是石頭。」

符遠早就覺得這件事情不同尋常。「是否有人在陛下面前推薦陳兄？」

「不管是誰，我都是一頭替罪羊，長安哪裡去找像我這樣合適的人？」陳智擺擺手。「罷了，我要睡會兒，要死也得養得白白胖胖再死。」

「陳兄休息吧，我們改日再辦接風宴。」符遠道。

陳智累得半死，又哭訴了一場，立刻就倒頭大睡。

崔凝與符遠走出縣衙，感慨道：「先生真是不簡單，他一早就猜到這裡頭有問題了，方才是故意在前任縣令面前裝吧？」

「是不簡單。」符遠道。

回到驛站。

兩人前腳剛進門，就遇見了後腳跟進來的魏潛。

「五哥不是在休息？」崔凝見魏潛腳上還沾著泥，便猜他是自己出去查案了。

「嗯，進來再說。」魏潛大步走進屋裡。

符遠與崔凝相視一眼，跟了進去。

魏潛清空屋裡最大的一張書案，鋪上一張紙，兩邊用鎮紙壓上，道：「來說一下案情吧。」

崔凝與符遠點頭。

魏潛道：「估計司家還有人活著，而且還留在青山縣。我上山時發現有人尾隨，於是故意轉圈走回頭路。今日下了點小雨，不可能腳不沾地，於是我在祠堂附近發現了一個新鮮的腳印，並不屬於同行的任何一個人。」

他提筆在紙上飛快地繪製了一張司家屋宅的方點陣圖，繼續道：「我查了司家宗族譜，司家上下共有二百零九人，加上記錄在冊的僕婢，共二百四十九人。」

他說著，圈出了圖上標註有屍體的地方。「圖上總共只有二百二十一具屍體，失蹤的可不只一兩人，可卷宗裡卻隻字未提。這位縣令行事仔細，為何會沒有發現？另外，我查了司家的仇家，是有一些，但他們都沒有屠戮滿門的能力，唯一可疑的就是陳家。」

陳家和司家表面上並沒有什麼仇怨，但俗話說一山難容二虎，同為易族，兩家明裡暗裡沒少較勁。

「到處都有競爭，這不是滅人滿門的動機。」符遠道。

魏潛在旁邊寫下了近十年來渾天令的姓名，沉聲道：「司言靈之後，下一任還是由司家人擔任，然而僅半年司家莊便遭人屠戮，這二者之間多半有什麼聯繫。我想，我應該回京一趟。」

「那這邊……」符遠皺眉道：「我可以先試著查一查，你盡快返回。」

魏潛拍拍他的肩膀，又看向崔凝，道：「妳練手的時候到了。」

崔凝遲疑道：「這……這個，頭一次就讓我用這麼大的案子練手？」

「不是很好嗎？陳年舊案，死傷早已經成為定局，並不緊迫。」魏潛道。

崔凝見他黑眸中帶著鼓勵，頓時覺得充滿鬥志。

「司家莊有二十多個失蹤者，很有可能還活著，去查案的時候要小心。」魏潛提醒道。

符遠問：「你何時出發？」

魏潛抬頭看向屋外，天邊一片陰沉，便道：「今夜看來有雨，待雨停之後再做打算吧。」

「大人，有信！」門外有人道。

「進來。」符遠道。

差役送了一個竹筒進來，外面封了一層紙，火漆封口。

符遠直接將信遞給了魏潛，道：「你先看吧。」

魏潛沒有說話，直接拿過拆開，看完後遞給符遠。

待三人都看完，魏潛才道：「你們怎麼看？」

「看來你確實有必要回去一趟。」符遠道。

這次長安送來的東西十分齊全，有司言靈案的卷宗抄本，還有這次白幡嗚冤案的詳細案情。

從觀星臺上跳下來的人確認是司家嫡女，她用假身分混入渾天監兩年有餘。從她的住處搜出了許多白布和朱砂，還有一封密函，密函中列出了種種證據，認為現任渾天令便是司家滅門案的主謀，還牽扯出了陳家與司家的仇怨。

十幾年前，陳家有一子，天性聰敏，對易學頗有天賦，是整個陳家的希望，但是有一日外出遊玩，不慎墜崖而亡，因當時有司家的人在，陳家便一口咬定是司家見不得陳家好，扼殺了陳家希望。

然而，當時沒有任何證據證明人是司家所殺，縣令自然判司家無罪，而陳家卻認定是司家所為，因此一直懷恨在心。

至於司言靈的案子，則是謎團重重。

卷宗案件細節記錄清楚，司言靈並不像是自殺，但是卻一直沒有找到凶手。通往觀星臺上的門只有兩扇，這兩扇門全部都是厚厚的鐵板，門鎖是工匠特製，世上僅有一把鑰匙，仿製十分困難。司言靈死在其中一個甬道之中，兩邊的大門都是從裡面鎖死，當時是禁軍想辦法爬上觀星臺才看見上面的情況。

樓梯上染滿了司言靈的血，看上去像是被人從觀星臺上拖到甬道中的，而兩扇門的鑰匙都在司言靈身上。他用自己的血在牆上寫了一行字：蒼天有眼。

沒有人知道，這四個字究竟是什麼意思。

「這些都是明擺著的事，根本不需要花工夫去查。他們還是拖了這麼久，你此去怕是有些凶險。」符遠道。

「凶險……」魏潛無所謂地一笑。「你照顧好她就行了。」

崔凝道：「五哥，我隨你一起回去吧？」

魏潛沉吟片刻。「隨妳，但是妳要明白，回去之後，妳家裡未必會贊同妳參與此案。」

崔凝有些猶豫，她想回長安就是為了全程跟在他身邊學習，若是家裡阻止她參與破案，回去又有什麼意義？可是，這邊又沒有什麼重要線索，她在這裡也不過是浪費時間。

「五哥。」崔凝笑嘻嘻地看著他。「幫個忙唄。」

魏潛一眼看穿她的鬼心眼，果斷道：「不行。」

崔凝道：「你只要裝作我還在這邊就成了，回去之後，我自己找地方待著，求你了。」

魏潛看著她，神色堅決。

「是你把我帶過來的，難道要把我丟下一個人回去？」崔凝決定要賴了，反正有什麼事回去之後再說。

魏潛明明知道她存著什麼心思，卻不知如何應對才好。

雙方都不願退讓，最終也沒商量出個結果。

次日。

天色還漆黑一片，一個人影便悄悄摸進了馬棚。

最盡頭的黑馬看見主人，歡快地踢了踢蹄子。

那人解開馬繩，正準備將馬牽出來，便瞧見一個小腦袋冷不防探出來，咧嘴笑得露出一排白燦燦的牙。「五哥。」

瘦小的身影躥了出來，身上還背著個大包袱。

魏潛嘆了口氣。「解馬吧。」

崔凝歡喜地解開了一匹棗紅色的馬，頗為憂慮地道：「可是我不太會騎馬。」

魏潛不理會她的問題。「給長庚留信了嗎？」

「留了！」崔凝得意道：「我說在馬棚裡堵你，如果天亮他找不著我，就是你同意帶我走了。」

昏暗的光線中根本看不太清楚人臉，但是魏潛能感覺到崔凝的尾巴快翹上天了。

「走吧。」他淡淡道。

崔凝牽著馬隨他出門。她不太會騎馬，但是跟馬匹處得還不錯，牽馬不成問題。

出了大門，魏潛把包袱都繫在棗紅馬身上，攔腰將她抱起放到黑馬馬背上，而後翻身上馬。

「五哥力氣挺大啊！」崔凝讚嘆道。

那語氣與說「五哥你身上好白呀」簡直一模一樣，魏潛覺得自己耳朵又燙了起來。

崔凝在馬棚裡守了大半宿，身上滿是寒氣，魏潛上馬之後，她便覺得整個人像是被包在棉被裡，舒坦極了。

兩匹馬一前一後地出了城。

黑馬馱著兩個人一樣疾馳如風，崔凝剛開始覺得風馳電掣的感覺很好，但一下馬整個人都昏了，感覺眼前的東西都在顛，顛得她頭暈腦漲，搖搖欲墜。

休息了兩個時辰，又換了棗紅馬上路。

就這麼一路折騰著，崔凝漸漸習慣。抵達長安之後，到哪兒都是一路小跑，分外嫌棄自己不如馬跑得快。

樂天居裡，崔凝盤腿坐在魏潛的書房喝著茶，為接下來去渾天監而雀躍。

可是歡樂的時光總是如此短暫，才休息不到一個時辰，就有小廝過來稟報：「郎君，崔家那邊來人接崔二娘子了。」

崔凝僵住，猛地扭頭看向魏潛，滿臉都是被背叛之後的痛心疾首。

魏潛慢慢抿了一口茶，開口道：「邢州是清河崔家的地盤，妳覺得崔大人會不知道妳的行蹤？」

「你早就曉得。」崔凝躺倒在胡床上，渾身的力氣都被抽乾了。「我總算能體會先生那種哀莫大於心死的感覺了。」

「回家吧。」魏潛放下茶盞，理了理衣襟便起身準備送她。

崔凝一攤爛泥似的躺著，一動不動。

「妳要是願意在這裡休息也行。」魏潛沒有勉強。

崔凝一咕嚕爬起來抱住他的大腿。「我不走！你想個法子，不然我就抱著你的腿不鬆手！」

「妳先回家吧，午飯之後回官署述職。」魏潛道。

崔凝揚起腦袋，挑著眉梢打量他半晌，幽幽問道：「這話一定是有深意的吧？」

「嗯。」魏潛頷首。

崔凝立刻蹦了起來，提起自己的包袱。「那我走啦！君子一言，駟馬難追！」

她一路哼著小曲，走出後園。青心、青祿遠遠瞧見她，歡喜地迎上來幫她提包袱。

回到家，崔凝先帶著禮物去見凌氏，恰趕上崔道郁沐休，一家子坐在一處聊天。

崔凝給每個人都帶了點東西，連青心、青祿都沒落下。凌氏淚眼盈盈地瞧著她，直說「瘦了」、「黑了」。

午飯過後，崔凝便說要去官署述職，家裡果然沒有人阻攔。

崔凝作為文書跟到邢州去，就是為了記錄，該記的早就記完了，要述職也是魏潛述職，沒她多大事兒，所以她到官署便直接去找魏潛了。

這樁案子在邢州範圍之內，一日沒有結案，魏潛的任務就不算完成，他這一趟回來只是為了取證。也正因如此，他才能名正言順地到案發現場查看。

偌大的渾天監空無一人，顯得十分蕭條，一座座高聳精緻的樓閣，彷彿都在默默訴說它曾擁有過的權勢。

帶著他們去觀星樓的是這一任渾天令，他出身邢州陳家，名叫陳長壽，四十歲上下，又矮又瘦，說話做事都特別慢。從觀星樓的甬道大門口走到中間的鐵門，一共就一百多個階梯，他足足走了半盞茶的工夫。

崔凝與魏潛也只好跟著慢慢走。

陳長壽將手裡的燈籠掛在一側牆上，緩緩道：「到了。」

光線從甬道的另一頭照進來，看不真切清鐵門上鐫刻的繁複花紋。

「這座觀星臺上兩扇門的鑰匙在司言靈死後被盜，如今想來，應是被司家盜走的。」陳長壽語速緩慢，伸手打開鐵門。「案發之後，門就一直未鎖。」

魏潛取下掛在牆上的燈籠，先行進去。「司言靈死在這個甬道裡？」

陳長壽想了很久，才「嗯」了一聲。

崔凝穿過鐵門，打量周圍，牆壁是不太平整的石頭，像是鑿開的山洞，上面暗褐色的血跡彷彿已經滲入石中。

三人走出甬道，來到了觀星臺上。

渾天監所在的位置比較偏僻，觀星臺的高度幾乎可以看到整個大明宮。

觀星臺呈方形，為了確保能夠看見整個天空，上面沒有任何遮擋。

魏潛遙望對面的高臺。「那邊的觀星臺上為何會有房屋？」

另外一個檯子有一半的地方建了屋舍。

陳長壽緩緩道：「這裡被封，成了司言靈的墓穴，死人之所與活人卦位相連，易生禍。那是為了改風水，後來改建的。」

觀星臺的構造很簡單，就是一個高石臺，兩邊有甬道，很快就看了個遍。

三人又回到當時發現司言靈屍體的位置。

「陳大人，司言靈死的時候，你也在渾天監吧？」魏潛問道。

陳長壽道：「是。」

魏潛緊接著又問：「字寫在何處？」

陳長壽想了想，指了一個位置。「大約是此處吧，時間太久遠，確切的位置有些記不清了。」

崔凝聽力很好，總覺得甬道裡滿是沙沙的、窸窸窣窣的聲音混雜，讓人不寒而慄。

她辨別著聲音的方向，找到了一處聲響最大的地方仔細查看，因為燈籠在魏潛手裡，她看不太清楚，腳下踢到一塊石頭，裡面倏地有東西躥了出來，嚇得她低呼一聲。

魏潛立即拿燈籠照了過來，崔凝看見一群老鼠飛快逃竄，長舒了一口氣。「原來是老鼠。」

魏潛頓了一下，把燈籠交給崔凝，俯身去查看老鼠窩。

石洞裡傳來腐朽的氣味，崔凝也蹲下，提著燈籠往裡面照。

魏潛掏出羊皮手套戴上，探進去摸索，片刻，拽出幾片破布。

「去找人過來，死在這裡的恐怕不只司言靈一個。」魏潛對崔凝道。

「拿上這個，讓他們帶上工具。」魏潛掏出一塊權杖給她。

「好！」她把燈籠遞給他，接過權杖之後轉身飛快離開。

魏潛繼續掏，半晌，掏出一段帶著血肉的骨頭，看樣子才被放進去不久。

「陳大人，你覺得這是怎麼回事？」魏潛將骨頭遞到他面前。

陳長壽被驚得退了兩步，若不是魏潛眼疾手快地拉住，他險些就跌了下去。

「這……這裡……」陳長壽扶著牆，顫抖得一句完整的話都說不出來。

如果說鑰匙被盜許多年，那麼這具新鮮的屍體為何會出現在鐵門後面的鼠洞裡？

魏潛藉著燭光仔細觀察那節骨頭，沾血帶肉，大約在幾個月內死亡，斷口相對比較整齊，應該是被人鋸開……

死者是誰？

凶手又是誰？

第四章　司言靈

魏潛暫時還不能判斷出死者的身分，但心裡已經大概猜出凶手為何等人。

這個人一定能自由出入渾天監，並且在這裡弄了隱蔽的分屍場所，最有嫌疑的無疑就是眼前這位陳大人，此外還有兩位副官，以及渾天監下轄的推算局、測驗局、漏刻局各位掌令。

須臾，崔凝便用魏潛的權杖，從監察司調了二十幾個人過來。

「把這裡刨開。」魏潛道。

陳長壽回過神來，連連道：「不可，不可啊！這是掘墳！」

監察司向來我行我素，除非皇帝下令不許掘，否則誰也攔不住。

魏潛一聲令下，差役擼起袖子就開始刨。

石壁堅硬無比，鐵器擊打在上面火星四濺，牆壁卻紋絲不動。

「沿著這處撬。」魏潛道。

幾個人拿著鐵棍從老鼠窩開始撬，很快便撬開一個兩尺寬的洞口。

原來這觀星臺並不是實心石頭，石牆後面都是土，可是挖了一尺也沒有找到任何碎屍。

「大人，還挖不挖？」差役問道。

魏潛對崔凝道：「妳在這裡看著，我去別處看看。」

「好。」崔凝道。

鐵門密不透風，若這十年間鐵門一直緊鎖，那老鼠是怎麼過來的？翻牆？所以若不是鑰匙一直都在，那就是這座觀星臺另有密道、密室。

「先歇一會兒吧，盡量不要發出聲音。」崔凝道。

撬石壁很耗體力，眾人聞言紛紛坐在石臺上休息。

甬道裡靜悄悄地，崔凝能清楚聽見此起彼伏的呼吸聲，除此之外，再無其他。

靜了好一會兒，崔凝才又聽見窸窸窣窣的聲音響起，她貼在牆壁上仔細分辨，那聲音遠遠近近都有，聽不出具體在哪裡。

辨了一會兒方向，她心頭掠過一念，頓時悚然——如果說這些聲音分布在這座觀星臺的各個角落，那豈不是整個樓臺內部都是蛇鼠蟲蟻的天下？聽著密密麻麻的聲音，她想起裡面的情形就忍不住頭皮發麻。

休息了一盞茶的時間，差役問：「崔大人，要繼續挖嗎？」

崔凝怔了一下，頭一次有人這麼鄭重其事地喊她「崔大人」，聽上去感覺……還挺妙？

「暫時不用挖，等魏大人回來再說。」崔凝料想這麼漫無頭緒地挖下去也不一定能夠挖出什麼來，而且現在光憑那塊帶血的斷骨，就能搜查這座觀星樓。

她看向陳長壽。「陳大人，是否有觀星樓的圖紙？」

陳長壽彷彿還沒回過神來，緩了好一會兒才道：「太宗時，渾天監發生過一場火災，圖紙那會子就燒沒了，不過工部應該會有。」

「大人可清楚這座觀星樓的構造？內部是否有密室密道？」崔凝問。

陳長壽搖頭。「怎麼會有，若真有密室密道，司言靈之死就算不上奇怪了。」

「說得也是。」崔凝蹲在石階上支著腦袋歪頭看著他。「那您覺得有沒有可能是當初建造的時候，就留下了不為人知的密道？」

她就從來不知道自家師門還有密道這回事。

「這……我就說不準了……」陳長壽道。

「您別站著呀，多累，來蹲一會兒吧？」崔凝笑咪咪地道。

甬道裡所有人都是坐的坐，蹲的蹲，就陳長壽一個人站在樓梯中間，也不敢倚著牆。

陳長壽猶豫了片刻，撩著官袍蹲在崔凝旁邊。

外面正是秋老虎的炎熱時節，甬道裡卻很涼，風從中穿過，都帶著一股陰冷的味道，燈籠搖搖晃晃，光線忽明忽滅。

四周靜得嚇人，其他人也都聽到了那不知從何處傳來的窸窣聲。

崔凝打破沉寂，繼續問陳長壽：「司言靈是個什麼樣的人呢？」

如果司言靈活到現在，應該與陳長壽差不多年紀，甚至可能還要小幾歲，陳長壽一直在渾天監供職，不可能不知道。

「他啊……長安人都喚他玉靈郎，長得俊俏極了。他很神祕，極少在白天出來，我一共也就見過幾次。司言靈天生就特別白，連頭髮都是白的，眼珠也不像一般人那樣黑，而是灰棕色，穿著緋色官服，整個人像是雪堆玉琢出來的。」

陳長壽陷入了長長的回憶之中。

那時，司言靈還未到長安，滿長安便已知道他的名聲。

「玉靈郎」這個稱呼始於他任渾天令第一句預言，盛於第二句預言。

他說出「長安有疫」的時候，還有許多人半信半疑，他便說出了具體位置，並親自帶人去找。尋常人若是生得這樣獨特，定然被視為異類，但他不同，他是言無不中的渾天令，他的俊美、神祕和奇特，令他　夜之間成為傳奇。

陳長壽印象最深的，是司言靈說第二句預言時的情形。

夜半，司言靈令渾天監所有官員登觀星臺。

他們趕到時，他就站在這座觀星臺上，並沒有穿官服，而是著一件素白寬袍，雪白的長髮半攏在身後，頭頂就是如蓋蒼穹、漫天繁星。

所有人都到齊的時候，司言靈才轉回身，修長的眉緊蹙，目中盡是悲痛，說出了他任渾天令以來的第二句預言。

也許那時候他就算到這場災難無法避免，所以才一早就身著素衣吧！

長江決堤，成千上萬的人死於那場災難，就在這之後不久，司言靈便一個人靜靜地死在了觀星臺的甬道裡。

有人說，司言靈是洩漏天機才會遭到報應，而這個「天機」並不是指長江水患，而是指他的第三句預言。

陳長壽慢慢講完這段過往的時候，魏潛回來了。

崔凝站起來道：「這裡聲響異常，我讓他們暫時別挖，萬一沒挖到，還把司言靈死亡的地方給破壞了呢？」

十年過去，這裡沒有留下太多痕跡，不過魏潛相信她的判斷，遂言：「各位先回去吧。」

差役齊齊應聲離開。

魏潛與陳長壽、崔凝走在最後，他說：「出去後，勞請陳大人把近四個月的值夜安排給我吧。」

「好。」陳長壽應道。

大多數的衙門都有值夜，渾天監這種需要每天夜觀星象的地方，自然更是如此。

「平時除了值夜之人，渾天監中還會有什麼人晚上會留在這裡？」魏潛問。

「還有生徒。」陳長壽頓了一下，補充道：「他們只許留到子時。」

渾天監的生徒就住在渾天監一角的院子裡，子時之前關閉，有當值的官員查點人數。

魏潛道：「最近渾天監裡有缺人嗎？」

陳長壽道：「這要問當值之人。」

「這把鑰匙暫時就由我保管了，陳大人沒有意見吧？」魏潛攤開掌心，手裡赫然是兩把甬道的鑰匙，也不知他是何時拿到手中。

「魏大人請自便。」陳長壽客氣道。

算起來陳長壽是從五品官員，比魏潛還高一級，但是監察司乃是聖上心腹，渾天監又是聖上最不待見的衙門，兩者之間天差地別，區區一級根本算不得什麼。

今日的發現很可能會驚動凶手，因此一離開渾天監，魏潛便派了兩個武功高強的侍從過去盯著，免得那些潛藏的證據被清除。

拿到渾天監所有官員和生徒的名單，魏潛就帶著崔凝去了工部和吏部，取觀星臺的建築圖紙和渾天監所有人的身分存檔。

「渾天監所有人的戶籍都在這裡了。」吏部郎中帶著兩人進入檔案室，命人從角落裡拖出兩口大箱子。「從司言靈開始至今，一個不落，你們抬走吧。」
「多謝。」魏潛拱手道：「渾天監的生徒不在此列吧？」
吏部郎中答道：「渾天監一向單獨招考生徒，他們又不算官員，自然不可能有。一直以來生徒的戶籍資料都是渾天監一手掌握，待考驗結束之後，他們認為誰有資格為官才會報給我們存檔。」
如此就不太好辦了！
魏潛知道渾天監的官員是從生徒中挑選出來，經過一輪輪淘汰，最終留下的人才會被安排官職，其他人則都發回原籍，或者直接拿了戶籍自找出路。少那麼幾個人，根本不會引人注意。若凶手可以控制渾天監，輕易就能讓一名生徒消失，不留半點痕跡。
兩人離開吏部，便上了馬車。
魏潛將築建圖攤開。
崔凝看不懂地圖，便直接問：「有密道嗎？」
「圖上沒有。」魏潛一邊看圖一邊道：「不過如果想在其中留下密道，必然十分精通土木，且不可能沒有半點疏漏。」
崔凝點頭，撩開車簾向外看了一眼。「咱們這是去哪兒？」
「去負責建觀星臺的左大人家。」魏潛見她目露疑問，解釋道：「左凜，二十年前任戶部郎中，但凡土木建築都在他管轄之下，五年前致仕之後就住在晉昌坊，我們這就去拜訪他。」

「五哥，你知道得真多啊。」崔凝由衷讚嘆。

崔凝每一次讚美別人都十分直白，魏潛儘管聽過多次，還是忍不住耳朵發燙。

他清了清嗓子：「下次誇人要委婉。」

「怎麼委婉？」崔凝就鬧不明白，怎麼聽著好話還不樂意。

魏潛語塞，一時沒法跟她說清楚，只好道：「以後不要誇我。」

「為啥？」崔凝越發疑惑。

魏潛道：「我不習慣。」

「那我多說說你就習慣了啊。」崔凝道。

「……」

崔凝瞧著他貌似一臉的不樂意，最終妥協。「好吧，那我以後盡量忍住。」

魏潛嗯了一聲，垂眸靜靜地思索這個案子。

司言靈的死必然與司家被屠有關，想要破陳年舊案，還是從這邊入手比較容易。

這次司家倖存的嫡女以死鳴冤，大費周章弄到鑰匙爬上封閉的觀星樓，朱砂白練說陳家最有嫌疑。

是什麼逼著她在渾天監待不下去，非得以死鳴冤？她認為陳家是幕後凶手的原因是什麼？真的是因為陳年冤案，還是受到了陳長壽的威脅？

司家被屠，其中有二十多人失蹤，如今司家嫡女現身，那司家是否還有其他倖存者活在世上？

弄清楚這些問題，或許就可以順藤摸瓜，找到當年屠戮司家的元凶。

魏潛正斂神凝思，忽覺肩膀一沉，轉頭看見崔凝酣睡之中歪倒在他身上。

距離如此近，他的脣都觸到了她的頭髮，茸茸滑滑的觸感令他忍不住蹭了一下，她身上有極淡的馨香，彷彿蘭花落入溪水，清風穿過竹林，令他慢慢放鬆下來。

崔凝連著趕路，回到家裡又馬不停蹄地趕到渾天監，跑了一趟監察司，跟著魏潛去工部拿圖，又去吏部取戶籍檔……早已疲累不堪。

也不知睡了多久，感覺被人輕輕推了一下，她迷迷糊糊地坐起來揉揉眼睛，喃喃：「五哥，到了嗎？」

「嗯。」魏潛道。

崔凝打了個呵欠，伸了個懶腰。

魏潛已經下了車，她懶懶地爬到車門處，蹦了下去。

外面天色已晚，涼風習習，感覺很舒爽。

魏潛去敲門，與門房說了情況，兩人便被帶進門房裡等候。

隔了一盞茶的工夫，管家才過來，歉聲道：「魏大人，崔大人，對不住，讓二位久等了。」

「是我們唐突拜訪，還請見諒。」魏潛拱手道。

管家笑道：「魏大人客氣了，二位請隨我來。」

第五章　忘年之交

兩人跟著管家穿過庭院，到了一處小院，周圍的燈籠已經點亮，一名古稀老人坐在庭院中的楓樹下泡茶，一襲墨蘭寬袍，鬚髮如雪，紅楓隨風簌簌，頗有幾分禪意。

魏潛和崔凝衝他施禮，不等兩人說話，他便笑著道：「過來喝茶吧，無需拘禮。」

兩人從善如流。

坐下後，魏潛把築建圖放在几上。「左大人，我們貿然前來拜訪，是因為這個。」

左凜放下茶杯，打開一角，只瞥了一眼便道：「這是觀星臺吧？」

「正是。」魏潛道。

「大人記性真好啊！」崔凝的讚嘆脫口而出。

左凜很是受用，笑呵呵地道：「嘴甜的丫頭。」

他把茶水推到兩人面前，緩緩道：「觀星樓出事那天，老朽便料到會有人過來詢問，誰知一等就是數月。」

「如此說來，大人知曉內情？」魏潛問道。

左凜嘆了口氣，轉頭吩咐小廝去屋裡取東西。

「你指的是什麼內情？」左凜問。

魏潛道：「司言靈，司家。」

「我不清楚司家的事情，不過你要問司言靈，我倒是能說上一二。」左凜握著茶杯，回憶起當時。「老朽與他算是忘年之交。」

小廝取來了一只盒子放在几上。

左凜擱下杯子，打開木盒，從裡面拿出一摞書信，看了須臾才遞給魏潛。「這是在他死的前一天交給我的東西，我懷疑他是因為這個才被人滅口。」

魏潛隨手抽出一封信來看，卻是一名官員受賄的證據，翻看了好幾封，全部都是不同官員行賄受賄的證據，還有買賣官職、收錢辦事等等，不禁奇道：「他怎麼會有這些？」

「老朽想了很多年都沒有想明白，你若是弄清楚了，便來告訴我吧。」左凜道。

「司言靈把此物交給您，說不定是想讓您告發他們呢？當時查案，您為何不拿出來？」左凜致仕之前官至工部尚書，完全可以將證據直接呈交給聖上。

左凜沉默須臾，道：「這是我愧對他的地方。」

「因為裡面牽扯您的妻族，他才把此物交給您吧。」魏潛道。

左凜閉上眼，嘆了一聲。

許久，他才又開口，聲音微微顫抖：「他在長安就只與我一人相熟，他把我當至交好友，我卻……這些年來我越發愧疚，本想在入土之前將這東西交出去，或許是老天也看不下去吧，觀星臺又鬧出一樁人命。」

「我曾暗中查過他是如何得到這一匣信件的，但一無所獲，或許只是偶然吧，又或許，他天生的預知能力，讓他得到這些東西。」

魏潛沒有譴責他，而是轉移了話題：「既然如此，那您說說觀星臺吧。裡面是否有密室暗道？」

「如果後來沒有改建，就不會有暗道。」左凜展開築建圖。「不過這張並不是最初的圖。當初太宗皇帝計畫建造的是觀星樓，渾天監算好了位置，預計建四座，動工時在其中一處挖出了骨骸，渾天令言，觀星樓所在處必須至清至陽才不會影響觀星的結果，於是放棄了此地和與之對應的位置，改為建造兩座觀星樓，但這兩座觀星樓的總高度需得與四座觀星樓總高相當。如此高度，兩座樓建成之後勢必能俯瞰整個大明宮。禮部上書勸諫，再加上這麼高的樓實屬罕見，工部也未曾建造過，所以商議後改為建造觀星臺，只留出兩個甬道，用厚重的鐵門阻隔，每扇門只有一把鑰匙，以保證只有少數人才能夠登上觀星臺。」

「當時四座觀星樓先後動土，相差五個多月，那邊挖到骨骸時，這邊地基已經打好，第一層已經出了雛形。之後停工兩個月，工部繪製出觀星臺的築建圖，才接著建造。觀星臺由石頭和土混雜建造，因為土的用量較多，所以在下面建了複雜的排水通道，以保證觀星臺不會積水。」

觀星樓中的土經過特別處理，用糯米之類的東西混雜，有一定的黏合作用，相對來說雖然比較堅固，但不能長時間被水浸泡。

「我明白了，多謝大人！」魏潛微微一笑。「不知大人是否還有排水通道的圖？」

左凜笑著指了指自己腦袋，而後吩咐小廝去取紙筆。

拿到排水通道圖，兩人便告辭了。

從左府出來，崔凝連忙問：「五哥，你知道什麼了啊？」

「知道凶手如何藏屍。」魏潛道。

「藏在排水通道裡？」崔凝馬上又否定了。「不能啊！剁碎的屍體，在雨季的時候不會被帶出來嗎？」

魏潛笑望著她。「被老鼠搬走了。」

「就那幾隻老鼠，能把那麼一大塊碎屍從地底下搬到七、八丈高的地方嗎？」崔凝沒聽出來他是在說笑，認真道：「我要是那窩老鼠，乾脆跑到靠近屍體的地方掏個窩還省事。」

魏潛不由得笑出聲：「明天就知道老鼠是否跟妳想的一樣了。天色已晚，我送妳回家。」

兩人登上馬車。

車裡，外面微弱的光線照進來，魏潛能清楚看見她的臉上滿是倦意。

這些天裡四處奔波，連他都覺得疲憊不堪，更何況是崔凝？然而，無論小臉有多慘白，還是累得要暈倒，她都不曾抱怨過半句，自始至終都用微笑面對，彷彿樂在其中。

「回去好好休息，有什麼消息我派人叫你。」魏潛道。

「嗯。」崔凝使勁揉了揉臉。「五哥也要早些休息，有什麼事情明日再忙吧。」

魏潛嗯了一聲，閉眼休息。

崔凝東倒西歪地強撐了一會兒，終於還是在馬車裡睡著了。

回到家，她衣服沒換便直接去見凌氏。

正要離開的魏潛卻被崔道郁堵住了。

「崔山長。」魏潛施禮。

崔道郁也不廢話，直接問道：「魏五郎帶凝兒去渾天監了？」

魏潛從沒有想過瞞住崔家，大大方方地承認：「是，她此番是跟隨我的典書。」

「監察司的典書那麼多，你為何偏偏選了我女兒？」崔道郁護女心切，也顧不上客氣。「她還年幼，家裡也都由著她的小性子，可是這個案件牽扯甚廣，我不希望她牽扯進去。」

魏潛沉默。

崔道郁覺得他明白了，便拱了拱手，轉身離開。

「這幾個月來——」魏潛看著他的背影，忽然開口道：「奔波勞頓，連我都有些吃不消。讓她堅持下來的並不是什麼女兒家的小性子，她是您的女兒，您應當比我更清楚。」

崔道郁止住腳步，回身看了他一眼，長長嘆息。

「我可以向您承諾不會主動幫她，但她若來找我，衝著這份毅力，我不忍拒絕。」魏潛道。

暮色沉沉，橘色光線映照出他頎長的身形。

崔道郁冷聲道：「不忍？你若真的不忍心，就不應該讓她沾這些事情！」

「有些事，如人飲水，冷暖自知。」魏潛覺得，強迫一個人違背自己的意願才是最殘忍的事情。「她看著幼稚，心裡卻比誰都明白，所以作為一個外人，我願意尊重她的選擇，至於您如何應對，與我無關。」

崔道郁一片愛女之心，經過魏潛三言兩語，看著就像不明事理、專橫霸道的父親。

「混帳小子！」崔道郁哼了一聲，轉身離開。

他氣哼哼地回到家裡，崔凝正哄著凌氏。

凌氏今日才得知崔凝是隨魏潛去的邢州，下午又偷偷跑去渾天監，見著她就發了一通脾氣。在凌氏看來，不管是那個案子還是魏潛這個人，崔凝都不該招惹。

「要不是平香回來說，我都不知道妳是跟魏五去的邢州！」凌氏點著她的腦袋，氣卻已經消了一半。

崔凝不知凌氏為什麼不待見魏潛，可這會兒她可不敢頂嘴，就只蹭在凌氏懷裡道：「我以為您知道呢，下次我做什麼一準兒都說得清清楚楚。」

「還有下次？妳以後哪兒也別想去！之前妳祖父怎麼說的？叫平香形影不離地跟著妳，妳呢？」凌氏想起來都後怕，這萬一要是出了點事可怎麼辦？

「母親妳不曉得，平香可神了，我幹什麼她都知道。」崔凝抱著她的胳膊，楚楚可憐地道：「我以為她知道呢，又不是故意撇下她。」

崔道郁在屋外看著崔凝那小臉瘦得還不如巴掌大，滿是疲憊，卻還是乖巧懂事的樣子，不禁心裡一酸。緩了緩情緒，他才走進屋裡，見妻子已被女兒哄得消了氣，便道：「凝兒路途勞累，今兒又忙了一整天，快點回去睡覺。」

「我讓青祿給妳備了藥浴，泡著解乏，省得明日跟我喊這兒疼那兒疼的。」凌氏道。

「父親母親最好啦！」崔凝笑著施了一禮，腳步輕盈地離開。

——待續——

崔大人駕到

崔大人駕到（中）

國家圖書館出版品預行編目資料

崔大人駕到 / 袖唐作 . -- 初版 . -- 臺北市：
尖端，2017. 04
面；　公分

ISBN 978-957-10-7342-2（平裝）

857.7　　106000800

作　　者／袖唐
繪　　者／ツバサ
發 行 人／黃鎮隆
副總經理／陳君平
總 編 輯／洪琇菁
執行編輯／陳昭燕
美術監製／沙雲佩
美術編輯／吳佩諭
國際版權／黃令歡
企劃宣傳／邱小祐、劉宜蓉
內文排版　謝青秀

出版／城邦文化事業股份有限公司　尖端出版
台北市 104 中山區民生東路二段 141 號 10 樓
電話：（02）2500-7600　傳真：（02）2500-2683
讀者服務信箱：7novels@mail2.spp.com.tw
發行／英屬蓋曼群島商家庭傳媒股份有限公司城邦分公司　尖端出版
台北市 104 中山區民生東路二段 141 號 10 樓
電話：（02）2500-7600　傳真：（02）2500-1979
劃撥專線：（03）312-4212
戶名：英屬蓋曼群島商家庭傳媒（股）公司城邦分公司
劃撥帳號：50003021
※ 劃撥金額未滿 500 元，請加付掛號郵資 50 元
法律顧問／王子文律師　元禾法律事務所　台北市羅斯福路三段 37 號 15 樓

台灣地區總經銷／中彰投以北（含宜花東）　高見文化行銷股份有限公司
電話：0800-055-365　傳真：（02）2668-6220
雲嘉以南　威信圖書有限公司
（嘉義公司）電話：0800-028-028　傳真：（05）233-3863
（高雄公司）電話：0800-028-028　傳真：（07）373-0087
馬新地區總經銷／城邦（馬新）出版集團 Cite（M）Sdn Bhd
電話：603-9057-8822　傳真：603-9057-6622
E-mail：cite@cite.com.my
大眾書局（新加坡）　POPULAR（Singapore）
電話：65-6462-9555　傳真：65-6468-3710
E-mail：feedback@popularworld.com
大眾書局（馬來西亞）　POPULAR（Malaysia）
電話：603-9179-6333　傳真：03-9179-6200、03-9179-6339
客服諮詢熱線：1-300-88-6336
E-mail：popularmalaysia@popularworld.com
香港地區總經銷／城邦（香港）出版集團 Cite（H.K.）Publishing Group Limited
電話：852-2508-6231　傳真：852-2578-9337
E-mail：hkcite@biznetvigator.com

版　次／ 2017 年 4 月 1 版 1 刷　Printed in Taiwan